ぼくには数字が風景に見える

Born on a Blue Day
by Daniel Tammet

ダニエル・タメット

古屋美登里=訳

講談社

ぼくには数字が風景に見える

本書に寄せられた専門家の賛辞から

本書は、外に開かれた精神について語った、簡潔にして要を得た自伝である。ダニエルを知ることで、わたしたちの内なる「小さなレインマン」が目を覚《さ》ますかもしれない。

ダニエルは使命を背負って生きている——多くの人々に勇気を与え、てんかんやアスペルガー症候群になっても、必ずしも総合的な発達や能力が低下するわけではないことを身をもって示している。ダニエルは明確に表現し、穏《おだ》やかな話しかたをし、愉快で、礼儀正しく、物腰の柔らかな控えめな青年である。そうした彼の個性が文章のいたるところに輝きを添えている。そして彼の願い——愛する人とさらに深く愛し合い、家族や友人ともっと親しくなること——は、わたしたちの願いでもある。

——ダロルド・A・トレッファート（セント・アグネス病院精神科医、サヴァン症候群研究の第一人者、映画『レインマン』の精神医学的アドバイザー）

人が共感覚のある自閉症になる確率はきわめて低い。一万人に一人と言われている。ダニエルの才能はそのきわめてまれなことが一人の人間に起きた結果なのだろうか？　共感覚のためにダニエルの記憶は豊かな質感を伴う多感覚のものになり、自閉症のために彼は数字と語句の成り立ちに強いこだわりを持つようになった。本書は、そんな彼の非凡で勇気に満ちた半生を綴《つづ》ったものである。

——サイモン・バロン＝コーエン（ケンブリッジ大学教授、自閉症研究の第一人者）

ぼくには数字が風景に見える／目次

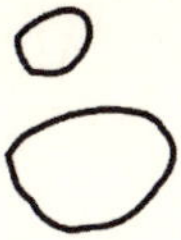

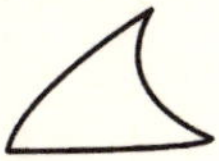

※各章タイトル上の図は、著者によるその章の数字（1［章］、2、3……12）のイメージです。

青い9と赤い言葉

青い日に生まれて

ぼくが生まれたのは一九七九年の一月三十一日、水曜日。水曜日だとわかるのは、ぼくの頭のなかではその日が青い色をしているからだ。水曜日は、数字の9や諍《いさか》いの声と同じようにいつも青い色をしている。ぼくは自分の誕生日が気に入っている。誕生日に含まれている数字を思い浮かべると、浜辺の小石そっくりの滑《なめ》らかで丸い形があらわれる。滑らかで丸いのは、その数字が素数だから。31, 19, 197, 97, 79, 1979はすべて、1とその数字でしか割ることができない。9973までの素数はひとつ残らず。丸い小石のような感触があるので、素数だとすぐにわかる。ぼくの頭のなかではそうなっている。

ぼくはサヴァン症候群だ。サヴァン症候群というのは、ダスティン・ホフマン主演の映画、一九八八年にアカデミー賞を受賞した『レインマン』がつくられるまで、世に知られていなかった。ホフマンが演じたレイモンド・バビットと同じように、ぼくも手順や日課に極端なこだわりを持っていて、それは日常生活のあらゆるところに及んでいる。たとえば、毎朝必ずコンピュータ内蔵の秤《はかり》で一回分の粥《ポリッジ》の量を正確に量《はか》り、四十五グラムきっかりのポリッジを食べる。身につけている服の枚数を数えてからでないと家から出られない。毎日同じ時刻にお茶を飲まなければ気がすまない。緊張が高まって呼吸できなくなると、必ず目を閉じて数を数える。数字のことを思い浮かべると落ち着いた気分になれるからだ。

数字はぼくの友だちで、いつでもそばにある。ひとつひとつの数字はかけがえのないもので、それぞれに独自の「個性」がある。11は人なつこく、5は騒々しい、4は内気で物静かだ（ぼくのいちばん好きな数字が4なのは、自分に似ているからかもしれない）。堂々とした数字（23, 667, 1179）もあれば、こぢんまりした数字（6, 13, 581）もある。333のようにきれいな数字もあるし、289のように見映《みば》えのよくない数字もある。ぼくにとって、どの数字も特別なものだ。

どこに行こうとなにをしていようと、頭から数字が離れない。ニューヨークでデイヴィッド・レターマンの番組に出演したとき、ぼくはデイヴィッドに、あなたは数字の117（背が高くて痩《や》せている）にそっくりですね、と言った。収録後に外に出て、タイムズ・スクエア（スクエアは数字にちなんだ名前だ）の高層ビル群を見上げたとき、9（無限に広がる感覚とつながっている数字）に囲まれている感じがした。

37

89

数字を見ると色や形や感情が浮かんでくるぼくの体験を、研究者たちは「共感覚」と呼んでいる。共感覚とは複数の感覚が連動する珍しい現象で、たいていは文字や数字に色が伴って見える。ところがぼくの場合はちょっと珍しい複雑なタイプで、数字に形や色、質感、動きなどが伴っている。たとえば、1という数字は明るく輝く白で、懐中電灯で目を照らされたような感じ。5は雷鳴、あるいは岩に当たって砕ける波の音。37はポリッジのようにぼつぼつしているし、89は舞い落ちる雪に見える。

　共感覚のいちばん有名なケースは、一九二〇年代から三十年間にわたってロシアの心理学者A・R・ルリアが、恐るべき記憶力の持ち主のシェレシェフスキーというジャーナリストについて書いたものだろう。その著書『偉大な記憶力の物語』で、ルリアは（シェレシェフスキーを「S」と呼んでいるのでここでも「S」とするが）、「S」にはとんでもない記憶力があり、そのため言葉や数字がさまざまな形や色として「見えた」と言っている。「S」は、五十桁《けた》の数字の羅列《られつ》を三分間じっと見つめただけで完璧に記憶できたばかりか、何年経《た》ってもそれを忘れることがなかった。シェレシェフスキーの共感覚は驚異的な長期記憶及び短期記憶を基盤としている、とルリアは述べている。
ぼく自身について言えば、幼いころから共感覚を使って無意識のうちに、膨大な数字を操ったり計算したりしていた。その点はレイモンド・バビットとよく似ている。確かに、この能力はサヴァン症候群の人によくみられるものだ（「lightning calculators 電光石火計算をする人たち」と呼ばれる）。
ウィスコンシン出身の医師で、サヴァン症候群研究の第一人者ダロルド・A・トレッファートがその一例を挙げている。彼の著書『なぜかれらは天才的能力を示すのか』のなかで彼は、難しい計算が驚くほど短時間でできる盲目の男性のことを次のように書いている。

ここに六十四個の箱があって、一番目の箱にトウモロコシの粒を一つ、二番目に二つ、三番目に四つ、四番目に八つという具合に入れていくと、六十四番目の箱に入る粒はいくつになるか、という質問をされたとき、彼は十四番目の箱（8192）、十八番目の箱（131072）、二十四番目の箱（8388608）の数字はすぐさま答えられた。四十八番目の数（140737488355328）を計算するには六秒かかった。六十四箱すべてに入った粒の合計（18446744073709551616）を正確に答えるのに四十五秒しかかからなかった。

ぼくの好きな計算は累乗計算だ。累乗とは、同一の数を次々に掛けていくことをいう。同一の数を一回掛けることを二乗《スクエア》という。たとえば72の二乗（72×72）は5184。二乗の数はぼくの頭のな

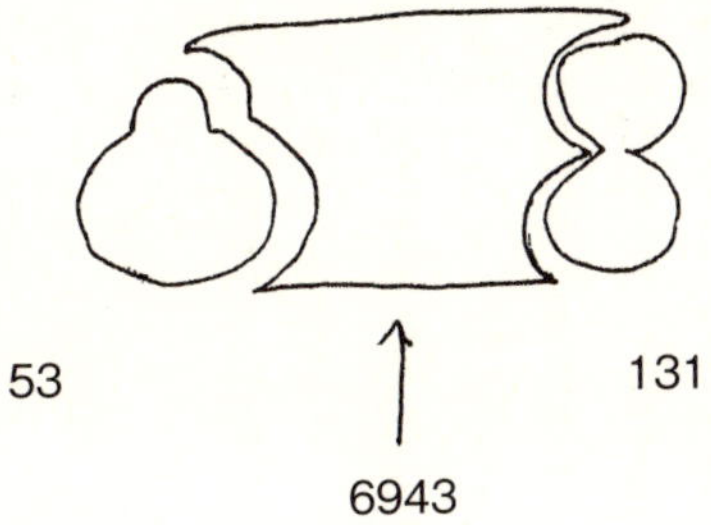

かではいつもシンメトリーの形に見えるので、とりわけ美しく思える。同一の数字を三回掛けることを三乗《キューブ》という。51の三乗（51×51×51）は132651。

　累乗計算のそれぞれの答えは、独特な形をしている。答えの数が大きくなるにつれて、見える形と色も次第に複雑になっていく。37の五乗（37×37×37×37×37＝69343957）は、小さな円がたくさん集まって大きな円になり、それが上から時計回りに落ちてくる感じだ。

　ある数を別の数で割ると、回りながら次第に大きな輪になって落ちていく螺旋《らせん》が見える。その螺旋はたわんだり曲がったりする。割る数が違えば、螺旋の大きさも曲がりかたも変わる。ぼくは頭のなかで視覚化できるために、13÷97のような計算も小数点以下第一〇〇位くらいまで計算できる（0.1340206……）。

　計算するときは紙に書かない。どんな計算も暗算できるし、学校で教科書を使って教えられた「ひと桁繰り上がって」式の計算より、共感覚がもたらす形を使って答えを視覚化するほうが、はるかに簡単だからだ。

掛け算をするときには、まったく違う形をしたふたつの形が見える。その形が変化して第三の形が現れる。それが正しい答え。瞬《また》く間に、自然にそうなっていく。頭を使わずに計算している感じだ。

前頁の図は、ぼくの53×131の計算方法だ。独自の形をしたふたつの数が向かい合っている。そのふたつの数のあいだにできた空間が第三の形になる。それが新しい数字（6943）で、この式の答えだ。

輝く1と相性がいいのは暗い8や9

数式が変われば形も変わる。しかもぼくの場合、特定の数にはさまざまな感覚あるいは感情が伴う。11を使う掛け算では、頭のなかで数字が転げ落ちていく感じがする。数字のなかでいちばんわかりにくいのは6だ。6は小さな黒点なので、特徴のある形や質感がない。思い描こうとしても、小さな穴やすきまにしか見えない。ぼくには一万までのあらゆる数字が形となって見えるし、それに感情的な反応を示すときもあり、まるで数字でできた言葉を使っている感じだ。

詩人が言葉を選ぶときもそうだと思うが、ぼくにはある数の組み合わせがほかの数の組み合わせに比べてはるかに美しく見える。輝く1と相性がいいのは、暗い数の8や9で、6とはあまり相性がよくない。189というひとつながりの数字が含まれる電話番号は、116が含まれる番号よりはるかに美しく感じられる。

共感覚がもたらすこうした美的感覚には、よい面も悪い面もある。たとえば、店の看板や車のナンバープレートにきれいに見える数が入っていると、興奮と喜びでぞくぞくする。その一方で、ぼくの美意識にそぐわない数（たとえば店の値札に、青い色ではなく赤か緑色で99ペニーと書かれていたりするとき）を見ると、不安に駆られ、いたたまれない気持ちになる。

自分の得意分野で共感覚を使っているサヴァン症候群の人たちがどれくらいいるかは、いまだにわかっていない。それは、レイモンド・バビットのように、サヴァン症候群の人たちの多くが重い精神的・肉体的障害を抱えているので、どのように共感覚を使っているか説明できないからだ。幸いにも、ぼくにはそうした深刻な機能障害がないので、こうして伝えることができる。

たいていのサヴァン症候群の人々と同じように、ぼくも自閉症スペクトラム〔スペクトラムとは「連続体」の意味。自閉症やその周辺の障害の間にはっきりした境界線は引けないので連続体としてとらえよう、という考えかたから生まれた呼称。詳しくは巻末の解説参照〕に入っている。そしてぼくはアスペルガー症候群でもある。

イギリスでは、アスペルガー症候群の人は三百人に一人の割合で生まれると言われている。イギリスの自閉症協会がおこなった二〇〇一年度の調査によれば、大人のアスペルガー症候群の半数近くは、十六歳になるまでその診断が下されたことがない。ぼくにしても、ようやくこの診断が下ったのは、二十五歳になってケンブリッジにある自閉症研究センターで検査と面接を受けた後だった。

アスペルガー症候群は、対人的相互反応、コミュニケーション能力、想像力の障害と定義されている（抽象的思考、柔軟な発想、感情移入に問題がある）。診断は容易ではなく、血液検査や脳の断層写真を見ただけではわからない。医師はその人の行動を観察し、幼年期からの発達の過程を調べる必要がある。

アスペルガー症候群の人々は言語能力には問題なく、かなり普通の生活を営むことができる。平均以上のIQのある人が多く、論理的思考あるいは視覚的思考を得意とする。男性の割合が高い(アスペルガー症候群と診断された人の九〇パーセントが男性だ)。こだわりがその決定的な特徴で、細部を分析し、行動様式のなかに法則性とパターンを見いだそうとする強い欲求がある。記憶力や数学的能力に秀《ひい》でているのも一般的な特徴だ。アスペルガー症候群になる原因ははっきりわかっていないが、生まれつきのものだと考えられている。

数字を使って人の感情を理解する

思い返してみると、ぼくにははじめからいまのように数字が共感覚をともなって見えていた。数字がぼくにとっての第一言語だ。つまりぼくは数字を使って考えたり感じたりする。感情というのはぼくには理解しにくく、対応の仕方に困るものなのだが、数字を使うと理解しやすくなる。

たとえば、友だちが悲しいとか滅入《めい》った気分だと言えば、ぼくは6の暗い深い穴に座っている自分を思い描いてみる。すると同じような感覚が味わえて、その感情がわかる。なにかを恐がっている人の記事を読むと、9のそばにいる自分を思い描く。美しい風景を見にいった人の話を聞けば、数字でつくられた風景を思い描く。そしていかに楽しい気分になるかを思い出す。つまりぼくにとって数字は、ほかの人たちを理解する手がかりを与えてくれるものなのだ。

初めて会った人が特定の数字に似ていると、見知らぬ人たちのなかにいても落ち着いた気持ちになる。とても背の高い人に会うと9を、太った人を見ると3を思い起こす。悲しい思いをしたり不安になったり、知らない環境に置かれて緊張や気詰まりを感じたりするときは、心のなかで数を数える。数を数えると、数字が現れてきて心がなごむ。するとどんな状況であっても、緊張が解け、人と落ち着いて話ができる。

カレンダーを思い浮かべるといつもぼくは楽しくなる。31までの数字が、ある一定の法則のもとで一ヵ所に収まっているのがいい。各曜日にはそれぞれ違った色と感情がそなわっている。火曜日はぬくもりのある色で、木曜日はぼやけた色をしている。

カレンダー計算（何年何月何日は何曜日だったか、あるいは何曜日になるかを計算できる）能力は、サヴァン症候群の人にはよくみられる。それはおそらく、カレンダーでは数字の並びかたや月や曜日に一定の法則があるからだと思う。たとえば、十三日はどの月でも、その二日後の曜日がその月の一日の曜日だ。また、一月と十月、九月と十二月、二月と三月のように（閏年《うるう》は例外として）、数字の動きかたが同じ場合がある（二月一日と三月一日は同じ曜日）。だから、ある年の二月一日がぼやけた感じ（木曜日）がすると、三月十三日はぬくもりのある色（火曜日）になる。

『妻を帽子とまちがえた男』という本のなかで、著者のオリヴァー・サックスは、驚異的なカレンダー計算能力を持つサヴァン症候群の人々の例として、ジョンとマイケルという重度の自閉症の双子について書いている。この双子は身のまわりのことはできないが（七歳のときからさまざまな施設で暮らしていた）、カレンダーの曜日は八万年にわたって瞬時にわかる。

サックスは、ジョンとマイケルが素数を交互に出し合いながら何時間でも遊ぶ様子を記している。ぼくもこの双子と同じで、素数に魅せられている。素数はつるりとした形をしていて、ざらざらした個性のない合成数（素数以外の数）とまったく違っている。ある数字が素数だとわかるときには、頭のなか（中心部）でぱっとそういう感じがするので、言葉で説明するのは難しい。突然ぴりぴりっとするような、特別な感覚だ。

ときどきぼくは、目を閉じて、三十までの数、五十までの数、百までの数を思い浮かべては、空間的に共感覚を味わう。すると、ほかの数字のなかから素数だけがとても美しい特別な形で浮かび上がってくる。だから、素数をいくら眺めていても飽きるということがない。それぞれの素数は、その前後にあるどの素数ともまったく違う形をしている。ほかの数字のなかで素数だけが孤立しているので、いっそう際立《きわだ》って見えて、ぼくの心を惹《ひ》きつける。

夜眠りについているとき、心のなかにいきなり明るい光が射し込んできて、たくさんの数字（何百、何千もの数字）がものすごいスピードで泳いでいくのが見えることがある。これはとても美しい、心なごむ光景だ。眠れない夜には、数字の風景のなかを歩く自分を思い浮かべる。すると穏やかで、満ち足りた気分になる。素数が道しるべになってくれるから道に迷うこともない。

数学者たちも、長い時間をかけて素数について考えてきた。というのも、ある数字が素数か素数でないかを見極める簡便な方法がないからだ。いちばん有名な方法は「エラトステネスのふるい」と呼ばれているもので、古代ギリシアの学者エラトステネスが考案した。このふるい理論は次のようにおこなう。調べたい数字、たとえば1から100までをノートに書く。まず2の倍数（4，6，8

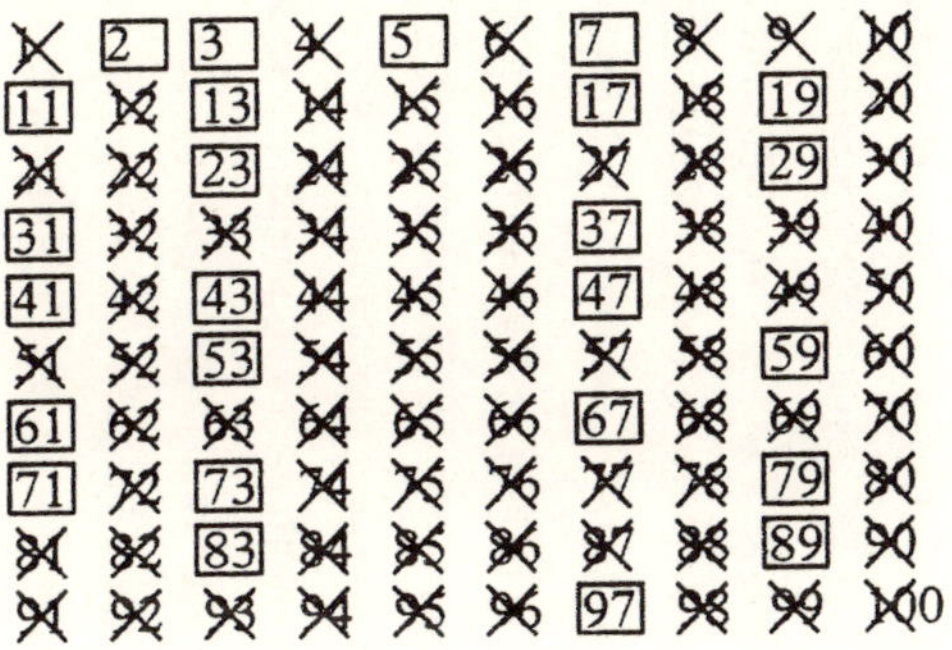

「エラトステネスのふるい」

……100）を消していく（1は素数でも合成数でもない）。次に、3に移り、3の倍数（6, 9, 12……）を消していく。それから4の倍数（8, 12, 16……）を消し、というふうに次々にやっていくと、消せない数字がいくつか残る。2, 3, 5, 7, 11, 13, 17, 19, 23, 29, 31……。これが素数であり、ぼくの数字世界の基本になっている。

共感覚は、ぼくが言葉と言語を理解するための役にも立っている。たとえば**ladder**（梯子《はしご》）という言葉は青く輝いているが、**hoop**（輪）という言葉は柔らかくて白い。ほかの言語を読むときも同じことが起きる。フランス語で「庭」という意味の**jardin**は、ぼんやりした黄色で、アイスランド語で「悲しみ」を意味する**hnugginn**は、白地に小さな青い水玉模様がたくさんついている。

共感覚の研究者によれば、色のついた言葉はその言葉の最初の文字の色で決定されるということだが、ぼくの場合もそれにあてはまる。**yoghurt**

（ヨーグルト）は黄色、video（ビデオ）は紫（もしかしたら violet「紫」とつながっているのかもしれない）、gate（門）は緑。また、言葉の色は、頭に文字を加えて違う言葉にすると変わることがある。たとえば at は赤い言葉だが、そこにｈを加えて hat（帽子）にすると白くなる。さらにｔを加えて that（あれ）にすると、今度はオレンジ色に変わる。すべての言葉がこの法則に当てはまるわけではない。ただ、ａで始まる言葉は必ず赤で、ｗで始まる言葉は必ずダークブルーだ。

言葉の色と意味が完璧に一致している場合もある。raspberry（ラズベリー）は赤い言葉で、その実も赤いし、grass（草）と glass（ガラス）は両方とも緑色の言葉で、両方とも緑色のものを表している。ｔで始まる言葉はオレンジ色で、tulip（チューリップ）も tiger（虎）も tree（木）もオレンジ色と関わりが深い。秋になると木の葉はオレンジ色に変わる。

その反対に、色と意味が一致しない言葉もある。geese（ガチョウ）は緑色の言葉だが、ガチョウそのものは白い（heese という言葉にしたほうがふさわしいように思う）。white（白）は青い色の言葉で、orange（オレンジ）は氷のように澄んで輝いている。four（４）は青い色の言葉だが、数字としては鋭いイメージだ。wine（ワイン＝青い言葉）はフランス語の vin で表したほうがいい。vin は紫色の言葉だから。

言葉に色や質感がともなっていると、出来事や名前を覚えるのに役立つ。たとえば、ツール・ド・フランスの各ステージの優勝者に贈られるのは（赤でも緑でも青でもなく）黄色い jersey（ジャージ）であることをぼくは忘れない。というのも、ぼくにとって jersey という言葉は黄色いからだ。また、フィンランドの国旗が白地に青い十字であることを忘れないのは、Finland という言葉が青い色をしているからだ（fで始まる言葉は全部青い）。初対面の人の名前も、色で覚える。リチャードは赤、ジョンは黄色、ヘンリーは白、という具合に。

このおかげで、ほかの言語を容易に習得することができる。ぼくはいまのところ、英語（母国語）、フィンランド語、フランス語、ドイツ語、リトアニア語、エスペラント語、スペイン語、ルーマニア語、アイスランド語、ウェールズ語の十ヵ国語が使える。

ある言葉からぼくがイメージする色と感情が、その言葉の意味とつながっているので、言葉に命を吹き込むことができるのだ。たとえば、フィンランド語の **tuli** は、ぼくにとってはオレンジ色で、その意味は「火」。この言葉を目にしたり考えたりすると、たちまちオレンジ色が現れるので、その意味を思い出す。さらに、ウェールズ語の **gwelgi** は緑色とダークブルーで、「海」という意味。海の色を言い表すのにこれほどぴったりの言葉はないと思う。それからアイスランド語に「夕暮れ」「黄昏《たそがれ》」という意味の **rokkur** という言葉があるが、この言葉は深紅色で、この言葉を見るたびに沈みゆく真っ赤な夕陽が目に浮かんでくる。

ぼくの名前の書かれた本

幼いころ、ぼくは地元の図書館に通っては、自分の名前が表紙に書いてある本を探して何時間もむなしく過ごした。図書館には山ほどの本があり、さまざまな名前がその背表紙には記されているのだから、どこかに一冊くらいぼくの名前の書かれた本があってもいいだろうと思ったのだ。その当時はまだ、背表紙に人の名前が書いてあるのは、その当人がその本を書いたからだということがわかっていなかった。でもいま二十六歳のぼくは、前より物知りになった。自分の本を図書館で探しだしたければ、その前にその本を書かなければならないことを知っている。

自分の半生を書くことで、ぼくは、自分がいかに遠くまでやって来たかを知り、その道のりを振り返ることができた。十年前、だれかがぼくの両親に「十年後には息子さんは完全に自立して、素敵な相手も仕事も見つけていますよ」と言ったら、両親は絶対に信じなかっただろう。ぼくもそんな言葉は信じられなかっただろう。この本には、ぼくのたどってきた道について書かれている。

弟のスティーヴンが最近、ぼくと同じアスペルガー症候群だとわかった。十九歳の弟は、苦悩、孤独、将来への不安といった、ぼくが直面してきたさまざまな困難をいま経ているところだ。ぼくが子どものころ、医師たちは、アスペルガー症候群についてなにも知らなかった。そのため、長いあいだぼくは、自分がどうして同級生たちと違うように感じるのか、自分のまわりの世界と切り離されているように感じるのか、まったく理解できなかった。ぼくの経験を綴《つづ》ったこの本が、スティーヴンのような大勢の若い人たちの心の支えになることができればと思っている。若い人たちには、ひとりぼっちではないこと、だれもが幸せで実りある人生をおくれることを知ってほしい。そして自信を持って生きていってほしい。ぼくがその生きた見本なのだから。

幼年時代

泣きやまない赤ん坊

その一月の朝、イースト・ロンドンはひどく寒かった。臨月が近いぼくの母ジェニファーは、狭いアパートメントにたったひとつある大きな窓のそばに座り、凍《い》てつく狭い路地を黙って見下ろしていた。早起きのぼくの父ケヴィンは朝刊を買いに地元の商店まで行き、戻ってくると妻が起きていたので驚いた。なにか悪いことが起きたのではないかと思い、静かに妻のところに歩み寄ってその手を握りしめた。

妻は疲れているようだった。この何週間かずっと疲れているように見えた。妻は身動きせず、その瞳は静かに一点を見つめていた。ようやく夫のほうを向くと、感情を抑えきれないような表情で、両手でそっと自分のおなかをさすりながらこう言った。「なにがあっても、この子を愛しましょうね。ひたすら、愛しましょうね」ぼくの母は泣き出し、父はその手を握りしめて静かにうなずいた。

母は子どものころ、自分をよそ者だと思っていた。母の最初の記憶にあるのは、年が離れていたためいっしょに遊んでくれない兄たち（彼らは母が幼いときに家を出ていった）と、頑固でよそよそしい両親だった。もちろん母は愛されていたにちがいないが、そういう実感を持てないまま成長した。そうした幼年期の記憶のせいで、三十年経《た》ってもなお不安定な感情を引きずっていた。

父は子ども時代、母親が離婚して家を留守にして仕事に出ていた時期、長いあいだたったひとりで弟と妹の世話をしていた。父は幼い兄弟の世話を一手に引き受けていたが、十歳のときに一家はホームレスのための施設に移った。施設では勉強することもままならず、子どもらしい希望も夢も持てなかった。

父は、共通の友人を介して母に会い、嵐のような激しい思いを抱き、いっしょに暮らすようになってからも母に対して変わらない愛情を抱き続けた。妻に与えるものはなにもないが、愛情だけはふんだんにある、と父は思っていた。

後になって父は、母と会った日が人生でいちばん幸せだったと言った。大勢のいろいろな人たちがいるなかで、ふたりは相手を特別な人だと思った。ふたりとも辛い子ども時代を過ごしてきたが、赤ん坊のために特別な存在になりたいと思ったのだ。

ふたりで話し合ってから数日後に、母の陣痛が始まった。父が仕事から帰ってくると、母は陣痛で苦しんでいた。ひとりで病院に行くのが怖くて、父の帰りを待っていたのだ。父は電話で救急車を呼び、金属板工事で油まみれになった作業服のまま、母と病院に駆けつけた。あっという間に出産は終わり、ぼくは三千グラムに満たない体重でこの世に生まれた。

赤ん坊がやって来るとすべてが変わると言われるが、確かにぼくの誕生は両親の生活を一変させてしまった。ぼくは初めての子どもだったので、生まれる前から両親の大きな期待を背負っていたのは当然のことかもしれない。生まれる数ヵ月前から、母は人気女性誌の育児相談欄を父といっしょに隅から隅まで読み、ベビーベッドを買うためにお金を貯めていた。

しかし、病院で最初に赤ん坊と過ごした日々は、母の想像していたものとは違っていた。ぼくはひっきりなしに何時間も泣き続けた。母がいくら抱き寄せても、いくら指で優しく顔を撫でても、泣きやむことはなかった。

両親の住んでいたアパートメントは狭く、ひとつしかない寝室の隅にベビーベッドが置いてあった。退院したその日、両親はぼくをベッドに寝かせるのは無理だと悟った。ぼくはいっこうに眠ろうとせずにいつまでも泣いていたのだ。ぼくが一歳半まで母乳を飲んでいたのは、それがぼくを黙らせておく数少ない手段だったからだ。

母乳で育てることは、赤ん坊の免疫力を高め、認知発達と知覚を高めるうえでとてもいいと言われている。また、母子が身体的・感情的に触れあう機会が増えるため、自閉症スペクトラムの子どもたちの感情発達にとって有益だとも考えられている。母乳で育てられた自閉症の子どもは、粉ミルクで育てられた子どもより周囲への反応がよく、社会的な順応性が高くなり、感情が豊かになるという報告もある。

　ぼくを黙らせておくもうひとつの手段は、絶えず揺り動かしておくことだった。父はぼくを両腕に抱いて揺すった。一時間以上揺すり続けることもあった。片腕にぼくを抱いて揺すりながら片手で食事をとるのが、父の日課になった。父はときには朝早くから、そして仕事が終わって帰ってきてからは必ず、乳母車《バギー》にぼくを乗せて長い散歩に出た。バギーが止まると、たちまちぼくは大声で泣き出した。

　そのうち、昼も夜も、両親の生活はぼくの泣き声を中心に営まれるようになった。両親はきっと頭がへんになりそうだったにちがいない。ふたりは途方に暮れながらも、ときどきぼくを毛布にくるんで、その片端を母が、もう片端を父が持って左右に揺らした。繰り返し揺らされるとぼくはおとなしくなった。

　その夏、ぼくは幼児洗礼を受けた。両親は信仰のあつい信徒ではなかったが、最初の子どもにはそうするのが正しいと思ったのだ。大勢の親類、友人、近隣の人たちが集まり、天気もよく気持ちのいい日だった。しかし、式のあいだじゅうぼくは泣き続け、洗礼の言葉をかき消してしまった。両親は途方に暮れるしかなかった。

　家に来た母の両親は、ぼくがこんなに気難しい赤ん坊なのはどうしてかと不思議に思った。それで、ぼくが泣いても抱き上げないほうがいいと言った。「そのうちあきらめるわよ」と。しかし、泣き声は大きくなるばかりだった。

　両親は何度も医者を呼びに行ったが、そのたびに医者は、お腹が痛くて泣いている《コリック》んですよ、すぐによくなるでしょう、と言った。コリックというのは、赤ん坊が長いあいだ大声で泣き続けていっこうに泣きやまない「説明のつかない大泣き」によく使われる方便だ。だがこの定義は、泣きやまない赤ん坊の五人に一人くらいにしか当てはまらない。

医師や科学者は何十年にもわたって、赤ん坊が大泣きする原因をつきとめようとしてきた。最近の研究では、コリックは、多くの親が思っているような消化器官の問題によるものではなく、むしろ脳の発達や神経系に関わる問題によるとしている。たとえば、よく泣く赤ん坊は、刺激に異常なくらい敏感で、過剰な刺激に弱い傾向にある。

一年間も大泣きが続いたこと自体、たとえそれがコリックによるものであったとしても尋常ではない。赤ん坊のころによく泣いていた子どもの発達を調べた最近の研究では、過剰な大泣きは、将来行動上の問題を起こすサインかもしれない、と指摘している。赤ん坊のころに普通の泣きかたをしていた幼児と比べて、泣きやまなかった幼児は、五歳になっても手と目の協調運動の発達が遅く、多動になりやすく、叱られても同じことを繰り返す傾向にあることがわかっている。

幸いにも、ぼくはほかの面では問題がなかった。歩くのも早かったし、一歳になってすぐに言葉を喋《しゃべ》った。アスペルガーの診断基準のひとつに、言語における著《いちじる》しい発達の遅れはみられない、というのがある（言葉の発達が著しく遅れたり、まったく言葉を喋らないこともある自閉症の人たちの特徴とは異なっている）。

それからぼくは耳の感染症に何度もかかり、抗生物質を飲み続けた。耳の感染症による痛みのせいで、二歳になっても相変わらず気難しく、陰気で、泣いてばかりいる子どもだった。それでも両親は毎日、ぼくのせいで疲れ果てていたにもかかわらず、毛布にぼくをくるんで左右に揺らしたり、抱きかかえて揺すったりしてくれた。

ぼくがこうしたひどい大泣きと病気を繰り返しているときに、母はふたり目を妊娠した。そこで両親は、もう少し広い家に移れるよう地元の自治体に申請し、近くのアパートメントに引っ越した。弟のリーが生まれたのは五月の日曜日だった。リーはぼくとは正反対で、穏やかで落ち着いた、物静かな子だった。これには両親もほっとしたにちがいない。

しかし、ぼくの行動はよくならなかった。二歳のとき、居間の壁に向かっていき、その壁に何度も頭をぶつけだした。からだを前後に動かし、額を繰り返し壁にぶつけた。ものすごい勢いでぶつけてけがをすることもあった。父は壁を打つ音が聞こえると急いでぼくを壁際から引き離すのだが、ぼくはすぐに駆け戻って同じことを繰り返した。一時期ひどいかんしゃくを起こし、甲高い悲鳴をあげながら自分の手で頭をひっぱたいたこともある。

両親は巡回保健士に相談した。保健士は、頭を打ちつけるのはストレスを感じたときに自分をなだめようとする子どもなりの方法だ、と言って両親を安心させた。そして、お子さんは苛立《いらだ》っていて、神経過敏になっているので、地元の保育園を探してあげましょう、と言って帰った。ぼくが二歳半のときだ。数週間後に育児センターからぼくを引き受けるという電話がかかってきたとき、両親は心からほっとした。

うちとけない子ども

新しい赤ん坊ができたことで、ぼくの両親は、それまでの二年間でつくりあげてきた日課を見直さなければならなかった。ぼくを保育園に行かせたことで大きな変化がもたらされた。ぼく中心の生活を、昼間だけでもしなくてよくなったのだ。

ぼくは眠りが浅く、夜中に何度も目を覚まし、朝は早くに起きた。朝は父がぼくに食事をとらせ、食器を洗い、ぼくに着替えをさせ、母は弟の世話をした。バギーを押しての保育園までの道のりは複雑で長かった。十九世紀の刑務所改革者でクエーカー教徒のエリザベス・フライが埋葬されている墓地を過ぎ、大きな集合住宅の並ぶ地区を抜け、アーチ状になった道を通って小径《こみち》に出る。それから何度も角を曲がった。

保育園は、ぼくが外の世界を初めて知った場所だった。当時のことで覚えていることは少ないが、時間の霧を貫いて射し込む光の筋のように強く印象に残っているものはある。保育園には砂場があった。ぼくは一日の大半を砂場にしゃがみこんで、砂を掘ったり、かきまぜたりして過ごした。砂の一粒一粒に魅せられていた。それから砂時計にも夢中になった。保育園には大きさの違う砂時計がいくつかあって、ぼくは砂が少しずつ落ちていくのをひたすら見つめていた。まわりで子どもたちが遊んでいるのにも気づかなかった。

両親が言うには、ぼくはほかの子どもたちと遊ぼうとしない一匹狼で、園長先生によれば、自分の世界にひたりきっていたそうだ。両親が当時のことを鮮明に覚えているのは、赤ん坊のころのぼくと保育園時代のぼくの違いがあまりにも大きかったからだろう。悲鳴をあげ、泣きわめき、頭を壁に打ちつけていた赤ん坊が、物静かで自分の世界に閉じこもり、うちとけない幼児になったのだから。いまになってみれば、その変化は必ずしも順調に発達しているしるしではなかったことがわかるが、当時はよい兆候に思われた。ぼくは「いい子」になりすぎていた。あまりにも物静かで、なんの要求もしない子になっていた。

複雑な発達障害である自閉症は、当時の社会では知られていなかったし、ぼくの行動は、当時の典型的な自閉症児の症状とはまったく異なっていた。ひっきりなしにからだを揺らすこともなく、言葉はよく話せたし、少なくとも周囲の環境になじむ力はあった。アスペルガー症候群や高機能自閉症が医療関係者のあいだで認められ、社会に認められるようになるのは、それから十年後のことだ。

ほかにも問題はあった。両親はぼくに病気というレッテルを貼って、ぼくの発達を妨げたくないと思っていたのだ。なによりも両親は、ぼくを幸せにしたかった。ぼくに健康で「普通の生活」をおくらせたかった。友人や親類や近隣の人たちからぼくのことを尋ねられるたびに、息子はとても内気で繊細な子なんです、と言っていた。ぼくが思うに、両親は発達障害のある子どもを持ったことでまわりから変な目で見られるのを恐れていたのだと思う。

保育園に通いはじめてまもなく、保育園の床には、マットの部分とカーペットの部分があって、その感触が違っているのに気づいた。首を前に折るようにうつむき、足元を見て、場所によって靴の下の感触が違うことを楽しみながらゆっくり歩いていたことを覚えている。ぼくがうつむいて足元を見ながら歩いていたのは、ほかの子や保育士とぶつからないようにするためだったが、ゆっくり歩いていたので、衝突してもたいていはたいしたことにはならなかったし、ちょっと向きをかえるだけで衝突は避けられた。

天気のよい暖かい日には、子どもたちは保育園の小さな庭で遊んだ。園庭にはすべり台とブランコがあり、芝生の上にはおもちゃがちらばっていた。明るい色のボールと打楽器があった。すべり台とブランコの下には必ず、子どもが落ちた場合のことを考えて、ビニールで表面を覆われたマットが敷いてあった。そのマットの上を裸足《はだし》で歩くのがぼくは好きだった。暑い日には、汗をかいた足の裏がマットにくっついた。何度も足を上げたり下ろしたりして、足の裏のくっつく感じを楽しんだ。

ほかの子どもたちはぼくのことをどう思っていたのだろう。ほかの子たちのことをまったく覚えていないので、よくわからない。子どもたちはぼくの視覚と感触の世界の向こう側にいた。ほかの子たちといっしょに遊ぶという意識がぼくにはなかった。

保育士たちはぼくの普通ではない行動を受け入れてくれていたようだ。というのも、彼らは一度もぼくをむりやりほかの子どもたちと遊ばせようとしなかったからだ。ぼくがそのうち子どもたちに慣れていっしょに遊ぶようになる、と期待していたのかもしれないが、そうはならなかった。

父は毎朝ぼくをバギーに乗せて保育園まで送った。迎えに来てくれることもあった。仕事の帰りに立ち寄るので、たいていは作業服のままだった。父は人目を気にするような人ではなかった。才能豊かな人だった。家に帰ると、服を着替えて夕飯の支度《したく》をした。料理は父の担当だった。料理が父のストレス解消だったのだと思う。ぼくは食べ物の好き嫌いが激しく、たいていシリアルとパンと牛乳しか口にしなかった。ぼくに野菜を食べさせるのはたいへんなことだった。

寝る時間になるといつも大騒ぎだった。ぼくは走り回ったり、跳び上がったりして、簡単にはベッドに入らなかった。同じおもちゃ——小さな赤いウサギ——といっしょでないと眠れなかった。いつまでたっても眠れずに泣き叫んでいると、とうとう両親が折れて、両親のベッドで寝かせてくれることもあった。ようやく眠りについても怖い夢ばかり見た。

いまでも覚えている夢がある。大きなドラゴンがぼくにのしかかる夢だ。ぼくはびっくりして泣きながら目が覚めた。ドラゴンに比べてぼくはちっぽけだった。毎晩のように同じ夢を見た。夢のなかでドラゴンに食べられてしまうのでからだが硬直してしまった。ところがある夜、ドラゴンは現れたときと同じように突然姿を消した。その後も怖い夢は見たが、回数はしだいに減っていき、それほど怖くなくなっていった。ある意味で、ぼくはドラゴンを打ち負かしたのかもしれない。

ある朝、保育園に行く途中、父はいつもと違う角を曲がった。すると、父が驚いたことに、バギーのなかでぼくは大声で泣き出した。三歳にもならないのに、ぼくは家から保育園までの道順を正確に覚えていたわけだ。通りかかった老婦人が足をとめ、ぼくをじっと見てこう言った。「この子はすばらしい肺の持ち主にちがいないわね」。父はうろたえ、急いで道を引き返し、いつもの道に戻った。たちまちぼくの泣き声はぴたりとやんだ。

保育園での思い出はもうひとつある。保育士がシャボン玉を吹いていたことだ。大勢の子どもたちが両手を上げて、頭上を飛ぶシャボン玉を捕まえようとしていた。ぼくはシャボン玉に触ろうとはしなかったが、その形と動きをじっと見つめ、きらきら輝く濡れた表面に反射する光を観察していた。保育士が強く息を吹き込むと、小さな無数のシャボン玉が次から次へと一本の筋のように出てくる。それを見るのがとりわけ好きだった。

保育園でも家でも、ぼくの遊ぶおもちゃは限られていた。おもちゃを持つときは、その端をしっかりと両手で握って左右に動かした。抱きしめたり、撫でたり、上に放り投げたりしなかった。大好きだった遊びは、コインを床の上で回転させ、くるくるまわるそのコインの様子をじっと見ていることだった。これは何度やっても飽きることがなかった。

両親の話では、ぼくは母の靴を床に繰り返し打ちつけていたという。靴の立てる音が好きだったのだ。しかも、その靴を自分で履《は》いて、部屋のなかを用心深く歩き回った。両親はその靴をぼくの「パタパタ」靴と呼んでいた。

ある日、父がぼくをバギーに乗せて通りを散歩していたとき、ある店の前を通りかかるとぼくが悲鳴をあげた。父は店のなかに入るのをためらった。両親はぼくを連れて外出しても、店のなかに入らなかった。何度かぼくを連れて店に入ったことがあったが、そのたびにぼくがいきなり泣き出してかんしゃくを起こしたからだ。両親は店の人に謝り、「この子はとても敏感で」と言ってすぐに店を出なければならなかった。

けれども今度のぼくの悲鳴はそれとは違っていた。決意を持ったものだった。店に入ると、『ミスター・メン』シリーズの本がたくさん飾られていた。明るい黄色の『ミスター・ハッピー』と紫色の三角形の『ミスター・ラッシュ』があった。父はその一冊をぼくに渡した。ぼくが返そうとしないので、父はその本を買った。翌日同じ店の前を通ると、またぼくが悲鳴をあげた。父は店に入って別の『ミスター・メン』の本を買った。まもなくこれが日課になり、すべてのキャラクターの本が揃うまで続いた。

ぼくと『ミスター・メン』の本は分かちがたいものになった。それを持たずには家を出られなかった。夕方になると床に寝そべり、何冊も本を手に持って、ページに描かれたキャラクターのイラストの形や色を眺めて何時間も過ごした。両親はぼくが『ミスター・メン』に夢中になるのを喜んだ。そんなに幸せそうで穏やかなぼくを見るのは初めてだったからだ。それに、ぼくをしつけるいい手段にもなった。一日中かんしゃくを起こさなかったら新しい『ミスター・メン』の本を買ってあげる、と両親はぼくによく言っていた。

本のなかの数字に囲まれて

ぼくが四歳のとき、初めて一戸建ての家に引っ越した。ブリスベリー・ロードの角だった。その家はおかしな格好をしていた。居間と隣り合った狭い廊下に階段がついていて、そこからしか二階に上がれなかった。バスルームは一階の、玄関のすぐそばにあった。訪れてきた親類や友人は、玄関を開けると風呂の湯気が廊下に満ちているのでびっくりした。両親は、ブリスベリー・ロードの家にはあまりよい思い出がないという。キッチンの湿気に絶えず悩まされ、冬は家のなかにいてもいつも寒かったからだ。ただ、隣人には恵まれた。隣の中年夫婦は、弟とぼくを特別可愛がってくれ、ぼくたちが庭にいるとお菓子やレモネードを持ってきてくれた。

父は週末のたびに玄関の前にある菜園でせわしく働いた。たちまち菜園は、ジャガイモやニンジン、エンドウ豆、タマネギ、トマト、イチゴ、ルバーブ、キャベツでいっぱいになった。日曜の午後には必ず、ルバーブとカスタードクリームを食べた。

ぼくは部屋を弟と共同で使っていた。狭い部屋だったので、空間を無駄にしないため二段ベッドが入っていた。弟はふたつ下だったのに上の段を使っていた。両親が、ぼくが上の段で寝たら、夜中に動きまわって落ちるのではないかと心配したのだ。

ぼくは弟に格別の感情を抱いていなかった。弟とは別々の生活をしていた。弟はよく庭で遊んだが、ぼくは自分の部屋から出なかった。いっしょに遊ぶことはめったになかった。いっしょに遊んでも、互いに別々のことをしていた。ぼくは自分のおもちゃや楽しいことを弟と分かち合おうとは思わなかった。

いま思い返してみると、当時そんな気持ちでいたことが不思議でならない。いまは助け合っていっしょに楽しくやることの意味がわかっている。いまでも、積極的に自分をさらけだして人とつきあうのが難しいと感じるときがあるが、無理にでもそうすべきだという思いが強くある。以前もそういう思いはあったのかもしれないが、それを理解するのにかなりの時間がかかった。

ぼくはとてもおとなしい子どもになり、たいてい自分の部屋で過ごした。決まった場所に座って、音のない世界に夢中になっていた。ときどき耳に指を突っ込んで、無音に近い状態にしようとしたが、頭のなかは騒々しかった。でも耳をふさいでいると、頭のまわりで、圧縮されるような滑らかでかすかな振動を感じた。

目を閉じるとやわらかで銀色に輝くその振動が見えた。考える必要はなかった。自然にそれが現れた。突然、ドアを叩く音が聞こえたりすると、すべてが粉々になるような苦痛を感じた。

一階の居間にはいつも本があふれていた。両親とも読書家だった。いまでもよく覚えているが、ぼくはよく床に座りこんで、両親が本や新聞や雑誌を読むのを観察していた。ぼくがいい子でいるときは、読書中の両親の膝の上に座らせてもらえた。ページをめくる音が好きだった。本はぼくにとって特別なものになった。というのも、両親が本を読んでいるとき、部屋は静けさに満ちていて、そこにいると穏やかで満ち足りた気持ちになれたからだ。

ぼくは両親の本をためこむようになった。本を両腕に持てるだけ持って自分の部屋に運んだ。本を抱えて階段を上《のぼ》るのは難しく、一段ずつ慎重に上っていった。重い本や大きい本を運ぶときには、十二段の階段をまるまる一分かけて上った。ひどく古くてかび臭い本もあった。

自分の部屋に入ると、床に何冊も本を積み上げ、自分のまわりに本の壁を築いた。両親はあやまって本の山を崩してしまうのを恐れて、ぼくの部屋に入ってこなくなった。両親が本を片づけようとすると、ぼくは号泣してかんしゃくを爆発させた。

本の各ページには必ず数字が書いてあり、その数字に囲まれていると、数字でできた心地よい毛布にくるまっているみたいでとても幸せだった。文章を読めるようになる前から、ぼくは数を数えることができた。数を数えると、頭のなかで数字がいろいろな動きをしたり、色のついた形になったりした。

特別重い本を抱えて階段を上っていたとき、うっかり足を滑らせて落ちたことがある。落ちていくぼくの頭のなかに、散乱する陽《ひ》の光のような、明るい点描のような閃光《せんこう》が走った。階段の下に座ったままめまいと痛みに耐えた。助けを呼ばなかったが、音を聞きつけた父が駆けつけてくるのを待った。ぼくは必要なとき以外、めったに口をきかなかった。階段から落ちたあと、またぼくが階段から落ちてひどいけがをするのではないかと心配した両親が、大きくて重たい本は全部隠してしまった。

風船は嫌い

家のすぐ近くに公園があった。歩いて行ける距離だったので、週末はよくそこで過ごした。両親がちぎって渡してくれたパンくずをアヒルに向かって投げた。公園に行くのはたいてい早朝だった。両親は、大勢の人がいるとぼくが怯《おび》えるのを知っていた。弟は駆け回っていたが、ぼくは地面に腰を下ろして草を引き抜いたり、デイジーの花びらをむしったりしていた。

その公園でいちばん好きだったのがブランコだ。父がぼくを抱き上げてブランコに乗せ、そっと押してくれた。父が疲れて押すのをやめると、ぼくは父がふたたび押すまで「もっと、もっと」と叫び続けた。回転木馬もあった。ぼくが馬に乗り、両親がその両脇に立ち、いっしょにゆっくりと回った。回る木馬に乗りながら、ぼくは目を閉じて微笑んだ。回転木馬に乗るととても気持ちがよかった。

公園のそばの通りはひどくうるさいときがあった。家に帰る途中で、通り過ぎる車が突然クラクションなどのいやな音をたてたりすると、ぼくは耳に手を押し当てて立ちすくんだ。大きな音よりむしろ不意に鳴る音のほうがいやだった。その音がどんな影響をぼくに与えるか予想できなかったからだ。だから風船も嫌いで、風船を持っている人を見るとすくみあがった。風船が割れて、すさまじい音を立てるのではないかとびくびくした。

ブリスベリーに移ってからも、五歳になるまでは、地元のドロシー・バーリーという小学校内にある保育園に通った。ドロシー・バーリーは十六世紀、ヘンリー八世の時代にこの地区に住んでいた女子修道院長の名前だそうだ。保育園ではいつも紙と色鉛筆を渡され、絵を描いて色を塗るように言われた。これはとても楽しかったが、指のあいだに鉛筆をはさんで持つことができなかったので、鉛筆を握って描いた。いろいろな大きさの円を描くのが好きだった。円はぼくの大好きな形だったので、何度も繰り返し描いた。

保育園の部屋の隅にはおもちゃのたくさん入った箱があった。ぼくの大好きなおもちゃは色のついたビーズだった。両手で包んで振り、てのひらに当たる感触を楽しんだ。丸めたボール紙を使って遊ぶ（たとえば双眼鏡や望遠鏡をつくる）ように言われると、筒状になったボール紙にビーズを入れ、それをひっくり返して、ビーズが上から下へ落ちていく様子に心を奪われた。桶や瓶《びん》があると決まってそのなかにビーズを落とし、拾い上げ、また落とす、ということを繰り返した。

壁に本棚があった。好きな絵本は『はらぺこあおむし』だった。ページに開けられた穴と、明るく丸っこい絵がとても好きだった。本棚のそばには読書コーナーがあり、子どもたちはそこの大きなマットのうえで保育士を囲んで座り、保育士の朗読に耳を傾けた。そういうとき、ぼくは後ろのほうにあぐらをかいて座り、うつむいて自分の世界に入り込んだ。朗読の声が耳に入らなかった。ぼくはいつの間にかハミングをはじめていた。顔を上げると保育士が読むのをやめていて、全員がぼくを見ていた。ぼくがハミングをやめてうつむくと、また朗読が始まった。

保育園で寂しいと思った記憶はない。もしかしたら、自分の好きな本やビーズ遊びや円を描くことに夢中だったからかもしれない。ぼくはほかの子と違うということを、なんとなく気づきはじめていたが、どういうわけかまったく気にならなかった。友だちがほしいと思わなかったのだ。自分の世界で遊ぶことで充分に満足した。

椅子とりゲームなどをして集団で遊ぶ時間になっても、ぼくは加わらなかった。残った椅子を争うときにほかの子のからだに接触することを思うと怖かった。いくら園長先生がいっしょに遊ぶよう優しく説得しても無駄だった。参加せずに、壁のそばに立って、子どもたちの遊ぶ様子を見ていた。放っておかれているかぎり、ぼくは幸せだった。

保育園から帰ると、すぐに階段を駆け上がって自分の部屋に入った。疲れたり、動転したりすると、決まってベッドの下の暗闇に入り込んで、そこでじっとしていた。両親は、そっとドアをノックしてから様子を見に部屋に入ってきた。母は、保育園でどんなことがあったかぼくに話をさせようとした。ぼくになんとか口を開かせようとした。ぼくが一日中ほとんど口をきかなかったからだ。

ぼくにとって部屋は聖域だった。自分だけの空間にいると緊張が解けて心穏やかでいられた。一日のほとんどをそこで過ごしていたので、両親がぼくと時間を過ごしたければ、ぼくの部屋まで来るしかなかった。両親はいつもぼくに対して辛抱強かった。

こうして幼い頃のことを書いていると、当時アスペルガー症候群のことをまったく知らなかったにもかかわらず、両親がぼくのためにさまざまなことをしてくれたことに驚かざるをえない。小さいころの両親の思い出話は、ぼくにとっては不思議なことばかりだ。いまこのような人間になれたのは、両親のおかげだとつくづく思う。ぼくは泣いたりかんしゃくを起こしたりして、育てにくい子どもだったのに、両親は無条件にぼくを愛し、献身的に支えてくれた——毎日毎日、少しずつその身を捧げてくれた。ぼくは両親をとても尊敬している。

稲妻に打たれて

四歳で発作を

それが起きたのは居間の床に座っていたときだった。ぼくは四歳になっていた。弟のリーがそばにいて、父はキッチンで夕食をつくっていた。周囲から隔離されているという感覚は、自分の世界に入り込んでいた当時のぼくには普通のことだった。ぼくはてのひらのしわを観察したり、動いている自分の影を見つめたりしながら、からだを前後にゆっくりとリズミカルに動かしたりしていた。でも、なにかいつもとは違っている感じがした。部屋の四方がぐぐっと離れていくような気がし、部屋の明かりが外に漏れていき、時間の流れが滞り、それからためらうように動きだした瞬間のことだった。そのときはなにもわからなかったが、ぼくはかなり重いてんかんの発作を起こしていたのだ。

てんかんは脳の病気のひとつで、患者はイギリスにはおよそ三十万人いる。けいれん発作は、脳のなかがほんの一瞬、電気的な不具合を起こしたために生じる現象だ。いまのところ、それがなぜ起きるのか、どうやって始まり、どのようにやむのかは解明されていない。原因はつかめていないものの、医師たちは脳内の神経細胞、あるいは化学作用のバランスによるものではないかと思っている。

父によれば、発作が起きる何日も前から、ソファに横になってテレビを見ていたぼくの目が激しく動きまわり、両腕がこわばるのに気づいていたという。父は心配して医師を呼んで調べてもらった。暑くて湿気の多い日だったので、医師は暑さによる「発作」だろうと言った。そして、おかしいと思ったらすぐに連絡するようにと父に言い残して帰った。

二回目の発作が起きたとき、弟がそばにいてくれて非常に幸運だった。ぼくはひきつけを起こし、意識を失った。父は、弟の泣く声を聞いて急いで駆けつけ、なにが起きたのか悟った。本能的に、そっとぼくを抱えあげると家から飛び出し、近くに駐車していたタクシーの列に向かった。先頭のタクシーに乗り込み、いちばん近い病院——セント・ジョージ病院——にできるだけ急いで行ってくれるよう運転手に頼んだ。タクシーが猛烈なスピードで飛ばしているあいだ、父はぼくを抱きかかえたまま、祈ることしかできなかった。

父は汗を滴《したた》らせながらタクシーから降りて小児病棟へ急いだ。ぼくの意識は戻らず、けいれんは続いていて、「てんかん重積状態」という生死に関わりかねない状態だった。受付の看護師がぼくを抱き取り、すぐに医師を呼んだ。医師はぼくの症状を安定させるために「ヴァリウム」という薬を注射した。ぼくの呼吸は止まり、顔は蒼白だったので、医師は心肺蘇生をおこなった。発作が起きてからおよそ一時間後に、ようやくぼくは元の状態に戻った。苦しい試練に消耗していた父は、その知らせを聞いてわっと泣き出した。父の機敏な対応のおかげで、ぼくの命は救われたのだ。

病名は側頭葉《そくとうよう》てんかんだった。側頭葉は頭の横、ちょうど耳の上にあって、感覚、記憶、聴覚、知覚に関わっている。そこで発作が起きると、記憶機能が損なわれ、人格に影響が及ぶこともある。

てんかんにかかる確率は、普通の人より自閉症スペクトラムの人のほうが高い。自閉症スペクトラムの子どもの三分の一が青年期までに側頭葉てんかんを発症する可能性がある。それは、自閉症とてんかんの発生源が脳の同じところにあるからではないか、あるいは遺伝的なものだからではないかと言われている。

診断の過程で、ぼくは脳波検査（ＥＥＧ）と呼ばれる検査を受けた。ＥＥＧでは、頭のまわりに取りつけられた電極で脳の電気的活動を測定され、脳波に異常がないかどうか検査された。技師がぼくに覆《おお》いかぶさるようにして頭のいろいろな部分に電極（小さくて丸い金属のキャップ）を糊《のり》で固定したのを覚えている。一個一個固定されるたびにしかめ面をしたのは、頭を触られる感じが好きではなかったからだ。

核磁気共鳴画像（ＭＲＩ）による脳のスキャンもおこなった。ＭＲＩは強力な磁気とマイクロ波放射とコンピュータによって、体内の隅々まで映像化するものだ。スキャナーに入る前に鎮静剤を飲まされた。ぼくが機械の立てる音になじめず、スキャナーに入っているあいだに閉所恐怖症に陥るかもしれない、と技師が心配したのだ。白く輝く柔らかな長椅子に横たえられ、そのままスキャナーの狭いトンネルのなかに入れられ、三十分ほどなかにいた。ぼくはなかで眠っていたのだと思う。長椅子がトンネルから引き出され、目を開けたとき、そばに父が立っていた。撮影中、スキャナーはとてもうるさい音を立てていたはずなのだが。

それから何日か入院して、さまざまな検査を受けた。両親は昼も夜も交代でぼくのそばについていた。ぼくが目を覚《さ》まして見知った顔がひとつもなかったらパニックを起こすのではないかと心配したからだ。病室のてらてらした床には、小さな傷が無数にできていた。ベッドのシーツの肌触りは家のシーツと違い、ざらざらしていた。両親はオレンジ・ジュースと、時間をつぶすためのぬり絵の本と色鉛筆を持ってきてくれたが、ぼくはとても疲れていたので、ほとんどの時間を寝て過ごした。

医師たちは、経過は順調だと両親に伝えた——側頭葉てんかんと診断された子どもの半数は病気が進行するのだ。ぼくは抗てんかん剤を処方され、家に帰された。

祖父もてんかんだった

てんかんと診断されたことで、両親は、とりわけ父はひどく落ち込んだ。父の父親（つまりぼくの祖父）は、大人になってからずっとてんかんの発作に苦しめられ、ぼくが生まれる数年前に亡くなった。

ぼくの祖父ウィリアム・ジョン・エドワードは、一九〇〇年代の初めにイースト・ロンドンに生まれた。祖父は靴修理人として働き、第二次世界大戦では兵士として戦い、ダンケルクから撤退して北スコットランドに駐屯《ちゅうとん》し、高射砲を受け持っていた。結婚して四人の子どもをもうけた。ぼくの父は末っ子だった。戦後に始まった祖父のてんかんは非常に重いものだった――祖母は、皿やコップがキッチンのテーブルから床に落ちて砕ける音にすっかり慣れてしまったという。

その当時、てんかんに苦しむ人を支援する手段には限りがあった。医師たちは、祖父の病気は戦争中に被《こうむ》った戦争神経症によるものではないかと言った。そして祖母に、離婚して新しく出直すように言った。離婚したとしても祖母は幼い子どもを抱え、長い人生を生きていかなければならない。決断を下すのはとても辛いことだったと思うが、結局祖母は医師の忠告を受け入れ、それからまもなく再婚した。祖父は精神疾患のある元兵士専用の長期滞在型の病院に移った。

祖父母の関係の破綻《はたん》は家族に悲惨な結果をもたらした。祖母は新しい生活を始めたが、再婚相手はなかなか仕事を見つけられず、わずかな稼ぎをギャンブルにつぎこみ、定収入がないためにいつの間にか家賃を滞納するようになった。ある日一家が家に帰ってみると、庭に家具がひとまとめに積み上げられていて、玄関のドアには錠が掛かっていた。家賃滞納で立ち退かされた一家はホームレスになった。

初めは家族の友人が子どもたちの面倒をみていた。ぼくの父も父違いの弟といっしょにその友人宅に世話になっていたが、結局子どもたちと祖母はホームレス専用の施設に移った。父は、面倒をみてくれていた人から別れのプレゼントとしてレゴブロックをもらった。施設には狭い古ぼけたあばら屋がいくつもあり、トイレやバスルームやキッチンはほかの居住者と共有だった。各小屋をつなぐ狭い廊下の床は赤いコンクリートだった。職員たちが廊下を歩く騒々しい音を聞いて、父はそれがだれの足音かわかったという。ある人物には「威張り屋」というあだ名をつけた。

父の一家にあてがわれたのは、家具のない狭苦しい小屋で、もちろんテレビもラジオもなかった。子ども部屋にはベッドが三つしかなかった。祖母の部屋にはベッドとテーブルと椅子がそれぞれひとつずつ置いてあった。おとなの男は滞在が許されていなかったので、祖母の夫は店舗の上にある部屋を借りた。一家がこの施設にいるあいだ、家族は離ればなれに暮らしていた。

この施設での生活はひどいものだった。設備はないに等しく、プライバシーもなかった。玄関のドアの鍵は壊れたままだった。職員たちは軍隊のように規律に従って施設のなかを走り回った。父の家族にとってここで過ごした一年半は厭《いと》わしいものだった。唯一の明るい思い出は、祖母が施設の管理人ミセス・ジョーンズと知り合い、友だちになれたことだった。

父が自分の父親と初めて会ったのは、十一歳のときだ。そのときには、祖父のてんかんの発作は頻繁には起きなくなっていて、靴修理の店に昼間だけ働きに出る許可が病院から出ていた。夕方になると祖父は病院に戻った。祖父が発病したとき父は幼かったので、祖父の思い出もなく、その顔すら覚えていなかった。ふたりは、父たちの面倒をみてくれた友人の家で会った。父は、からだに合わない服を着た白髪頭の男性と握手をしたのを覚えているという。それから、その人は父親だと名乗ったそうだ。やがてふたりは親しくなった。

年をとるにつれて祖父の健康状態は悪化していった。父はできるだけ病院に祖父を見舞った。発作とけいれんで臓器不全を起こして祖父が亡くなったとき、父は二十一歳だった。みんなの話によれば、祖父は心優しい人だったそうだ。祖父に会うことができたらどんなによかったかと思う。

医療の進歩した時代に暮らしているぼくは、とても運がいい。おかげで発作が起きても祖父のようにならずにすんだ。発作が起き、診断が下ってから、両親がいちばん恐れたのは、ぼくがふたりの望んでいた「普通の生活」をおくれなくなるかもしれないということだった。多くの親と同じようにぼくの両親も、正常であることが幸せなことだと思っていた。

けいれん発作は二度と起きなかった。ぼくの場合は薬が効いて、発作を心配せずに生活できた。これは母がぼくの病気と実に上手につきあってくれたおかげだと思っている。ぼくが人と違っていること、神経質で、特別手がかかり、愛情を注ぐ必要のあることを、母は敏感に感じ取っていた。母は、ぼくがまた発作を起こすのではないかと思って取り乱すことがあった。そんなときは、別の部屋に行ってひっそりと泣いていた。母が動転しているとき、父がぼくにその部屋に行かないようにと言ったのを覚えている。

母の気持ちを理解するのはとても難しかった。ぼくは自分の世界から出ず、ささいな事柄に熱中してばかりいて、家族のさまざまな感情や緊張感がわからなかった。ほかの家の親もそうだと思うが、ぼくの両親も、子どものことをめぐって、あるいは苦境の乗り越えかたをめぐってときどき喧《けん》嘩《か》した。喧嘩が始まると、両親の声はぼくの頭のなかでダークブルーになった。その声がやわらぐまで、ぼくは床にしゃがみ込み、両手で耳を覆い、額をカーペットに押しつけていた。

薬の副作用

毎日父は食事中にミルクか水の入ったグラスを持ってきてぼくに薬の錠剤を飲ませた。この薬——カルバマゼピン——による治療では、月に一度、父と病院に行って血液検査をしなければならなかった。この薬を服用すると肝機能が低下することがあるからだ。

父は時間には厳格な人で、ぼくたちはいつも予約の時間より一時間も前に病院の待合室に着いた。診察を待つあいだ、父はプラスチックのコップに入ったオレンジ・ジュースとクッキーを買ってくれた。椅子はプラスチック製で座り心地が悪かったが、自分から立ち上がりたくなかった。それで父親が立つのを待ってから立った。待合室にはたくさんの椅子があり、ぼくはその椅子を繰り返し数えて時間をつぶした。

看護師に名前を呼ばれると、父に連れられて小さなカーテンで仕切られたところに行き、そこに腰を下ろした。看護師がぼくの袖をまくって腕の中央をアルコール綿でそっと叩いた。血液検査はずいぶんやったので、なにをされるかわかっていた。看護師は注射針が刺さるとき患者に目をそらすように言うのだが、ぼくは顔を動かさず、透明な管のなかに暗赤色の血液が吸い込まれていく様子をじっと観察した。一度だけだが、採血が終わり、看護師がアルコールで腕を拭き、そこに脱脂綿をあててから、スマイルマークの描いてある絆創膏《ばんそうこう》を貼ってくれたことがあった。

この薬のよく知られた副作用は、日光過敏症になることだった。それで夏のあいだ、弟は庭や公園で遊んでいたが、ぼくは屋内で過ごした。まったく平気だった。いまもそうなのだが、日光に当たるとからだがかゆくなって不快になるので、天気のいい日に長時間外で過ごしたくはなかったのだ。発作を起こしてから、両親はぼくの様子をいつも気にかけていてくれたので、ぼくは居間で過ごす時間が長くなった。居間で母に見守られながらテレビを見たり、もらったコインやビーズを数えて遊んだりしていた。

めまいがしたりふらついたりするのが、ぼくの感じたこの薬の副作用だ。めまいを感じはじめたら、すぐに座りこんであぐらをかき、その感覚が過ぎ去るのを待った。いっしょに道を歩いていると、いきなりぼくが立ち止まって歩道の真ん中であぐらをかいてしまうものだから、両親はずいぶん戸惑っていた。幸いにも、めまいはそう長くは続かず、ほんの数秒で終わった。自分で自分がどうにもできず、めまいがいつやって来るかわからないので、めまいを起こすたびにぼくはひどく怯え、苛立ち、涙ぐんだ。

睡眠とてんかんには複雑な関係がある。てんかん患者には睡眠障害を抱えている人がかなりの割合でいる。夜驚症や夢中遊行（夢遊病）といった睡眠に関する問題は、夜、脳内で発作が起きるせいだと信じている研究者もいる。ぼくは六歳から思春期に入るころまで、ときどき寝ながら歩きまわったが、それが頻繁に起きるときとそうでないときがあった。夢中遊行は、眠りに入ってから三時間以内（眠っている人の脳波が大きくなり、睡眠が深くなって夢をみない時間帯）に起きる。普通、夢遊病者は、話しかけられても反応しないし、目が覚めてもそのときのことは覚えていない。ぼくの場合は、ベッドから抜け出し、部屋のなかの同じコースを繰り返し歩くというものだった。ときどき壁やドアにぶつかって、その音で目を覚ました両親が優しくぼくをベッドに戻してくれた。夢中遊行している人を起こしても実際にはなんら害はない。ただ、起こされたほうは混乱し、動転する。

両親は、夜中のぼくの安全を守るためにいくつかの予防措置をとった。ベッドにぼくを寝かせる前に、必ず床のおもちゃを片づけ、眠っているときは廊下の明かりをつけておいた。また、ぼくが階段を下りて家の奥に行き、庭に通じるキッチンのドアを引っ張っているのを目撃して以来、両親は階段のいちばん上に仕切りをつくった。

日中でも、精力を使い果たしてしまった気がして、ひたすら眠りたいと思うときがよくあったが、無理もなかったと思う。ぼくは学校の教室で机に突っ伏してよく眠り込んだ。先生たちは、両親から事情を聞いていたので、いつも大目に見てくれた。二、三十分寝て目を覚ましたら授業が終わっていたということはしょっちゅうだった。ほかの子どもたちは校庭で走り回っていて、担任の先生がいつもそばでぼくを見守っていてくれた。

小学校一年のとき、薬が及ぼすさまざまな副作用は相当なものだった。おかげで勉強に集中できなかったし、一定のペースで学習できなかった。ぼくはクラスのなかでABCを覚えるのがいちばん遅かった。担任のレモン先生は、書き取りでアルファベットの間違いが減ると、色のついたステッカーを貼って励ましてくれた。ぼくはほかの子どもたちよりできが悪くても平気だったし、困ることもなかった。ほかの子はぼくの世界にはいなかったのだ。

ぼくは一年に二回、父に連れられてロンドンにあるウェストミンスター小児病院に行った。脳をCTスキャンで調べるためだ。ぼくたちはタクシーに乗って、いつものように予定よりかなり早く病院に到着し、名前が呼ばれるのを待った。その数年のあいだにぼくが病院の待合所で過ごした時間は膨大なものになる。

てんかんの診断が下ってから三年後、抗てんかん剤の処方はしだいに減っていった。母はてんかんの発作が再発するのではないかと思って取り乱すことがよくあったが、幸いにも今日まで、発作は一度も起きていない。先に述べた副作用が消えてからは学校の成績は上がった。

研究者たちの関心

てんかんがぼくの脳にどんな影響を及ぼしたのか、どんな作用をしたのかは、はっきりわからない。幼年期のぼくの発作は側頭葉に起因していた。サヴァン症候群の人の能力は、左脳が損傷を受けて、右脳がその埋め合わせをしようとして高められることによる、と研究者は言っている。数字や計算能力など、サヴァン症候群の人たち一般にみられる能力はみな右脳に関わっているからだ。

しかし、てんかんが、左脳の損傷の原因なのか、あるいはその損傷によってもたらされる症状なのかは簡単には言い切れない。幼年期のぼくの発作は、初めから、もしかしたら生まれたときから脳にあった損傷のせいかもしれない。

研究者たちは、ほかの人たちとは違った見方ができるぼくの能力に興味を抱き、調べることにした。この研究はケンブリッジの自閉症研究センターで二〇〇四年の秋におこなわれた。センターの所長は、発達精神病理学の教授であり、自閉症スペクトラム障害の第一人者サイモン・バロン＝コーエンだ。

この研究では「中枢性統合脆弱理論」という理論が検証された。つまり、自閉症スペクトラム障害の人々は全体的な情報（大局観）を犠牲にして細部を処理する傾向にあるが、たいていの人々は情報の概要をつかんで要点としてまとめる――それゆえに細かな点を見逃したりする。たとえば、自閉症児は、そうでない子に比べて、顔の一部が写っているだけの写真でも、見知った顔ならすぐに見分けられるが、そういう研究をおこなっているのだ。

「ナヴォン課題」といわれる課題では、参加者は、対象を部分的に見ているのか全体的に見ているのかを調べられる。センターでぼくがやったテストは、Aという文字が見えたら左手のボタンを、見えなかったら右手のボタンを押すというものだった。目の前にある画面に一瞬現れては消えていくさまざまな形を見て、無意識に反応していくのだ。何度かぼくは「見えない」のボタンを押した。ぼくの頭は、「A」を形成する小さな文字列だけを認識したからだ。

科学者はこの現象を「干渉」と呼んでいて、これが錯覚を引き起こさせる。ほとんどの人では、全体的な形による干渉が起きる。たとえば、小さなAの文字でつくられた大きなHが現れた場合、ほとんどの人はHという大きな形を認識し、それが干渉を起こすので、すぐにはAの文字を認識できない。ところがぼくの場合は、自閉症スペクトラムにいる多くの人と同じように、逆の干渉が起きて、焦点が細部に自動的に絞られ、大きな形を見るのに苦労する。

オーストラリアでは、アラン・シュナイダー教授――シドニー大学のセンター・オブ・ザ・マインド（Center of the Mind）の責任者――が、経頭蓋《けいとうがい》磁気刺激（ＴＭＳ）という技術を使って被験者にサヴァン症候群に似た能力を発揮させることができると主張し、世界的な注目を集めている。

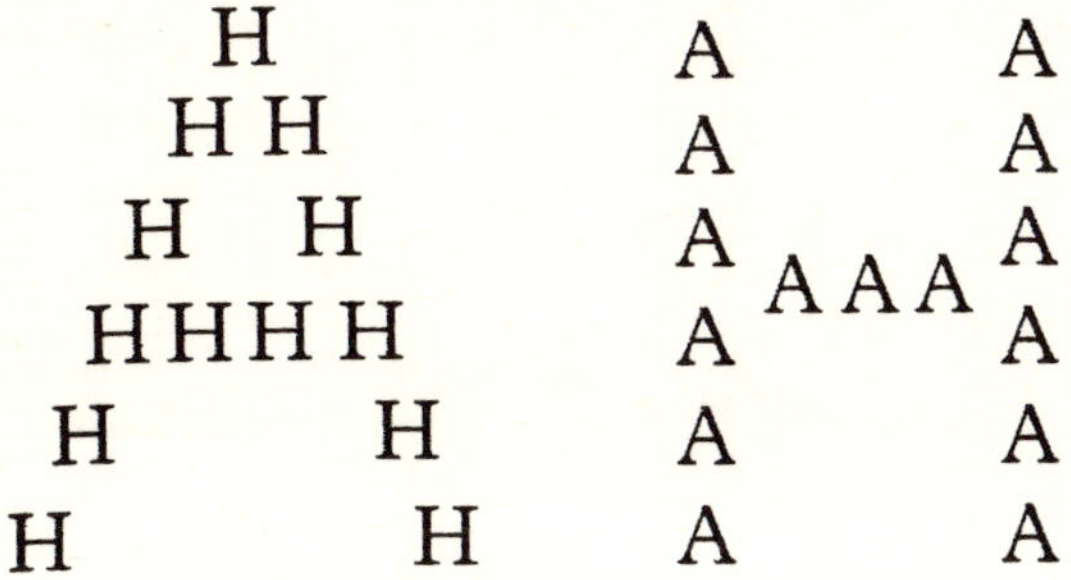

（左）小さなHでつくられたAの形。（右）小さなAでつくられたHの形

TMSは脳外科の手術に使われている医療器具で、頭の特定の場所を刺激、抑制し、これによって脳外科医はリアルタイムで手術の効果を見ることができる。からだを傷つけず、深刻な副作用もないとされている。

シュナイダー教授は、自閉症的な思考は普通の思考と違っているわけではなく、普通の思考の極端な例だと主張している。TMSを使って脳のある活動（たとえば文脈的かつ概念的に考える能力）を一時的に抑制すると、濾過されていない生の情報を集めている脳の部分が著しく活動するようになるという。これを使って、脳のある部分を遮断《しゃだん》して脳を活性化し、被験者が異なるものを認識する方法を変えられれば、と教授は考えている。

たいていの人は、言葉を自分にとってなじみのグループにわけて認識しながら、文章を読む。このため、スペルのわずかな違いや言葉の重複に気づかない。たとえば次の文章を例にとってみよう。

A bird in the hand
is worth two in the
the bush

すばやく読むと、たいていの人は、三行目にある余分な the に気づかない。

全体的な情報ではなく部分的な情報を処理する能力には、利点もある。細部にこだわるために、ぼくは校正が非常に得意だ。日曜の朝になると、朝刊をテーブルに広げて読みながら、目についた文法的な間違いや、スペルのミスをえんえんと指摘して両親を困らせる。「ほかの人のように新聞を読むことはできないの？」。十二個の誤植を指摘したぼくに苛立って母は言う。

シュナイダー教授は、サヴァンの能力はだれにでも備わっているものかもしれないが、たいていの人はその能力に鍵をかけている、と言っている。そして、ぼくのてんかんの発作が、ＴＭＳの磁気エネルギー・パルスに似た役割を演じ、脳の特定部分に影響を与え、数字に関する能力が向上し、人と違った知覚過程をとるようになったのだ、と教授は見ている。

脳の病気にかかったり脳に損傷を負ったりしたことでサヴァンの能力を獲得した人は、かなりの数にのぼる。そのひとりがオーランド・セレルだ。彼は十歳のとき、野球のボールが頭に強くあたった。数ヵ月後、彼は車のナンバーや歌詞や天気予報を含む膨大な量の情報を覚えられるようになった。

同じことが、前側頭型認知症（ＦＴＤ）――退行性脳障害によって前頭葉と側頭葉に問題がある認知症――に苦しむ患者の場合にも起きた、という報告がある。この病気が進むと、人格、行動、記憶に影響が出る。ＦＴＤは四十代、五十代、六十代の人がかかりやすい。

カリフォルニア大学サンフランシスコ校の脳神経科学者、ブルース・ミラーは、ＦＴＤの患者のなかには美術、音楽の技能に優れた人やその方面に強い関心を持つ人がいる、と報告している。画像で調べてみると、そうした技能を獲得した人は、血流量や代謝活性が左側頭葉ではかなり減っているものの、視覚や空間認識をつかさどる脳の右半球ではまったく変わりがないことがわかるという。

ドストエフスキーと『不思議の国のアリス』

そうしてみると、幼年期のてんかんの発作がいまのぼくの人格をつくりだす重要な役割を演じてくれたのかもしれない。発作を体験した多くの人が同じような考えかたをしている。

そのなかのひとりが十九世紀のロシアの作家ドストエフスキーだ。ドストエフスキーは『罪と罰』『カラマーゾフの兄弟』を書いたことで有名だが、「恍惚《こうこつ》のてんかん」と呼ばれる非常にまれな側頭葉てんかんの患者だった。彼の場合、けいれん発作はたいてい夜に起き、それが全身に及んだ。その体験があったためか、てんかん持ちの人物は彼の四作品に登場している。『悪霊』のキリーロフ、『カラマーゾフの兄弟』のスメルジャコフ、『虐《しいた》げられし人々』のネリー、『白痴』のムイシュキン公爵だ。
ドストエフスキーは発作の体験を次のように表現している。

ほんの一瞬のあいだ、普通の状態では決して味わえない幸福感に包まれる。ほかの人にはわからない幸福感に。自分にもこの世界にも完全に調和しているという感覚。それがあまりにも強烈で甘やかなので、その至福をほんの少し味わうためなら人生の十年間を、いやその一生を差し出してもかまわないとさえ思うほどだ。

天国が降りてきて、私をのみこんでしまったのかと思った。神にたどり着き、神に触れたのだ。健康な人々は、これほどの幸福感があることを、私たちてんかん患者が発作の直前に味わうこの幸福感を、知りようもないのである。

作家で数学者だったルイス・キャロルも側頭葉てんかんをわずらっていたと考えられる。彼のたいへん有名な作品『不思議の国のアリス』はその経験から生まれたのかもしれない。次の文章はどんどんと落ちていく感覚を表現したものだが、これは発作にとてもよく似ている。

止まろうと考える間もなく、アリスは深い井戸へ落ちていきました。「おやおや」とアリスは胸の中で言いました。「これだけ落ちればもう階段から転げ落ちたってだいじょうぶ」。下へ――下へ――下へ。

てんかんと創作活動には関連性があると信じている研究者もいる。イヴ・ラプラントはその著書『取り憑《つ》かれる――医療、歴史、芸術における側頭葉てんかん』のなかでこのことについて触れている。彼女が挙げているもっとも有名な例は、画家のヴィンセント・ヴァン・ゴッホだ。ゴッホはかなり重度の発作を起こし、それによってうつ状態になり、頭が混乱し、激しい動揺を味わった。そうした病気にもかかわらず、ゴッホは多くの水彩画、油絵、スケッチを生みだした。

八歳になってから数ヵ月間、ぼくは衝動につき動かされるようにして、ロール状になったコンピュータのプリント用紙に文字を書きつけた。一度書き出したら何時間も用紙を次々に引き出し、緊密な言葉を無数に並べていった。ぼくが用紙をすぐに使い切ってしまうので、両親は巨大なロール・ペーパーを買わなければならなかった。紙がなくなるのを心配して、とても小さな文字で書いた。学校の先生は、ぼくの文章を読むために眼鏡の度数を変えなければならなかったと言った。

書いた内容は、いま思い出すかぎりでは、非常に説明的で冗長なものだった。用紙一面に、ある場所や風景について、その色や形や質感の細かなところまでえんえんと書き連ねた。会話もなければ感情表現もなかった。広々とした輝く海のはるか下に長く延びていて上下に揺れるトンネルのことや、ごつごつした岩穴や、空高くそびえる塔について書いていた。

自分がなにを書いているか意識しなかった。頭のなかから言葉があふれだしてきた。意識して文章を組み立てようとしなくても、いつもわかりやすく書けた。その一枚を担任の先生に見せると、先生は気に入って教室のみんなの前で一部を朗読した。

ぼくの、ものを書きたいという衝動は、現れたときと同じように突然、あっという間に消えた。しかし、この経験のおかげで、その後ぼくは言葉と言語に魅せられるようになった。以来、言葉と言語は、ぼくにとってとても役に立つものになっている。

いまてんかんの患者は増えているが、医療の進歩によって発作を抑えて生きていくことができる。かつてのようなてんかん（や自閉症）と診断された人たちに対する偏見や差別は、いまや急速に薄れてきている。とはいえ、脳に障害を負った人たちを誤解している人は多い。てんかんと診断された子どもを持つ親のみなさんに、ぼくはこう言いたい。その子の病状に合った教育をできるかぎり与えてほしい、と。いちばん大事なのは、自分の夢を持ち続ける自信を子どもに与えることだ。夢はその子の未来をつくる大切なものなのだから。

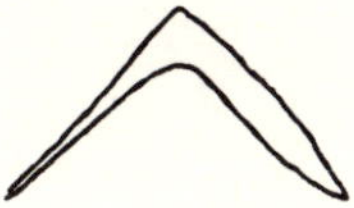

学校生活がはじまった

朝礼は楽しい

ぼくの学校生活は一九八四年九月に始まった。同じ時期、ちょうど弟のリーが保育園に入った。父は毎朝ぼくを教室まで送り届けた。ぼくの歩みが遅く、しかも立ち止まっては小石を指で拾い上げたりするので、父はときどきじれったそうにした。担任のレモン先生は、短い黒髪の背の高いほっそりした女性だった。ぼくは先生の名前が好きだった。その名前を耳にすると、たちまちその果物の形と色が脳裏に浮かんだ。「レモン」はぼくが生まれて初めて書いた言葉だ。

学校の正門のすぐ横にはコート類をかける部屋があり、そこで子どもたちは自分のオーバーやコートをかけてから教室に向かった。ぼくはその部屋を使うのが好きではなかった。壁の高いところに窓がひとつあるだけで、いつも暗かったからだ。それに、たくさんあるコートのなかで自分のを見つけられないのではないか、よく似たコートを間違って家に持ち帰ってしまうのではないか、といつも不安を感じた。それで自分のコートをかけるフックを決めていた。しかし、コート類をかける部屋に入っていき、ぼくのフックにほかの子のコートがかかっていたりすると、どうしていいかわからずパニック状態になった。一度、ぼくのフックがふさがっていたので、コートを着たまま教室に行ったことがある。コートのかかっていないフックはほかにもたくさんあったのだが。

教室は長方形で、右側から出入りするようになっていた。教室のなかには子どもたちが鉛筆や紙を入れる引き出しが重なるように並び、それぞれの引き出しに子どもの名前の書かれたラベルが貼ってあった。子どもたちは、やはり名前の書かれたラベルが右上隅に貼ってあるプラスチックのホルダーを渡された。開け閉めできるきれいな色のジッパーがついていて、そこに読本や宿題を入れなさいと言われた。ぼくは細心の注意を払って自分のホルダーを使った。読んでしまった本はその中にいつも戻した。

ぼくの席は教室の後ろのほうの窓際だった。窓には色紙や生徒の絵が貼りつけられていた。その席からはほかの子どもたちがよく見えたが、だれとも目を合わさずにいられた。小学校一年のときの同級生の顔や名前はまったく覚えていない。仲良く遊ぶ相手というよりも、ぼくにとっては協力したり競ったりしなければならない相手、まわりにいる人たちにしか見えなかった。

教室内で立ったり、歩いたりするとき、ぼくはよく胸の前で両手を組み合わせていた。ときどき組み合わせた指を一本か二本上に伸ばし、それを天井に向けたままでいた。あるとき、中指を立てたままにしているぼくに、ひとりの男の子が近づいてきて、おまえは人をばかにしていると言ったのでびっくりした。「どうやって指がばかにするの？」とぼくが尋ねると、男の子はそれには答えずに大声で先生を呼んだ。先生は、失礼な仕草だからやめなさい、と言った。

ぼくが学校生活で心待ちにするようになったものは朝礼だった。朝礼は毎朝同じ時間におこなわれるので、なにをすればいいか心構えができた。教室の外にアルファベット順に並びなさいと先生に言われ、生徒は一列になって講堂に向かう。講堂のなかに入ると、静かに並んで座っているほかのクラスの子どもたちの横を進んでいき、一列になったまま座るように言われた。規律と日課をこなすという意識のおかげで穏やかな気持ちになり、目を閉じてからだを前後に揺らしながらハミングした。満ち足りた気分のときにぼくはよくハミングをした。

朝礼でいちばん楽しいのは、賛美歌を歌うときだった。「主は全世界を手に入れられた」と「麦、エンドウ、豆、大麦育つ」はとりわけ好きだった。目を閉じてほかの子どもたちの歌声に真剣に耳をすましていると、いろいろな音色が溶けて、揺るぎなく流れる詩になっていった。音楽を聴くとぼくは、穏やかで満ち足りた気分になった。朝礼の時間は学校生活のハイライトだった。

一年生のクリスマスには、学校では伝統的なキリスト降誕劇がおこなわれた。ぼくは羊飼いの役を割り当てられた。全校生徒――それに教師や保護者たち――の前に立つことを考えただけでからだが硬直し、とても不安になり、羊飼いの衣装を着るのを拒《こば》み、先生と口をきこうとしなかった。結局母が、劇に参加したらお菓子をあげると言ってぼくを懐柔した。舞台に上がっているあいだじゅう、ぼくは床を見つめていたが、それでも両親は劇が終わると、きみはとても立派でお父さんたちは鼻が高かった、と言った。ぼくは劇が終わっても衣装を脱ぎたくなかったので、両親から先生に頼んでもらい、クリスマス休暇が終わるまで衣装を貸してもらうことになった。ぼくはそれから新年が来るまで毎日羊飼いの衣装で過ごした。

書き取りは苦手

教室で勉強するのは容易ではなかった。子ども同士で喋《しゃべ》っていたり、廊下を人が歩いたり走ったりしていると、授業に集中できなかった。外部の音を遮断《しゃだん》することはできないので、集中するにはときどき耳に指を突っ込むしかない。ぼくの弟のスティーヴンも同じ悩みを抱えていて、本を読んだり考えたりするときには耳栓をする。

ノートに文字を書くときには、一文字一文字、ピリオドにいたるまでじっくり見て確かめた。少しでも汚れたり、小さなミスがあったりすると、全部消して初めからやり直した。この潔癖性のため、勉強はかたつむりのようにしか進まず、授業が終わるとへとへとになったが、そのわりには勉強の成果はあがらなかった。とはいえぼくは、先生から怠け者あるいは無能と思われたらどうしよう、とは思わなかったし、ほかの子たちからどう思われているかということも気にならなかった。そのころは、失敗から学ぶということがわからなかったのだ。

書き取りは苦手だった。特定の文字（特にgとk）を手が痛くなるまで書いたのは、どうしてもその書きかたが覚えられなかったからだ。何枚もの紙にgとkをずらずらと書く練習をしたが、gのふたつの輪とkのふたつの腕の形を直感的に理解することができず、自信を持って書けるようになるまでずいぶん時間がかかった。単語を書くのにも時間がかかった。文字を正しい順に書くことができなかった。アルファベットの一文字ですらたいへんなのに、ghやthのようにつなげて書くのは不可能に近かった。いまでもぼくは、単語を書くときアルファベットを一文字ずつ分けて書く。

生徒全員が決まった日に家に持ち帰らなければならない物がいくつかあった。そのひとつが、細長い紙のたくさん入った古い箱だった。紙には練習した単語がたくさん書いてあり、それを覚えたかどうか確認するテストが毎週おこなわれた。ぼくのテストの成績はとてもよかった。単語のなかにある字の形を手がかりに、その単語を視覚化できたからだ。

たとえば、dog（犬）という単語は三つの円からできている。一番目の文字からは棒が一本突きでていて、三番目の文字からは輪が垂れている。その突きだした棒を犬の耳に、垂れた輪を尻尾に見立てると、この単語は実際の犬にとてもよく似ている。また、look（見る）の真ん中にあるふたつのoは、目にそっくりだ。mum（おかあさん）やnoon（正午）のように、前から書いても後ろから書いても同じ単語は、ぼくにはとりわけ美しく感じられるので大好きな言葉だ。

おとぎ話に魅せられて

小学校に通いはじめたころから、ぼくはおとぎ話が好きになり、その世界に魅せられた。物語を聴き細部まで描かれた複雑な挿絵《さしえ》を見ると、粥《ポリッジ》で埋まった町や、マットレスを百枚も積み上げた（その下に一粒の豆がある）ベッドで眠る王女の鮮やかな映像が頭のなかいっぱいに広がった。

特に好きだったのがグリム兄弟の有名なこびとの物語『ルンペルシュティルツヒェン』だ。ベッドに入ってから両親にこの話を読んでもらうのが好きだった。女王が金色の糸を紡ぎ出すこびとの名前を当てようとして口に出す異国風の名前に特に夢中になった。カスパール、メルキオール、バルタザール、シープシャンクス、クルックシャンクス、スピンドルシャンクス……。

ぼくがとても大きな影響を受けたのは「石のスープ」という話だ。放浪中の兵士がある村に着き、食料と寝場所を求める。欲張りで臆病な村人たちは、食料も寝場所も与えない。それで兵士は、大釜と水と石さえあれば村人たちに石のスープをつくって食べさせてあげる、と言う。兵士が食べるのが待ちきれないというふうに舌を鳴らしながら料理をつくっていると、村人たちが集まってくる。「もちろん、キャベツ入りの石のスープほど最高のものはないんだけどな」と兵士が大声で独り言を言うと、村人のひとりが近づいてきて、大鍋にキャベツを入れる。すると兵士はまた「前に一度、キャベツと塩漬けの肉の入った石のスープを食べたことがあったが、あれはたいへんなごちそうだった!」と言う。今度は村の肉屋が塩漬けの肉を持ってくる。それから次々に、村人たちはジャガイモやタマネギやニンジンやマッシュルームなどを持ってきて、とうとう村全員にいきわたるおいしい料理ができあがる。

子どものころは、この話を読んでもちんぷんかんぷんだった。それは、ぼくが人を騙《だま》すということを知らなかったので、兵士が石からスープをつくるふりをして村人たちをうまく騙し、材料を持ってこさせたということがわからなかったからだ。何年も経《た》ってようやくこの話の意味が理解できた。

おとぎ話のなかには、ひどく恐ろしい作品もあった。週に一度、テレビが教室に運び込まれて、教育番組が放送された。「見て、読んで」というBBCの子ども向け人気番組で、いちばん視聴率がよかったのが「ダークタワー」だった。女の子が犬といっしょに「ダークタワー」と呼ばれる奇妙な古い家に隠された宝物を探し出す話だった。このドラマは十週連続で放送された。

第一話では、トレイシーという女の子がダークタワーを発見するのだが、そこが呪われているらしいことを知る。第一話の終わりで、家族の肖像画がかたかたと揺れ、部屋のなかがとても寒くなる。トレイシーはこう告げる声を聞く――この家は危険な状態だ、だが、おまえならこの家を救ってくれるだろう。

ぼくは静まり返った教室でみんなといっしょにこの番組を見ながら、揃えた両足を椅子の下でぶらぶらさせていた。番組が終わるまでなんの感情も抱かなかった。それが突然、スイッチが頭のなかでひょいっと入ったみたいに、自分が怯えきっているのに気づいた。動揺したぼくは教室を飛び出した。そしてテレビが運び出されるまで戻ろうとしなかった。

当時のことを考えてみると、ほかの子どもたちがぼくをいじめて「泣き虫」と呼んだ理由がわかる。ぼくは七歳になろうとしていたが、ほかの子どもたちはひとりもこの番組を見て怖がったり、動揺したりしなかった。それで、ぼくは毎週その時間になると校長室に連れていかれ、ほかの子たちがその番組を見終わるのをそこで待っていた。校長室にあったとても小さなテレビでモーターレースを見ていたのを覚えている。何台もの車がものすごいスピードでサーキットをぐるぐる回っていた。少なくとも、これならぼくも見ていられた。

「見て、読んで」の番組のなかで影響を受けたもうひとつのドラマは、「ドラゴンの目を通って」だ。三人の子どもが、自分たちが描いた校庭の壁画を通ってペラマーという不思議な国に行く。その国は死にかけていて、子どもたちが、国の生命を蘇《よみがえ》らすために、爆発で六つに砕け散った輝く生命力を探すという話だ。ゴルウェンという優しいドラゴンの力を借りながら、子どもたちはその国を巡り、ちりぢりになった六つの生命力を見つけていく。

このときはかんしゃくを起こさなかった。十歳になっていたこともあるが、その番組自体にすっかり魅せられた。映像が美しく、子どもたちが不思議の国を進んでいくたびに、色鮮やかな風景が次々に現れた。登場人物（生命力の持ち主）の何人かが、頭から爪先まで明るい紫色、オレンジ色、緑色で描かれていた。言葉を話す大鼠《おおねずみ》と巨大な青虫も登場した。

ある場面で、空から舞い落ちてきた雪が子どもたちの手に触れると、不思議なことに、言葉を表す文字になるのだ（それが生命力の欠片《かけら》を見つける手がかりになる）。またある場面では、飛んでゆくゴルウェンのために夜空の星々が道標《みちしるべ》となる。こうした場面に魅せられたのは、基本的に絵で表現された話だったからだと思う。会話体で構成された話より、ぼくにははるかにしっくりきた。

放課後に家でテレビを見るのが日課になった。母の話によれば、ぼくがテレビに顔を近づけて見ているので、目が悪くなるのを心配した母が、ぼくをテレビから離そうとしたらひどく抵抗したという。暑い日でも、学校から帰ってくると上着も脱がずにテレビを見ていたそうだ。とても長いあいだ上着を着たまま見続けていたこともあったという。ぼくは、上着というのは外の世界に対する保護膜だと思っていた。騎士が身につける鎧《よろい》のように。

双子素数

こうしているあいだに、ぼくの家族は増えていった。両親は信心深かったわけではなく、ただ子どもが好きだったのだ。大家族をつくりたかった。ぼくが小学校に上がってすぐに妹のクレアが生まれた。その二年後に二番目の弟スティーヴンが生まれた。しばらくして、母は五人目を妊娠し、三番目の弟ポールが生まれ、とうとうもっと広い家が必要になった。ぼくは兄弟が増えていくことに最初は無関心だった。弟や妹が一階や庭を走りまわったり大声をあげたりしていても、自分の部屋で静かにひとりで遊んでいた。しかし、兄弟ができたおかげで、とてもいい影響を受けた。人と接することが否応《いやおう》なく増えたし、まわりにいつも人がいるおかげで、騒音や変化にうまく対応できるようになった。兄弟が庭で友だちと遊んでいる様子を二階の窓から眺め、他人と関わる方法も学べた。

一九八七年のなかごろ、一家はヘディンガム・ロード四三番地に移った。興味深いことに、ぼくが子ども時代に住んだ住所はみな素数だった——5, 43, 181。それに、それぞれの隣の家の玄関ドアに記された番地も素数だった——3（と7）、41、そして179。3と5、41と43、179と181は「双子素数」と呼ばれている。双子素数とは、ふたつの数の差が2しかない素数のことだ。双子素数は、数が大きくなればなるほど見つけにくい。たとえば、9から始まる数字が玄関ドアについている場合にはとても長い通りが必要だ。最初の双子素数は9011と9013だ。

ぼくの一家が引っ越した年は記録的な寒さが続いた。その年の一月、イングランド南部では、この百年間でいちばんの寒さが訪れ、温度がマイナス九度まで下がったところもあった。寒波で雪が積もり、学校は休みになった。外では子どもたちが雪合戦や、そり遊びをしていたが、ぼくは窓辺に座り、空からひっきりなしに落ちてくる雪を眺めているだけで満足だった。みんなが家のなかに入ると、勇気を奮い起こして外に出て、庭の雪をかき集めてまったく同じ高さの柱をいくつかつくった。部屋の窓からそれを見ると、円（ぼくの好きな形だ）になっていた。隣家の人が訪ねてきて、両親にこう言った。「おたくの息子さんは雪でストーンヘンジをつくったのね」

一九八七年には、十月に恐ろしい嵐がやって来た。一七〇三年以来、イングランド南東部に甚大な被害をもたらした嵐だ。風速は秒速百メートルに達し、その被害で十八人が死亡した。

その夜、ぼくはベッドに入っても眠れなかった。両親に買ってもらったばかりの新しいパジャマの生地がちくちくするので、ベッドのなかで寝返りばかり打っていた。物が壊れる音で目が覚めた――強風で屋根のタイルが剝《は》がれて下の通りに落ちた音だった。窓辺によじ登って外を見ると、どこもかしこも真っ暗だった。十月にしては生暖かく、汗で湿った手が窓枠にくっついたので、力をこめて引き剝がした。

そのとき軋《きし》むような音がぼくの部屋に近づいてきた。ドアが開いて、オレンジ色の明かりがゆらゆら揺れた。入ってきたのは、太くて長い白いろうそくだった。それを見つめていると、母の声が聞こえた。だいじょうぶ？　ぼくは返事ができなかった。母がろうそくをからだの前で持っていたので、そのろうそくをぼくに渡すつもりなのかと思ったからだ。誕生日にプレゼントしてもらったケーキを飾った赤いろうそくのように。でも、その日は誕生日ではなかったので、ろうそくはいらなかった。

「温かいミルクを飲む？」

と言われたので、ぼくはうなずいて、母の後から階段をゆっくり下《お》りてキッチンに行った。停電のために、家じゅうの明かりがつかなかったので、あたり一面真っ暗だった。母といっしょにテーブルにつくと、母がつくってお気に入りのマグに入れてくれたフロシー・ミルク［泡だてた牛乳］を飲んだ。ぼくのお気に入りのマグにはさまざまな色の水玉が散らばっていて、必ずこれで飲み物を飲んだ。それから自分の部屋に戻ってベッドに入り、掛布を頭まで引き上げて眠りに戻った。

朝になって父に起こされ、今日は学校は休みだと告げられた。寝室の窓から外を見ると、屋根から剝がれ落ちたタイルとゴミ缶の蓋《ふた》が通りに散乱していて、人々があちこちに集まって首を横に振りながら話をしていた。

一階では、キッチンに全員が集まって裏庭を眺めていた。庭の奥にある大きな木が強風で倒され、芝生の上に根が飛び出していた。この木が鋸《のこぎり》で切られて全部片づけられるまで、何週間もかかった。ぼくはその木の幹に乗ったり、枝のあいだに隠れたりして幸せな時間をひとりで過ごしたが、そのあと家に入るとからだじゅうが泥と虫と切り傷だらけになっていた。

数字パズルに夢中

ヘディンガム・ロードの家の向かいに、ぼくの通う小学校があった。ぼくの部屋の窓から先生方の車が停《と》まっている駐車場が見えた。駐車場を見るとほっとした。毎日学校から帰ると、自分の部屋で車が出ていくのを眺めた。出ていく車を一台一台数え、それぞれのナンバープレートを覚えた。最後の一台が出ていってしまうと、ぼくは窓から降りて、食事をしに階下に行った。

この家でいちばん記憶に残っているのは、暖炉の上に洗濯されたおしめがかかっていたことと、両親の膝の上でミルクをせがんで泣いている赤ん坊たちのことだ。この家に引っ越してきて一年後に、母は六回目の妊娠をした。今度は双子で、マリアとナターシャが家族に加わった。

それまで男の子四人に女の子ひとりだったので、男女の比率をよくしようとしていた母は女の子が生まれてとても喜んだ。ぼくは病院から帰ってきた母に呼ばれ、生まれたばかりの赤ん坊と対面した。夏の盛りの七月のことだ。母の額に前髪がはりついていたので、とても暑い日だったにちがいない。父が、居間の長椅子に背中をまっすぐ伸ばして座りなさい、と言った。そして、父は双子の赤ん坊を両腕に抱いて、ぼくのところまでゆっくり歩いてくると、ぼくにそっと渡した。ぼくは片手にひとりずつ抱く格好になった。ふたりを見下ろすと、大きなほっぺたとちっちゃな指をしていて、ピンク色の肌着に小さなプラスチックのボタンがとてもよく似合っていた。そのボタンのひとつが外《はず》れていたので、ぼくはそれをはめた。

大家族になって、たいへんなことがいろいろ持ち上がった。風呂に入るときはいつも慌《あわ》ただしく、人でごったがえした。毎週日曜日の夕方六時になると、父は袖をまくりあげ、男の子たち（ぼくに、リー、スティーヴン、ポール）を呼んで一週間の汚れを洗い流す。ぼくは風呂の時間が嫌いだった。弟たちといっしょに風呂に入り、熱いお湯を手桶で頭や顔にかけられるのもいやだったし、弟たちがお湯のかけっこをしたり、熱い湯気が立ち上っていたりするのもいやだった。ぼくはときどき悲鳴をあげたが、両親はみんなでいっしょに入らなければだめだと言った。大勢で暮らしていると、熱いお湯はたいへん貴重だった。

それに金銭的にもたいへんだった。四歳以下の子が五人もいたので、両親は子どもの世話で家にいなければならなかった。稼ぎ手がいなくなったことは切迫した問題だった。お金をなにに、どこで、いつ使うかで言い合いをすることがよくあった。それでも両親は、子どもたちに食べ物や衣類、本、おもちゃを与えられるよう、できるかぎり気を使い、あらゆる算段を講じた。地元のバザーやリサイクルショップや市場でバーゲン品を漁《あさ》るのが母の得意技になり、父はやりくり上手を身をもって証明した。ふたりの団結は揺るぎなかった。

ぼくは日々の騒動からできるかぎり離れていた。家族のみんながぼくに用があるときには、ぼくと弟のリーが使っている部屋にくればよかった。弟や妹が陽《ひ》が燦々《さんさん》と降り注ぐ外で駆け回っている夏でも、ぼくは自分の部屋の床にあぐらをかき、膝に両手を載せて座っていた。絨毯《じゅうたん》は赤土色で、厚くごわごわしていた。その手触《てざわ》りが好きで、てのひらで絨毯を撫でまわした。暖かな日には、部屋に射し込む陽の光のなかを、小さな無数の埃《ほこり》がきらきらと輝きながらぼくのまわりで舞うのが見えた。埃は集まってひとつの光の点になった。何時間も無言で静かに座っていると、陽が傾くにつれて部屋の壁や家具の上を、薄らいだり濃くなったりする陽の光がさまざまな色調に変わるのが見えた。時の流れが目で確かめられた。

ぼくの数字へのこだわりを知った母が、古本屋で子ども用の数字パズルの本を見つけてきた。小学校の低学年のころだったと思う。というのも、スレイヴズ先生から、その本を学校に持ってきてはいけないと言われたのを覚えているからだ。先生は、ぼくが数字のことばかり考えていて授業に身が入らないと思っていたのだが、もちろん先生は正しかった。

この本のなかに、こんな問題があった。

「部屋に二十七人の人がいます。全員が、ひとりひとりと握手するとしたら、握手は全部で何回おこなわれますか」

この問題を読んだとき、目を閉じて思い浮かべたのは、大きな泡のなかにいるふたりの人間のことだ。そしてその大きな泡の横に、三人目の人が入った半分の大きさの泡がくっつく様子を思い浮かべた。大きな泡に入ったふたりが握手し、それぞれが、半分の大きさの泡に入った三人目の人と握手をする。握手は三回おこなわれたことになる。さらに大きな泡のもう片側に、四人目の人が入った、半分の大きさのもうひとつの泡がくっつく。四人目の人は大きな泡に入ったふたりと握手をし、半分の泡に入った三人目の人とも握手をする。すると、四人でおこなわれた握手は六回。このようにして、さらに半分の大きさの泡に入った人をふたり加えると、人は六人になり、握手は十五回になる。つまり、握手の数は、

1, 3, 6, 10, 15……

となり、そこでぼくはこれが三角数だと気づいた。この数字は、黒丸で表すと左頁の上のような三角形になる。

三角数は次の式で表される。1 + 2 + 3 + 4 + 5……。つまり、1 + 2 = 3, 1 + 2 + 3 = 6, 1 + 2 + 3 + 4 = 10……というふうに。お気づきかもしれないが、連続した三角数は平方数にな

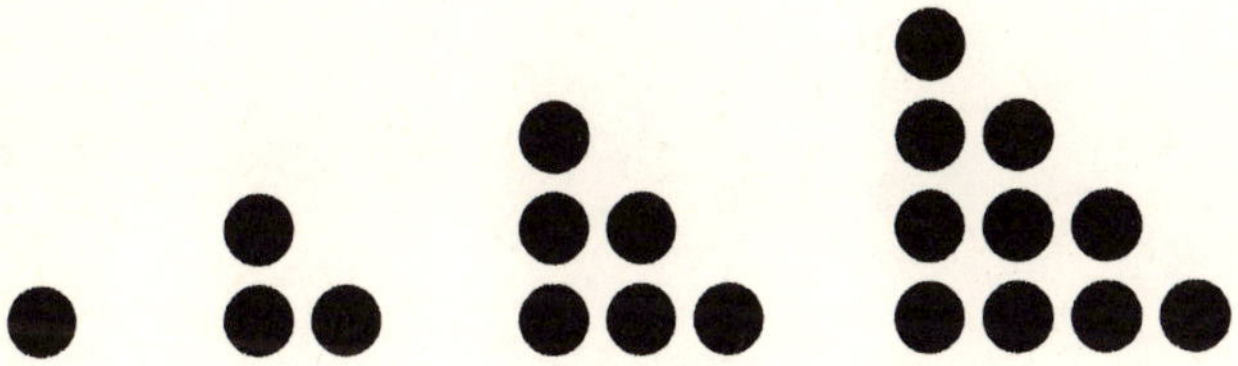

1　1+2=3　1+2+3=6　1+2+3+4=10

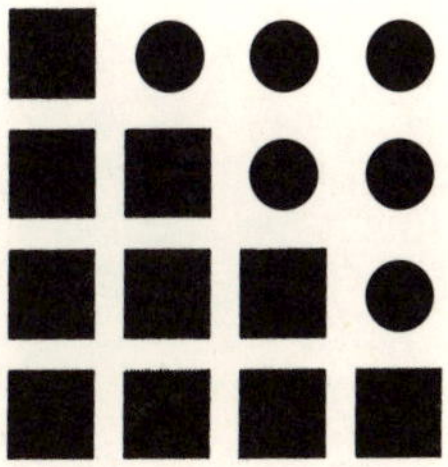

6+10=16（4×4）

る。つまり、$3+6=9$（3×3）、$6+10=16$（4×4）、$10+15=25$（5×5）……。前頁上の図の六個の黒丸を回転させて、十個の黒い四角の右上に置けば正方形になる（下の図）。

この問題の答えが三角数になることを知って、ぼくは答えを導き出すために黒丸のパターンを書いた。最初の三角数（1）がふたりを表している。握手を一回する最低人数はふたりだからだ。三角数の最初が2を表しているのなら、二十六番目の数字こそ、二十七人それぞれがみんなと握手した数字と一致することになる。

四番目の数字10は、4と関係がある。$(4+1)\times4/2$。そして、この式はすべての数字にあてはまる。五番目の数字は、$(5+1)\times5/2$。ならばこの問題の答えは、$(26+1)\times26/2=27\times13=351$。握手は三百五十一回。

こうした問題を解くのが大好きだった。学校で教わる算数では得られない喜びを与えてくれた。問題を読み解きながら何時間も過ごした。教室でも、校庭でも、自分の部屋でも。そのページを見ていると心穏やかになると同時に心浮き立つ思いがしたので、一時期どこに行くにもこの本といっしょだった。

ぼくの蒐集癖《しゅうしゅうへき》

両親のいちばんの悩みは、ぼくが我を忘れていろいろなものを集めることだった。家の近くの通りにマロニエの大木が何本も植えられていて、秋になるとつるつるした茶色の実がたくさん通りに落ちた。物心つく前から木には惹《ひ》きつけられていた。てのひらで硬くてざらざらした木肌を撫でたり、溝を指先でなぞったりするのが好きだった。枯れ葉がくるくる回りながら落ちてくる様子は、頭のなかで割り算をするときに見る螺旋《らせん》と同じだった。

ぼくがひとりで外に出るのを両親が心配したので、弟といっしょにマロニエの実を拾いに行った。ぼくは気にしなかった——弟がいれば拾う手が二本増えるのだから。地面に落ちた実を指でひとつひとつ拾い、てのひらのくぼみにその滑らかな丸い形を確かめるように押しつけた（これはいまでもぼくの習慣になっていて、羽根布団のような手触りを味わっている。もっとも、最近ではもっぱらコインやおはじきを触っている）。そしてポケットが膨らんで入らなくなるまで、ひとつひとつ押し込んでいく。これは抑えがたい衝動で、目にする実をすべて拾わないと気がすまなかった。靴や靴下まで脱いで、それにも実をたくさん入れた。そして両手両腕に抱え、ポケットにもあふれんばかりに入れて裸足《はだし》で家に戻った。

家に帰ると自分の部屋の床にマロニエの実を全部出し、それを何度も数えた。ビニールのゴミ袋を持ってきた父が、数えた実を袋のなかに入れなさいと言った。ぼくは毎日、マロニエの実を集めてはそれを自分の部屋に運びこんだので、ゴミ袋は瞬《また》く間にいっぱいになった。両親は、大量の実の重さで下の部屋の天井が傷《いた》むのではないかと心配し、ゴミ袋を庭に出した。両親はぼくの蒐集癖を大目に見て、庭でマロニエの実と遊ぶことは許してくれたが、赤ん坊が実を口に入れて息を詰まらせるといけないので、家のなかに持って入ることは禁じた。何ヵ月か経つうちにぼくの興味は失《う》せて、マロニエの実はかび臭くなり、結局両親がゴミ捨て場に袋を持っていって処分した。

それからまもなく、ぼくはいろいろな大きさのちらしに強迫的な興味を抱くようになった。ちらしは、地元の新聞や朝の郵便物といっしょによく郵便受けに入っていた。そのつるつるした感触と左右対称の形にすっかり魅せられたのだ（そこになにが宣伝されているかは関係なかった。文章には関心がなかった）。家中の食器棚や引き出しのなかに手当たり次第ちらしを入れていったので、すぐに両親から文句が出た。特に、食器棚の戸を開けるたびに、ちらしが床に散らばるのには閉口したようだ。マロニエの実のときと同じく、このちらし蒐集熱もしだいに冷めていったので、両親は胸を撫で下ろした。

ぼくのお行儀がいいと、両親はお小遣いをくれた。たとえば、床に散らばったちらしを集めて引き出しに戻すように言われ、そのとおりにすると、ご褒美《ほうび》に小銭をたくさんもらった。両親はぼくが丸いものを好きなことを知っていたからだ。そのコインをぼくは何時間もかけて苦労しながら積み重ねた。一枚一枚、辛抱強く重ねていき、きらきら輝いて震える高い塔を何本もつくった。母が行きつけの店で小銭をたくさん調達してきてくれたので、塔をつくるコインにはこと欠かなかった。ときどきその塔をからだを取り囲むように並べて腰を下ろしていると、心が落ち着いて、とても穏やかな気持ちになった。

オリンピックとフェニキア文字

一九八八年の九月に韓国のソウルでオリンピックが始まった。これまで見たことのない光景や音がテレビの画面から流れてきて、ぼくは興奮した。百五十九ヵ国から八千四百六十五人が参加する史上最大のオリンピックだった。普段見られない映像をたくさん見た。ストロークのたびにゴーグルをつけた顔をリズミカルに上下させ、きらきら輝く泡だつ水のなかを進んでいく競泳選手たち。筋骨たくましい茶色の手足を激しく動かして白線のなかを駆け抜ける陸上選手たち。空中高く跳び、からだを捻《ひね》り、宙返りをする体操選手たち。ぼくはオリンピック番組を夢中で見た。スポーツの中継でも催し物でも、とにかくオリンピック関連のものならできる限り見た。

担任の先生が、ソウル・オリンピックについて学習をしなさい、という課題をだしたのは幸運だった。ぼくは一週間かけて、新聞雑誌から選手や競技の写真を切り抜き、色のついた何枚ものボール紙に貼りつけた。はさみを使うときには父に手伝ってもらった。大きさや内容の違う切り抜きを貼りつけるときは、徹底的に色を中心にして選んだ。赤いユニホームを着た選手ばかりを一枚目のボール紙に貼りつけ、黄色のユニホームを着た選手を二枚目のボール紙に、白いユニホームを着た選手を三枚目のボール紙に、というようにした。それから新聞で見た、オリンピック参加国すべての名を、罫線のある小さな紙に丁寧に手書きした。

さらに、さまざまな競技のリストも書いた。今回初めてのオリンピック競技となった韓国の国技テコンドーと卓球も入れた。各競技の点数、記録、大会記録、メダル獲得数を含めた全体の統計や記録も表にした。結局、ボール紙の枚数が増えて分厚くなったので、父がそれに穴を開け、紐で綴《と》じた。表紙にはオリンピックの五輪の絵を、青、黄、黒、緑、赤の色で描いた。先生は、この学習に費やしたぼくの努力と時間を評価して、最高点をつけてくれた。

オリンピックに参加したいろいろな国の記事を読んで、ぼくは外国のことを学びたくなった。図書館からいろいろな国の言語について書かれた本を借りてきたのを覚えている。

フェニキア文字で書かれた「ダニエル」

ある本には古代フェニキア時代の文字がイラスト入りで説明してあった。それは紀元前一〇〇〇年ごろの文字で、この文字から後代のヘブライ文字、アラビア文字、ギリシア文字、キリル文字などが生まれていった。アラビア文字とヘブライ文字と同じように、フェニキア文字は子音で構成されており、母音の文字はひとつも含まれていない。そのため、母音は文脈から推察するしかない。フェニキア文字は普通、右から左へ書かれる。

ぼくはこのフェニキア文字独特の線にすっかり魅せられ、フェニキア文字だけでできた文章や物語をレポート用紙に何枚も何枚も写した。庭にある物置の内壁に、色のチョークを使い、フェニキア文字で大好きな言葉を書いた。上の図は、ぼくの名前「ダニエル」をフェニキア文字で書いたもの。

その翌年、十歳になったとき、隣の家に住んでいた老人が亡くなり、若い一家が引っ越してきた。ある日、玄関の呼び鈴が鳴って母が出ると、金髪の小さな女の子が立っていた。その子が言うには、ぼくの家から小さな女の子が出てきて（それは妹のクレアのことだった）外で遊んでいるのを見たので、いっしょに遊んでもいいですか、ということだった。おそらく母は、ぼくが近所の子どもといっしょに遊ぶいい機会だと思ったのだろう、クレアとぼくを彼女に紹介した。

ぼくとクレアは彼女の家に遊びに行き、玄関のポーチに座った。クレアとその女の子はすぐに仲良くなり、彼女の家の庭で一日中遊ぶようになった。女の子の名前はヘイディといい、六歳か七歳だった。母親がフィンランド人、父親がスコットランド人でヘイディはこれまでずっと英語を喋ってきたが、つい最近フィンランド語を習いはじめたということだった。

ヘイディは明るい色の絵が描かれた子ども用の本を何冊か持っていた。いろいろな物の絵の下にフィンランド語の名前が書いてあった。真っ赤に光るリンゴの絵の下には**omena**、靴の絵の下には**kenkä**とあった。耳にしたり読んだりするたびにフィンランド語の音と形は、とても美しく感じられた。クレアとヘイディが遊んでいるあいだ、ぼくはその本で勉強し、たくさんの言葉を覚えた。英語とはまったく違う言葉だったが、ぼくはフィンランド語を瞬く間に理解し、すっかり覚えてしまった。ヘイディの庭から帰るとき、いつも振り返って彼女にこう言った。「ヘイ！　ヘイ！」。フィンランド語で「さようなら」という意味だ。

その夏、初めてひとりで、学校までの短い距離を歩いて通った。通りには生け垣がつくられていた。ある午後、学校から歩いて帰ってくると、生け垣のところに黒い点々に覆われた赤い小さな虫が這《は》っていた。ぼくはそれに心奪われ、歩道にしゃがみ込むとさらに近くで観察した。虫は小さな葉の端を登ったり、葉の下にもぐり込んだりしていた。長い移動の途中で止まったり、進んだり、また止まったりしていた。丸くてぴかぴかしている虫の背中にある黒い点を、ぼくは何度も数えた。道行く人がぼくのそばで足を止めた。なにかつぶやいている人もいた。ぼくが通行の邪魔をしていたのだろう。でも、そのときは目の前にいるテントウ虫のことしか頭になかった。ぼくは用心しながらその虫の前に指を差しだし、虫を指に登らせた。そして走って家に帰った。

テントウ虫は、それまで絵本でしか見たことがなかったが、本を読んでいたのでこの虫のことはいろいろ知っていた。たとえば、害虫を食べて（アブラムシを一日に五十匹から六十匹食べる）作物を守ってくれるので、昔から幸運の虫と思われていた。中世の農耕民たちは、テントウ虫を天からの預かりものと思っていた。聖母マリアの名前がつけられているからだ［テントウ虫は英語では「レディバード」。これは聖母マリアの鳥という意味］。テントウ虫の黒い斑点は太陽から力を吸収するため、鮮やかな赤い色は天敵を脅かすためだとも言われている。鮮やかな色を毒だと思う生き物が多いとされているからだ。でも、天敵が食べようとしないのは、テントウ虫の出す液体が味もにおいもひどいからだ。

この虫を発見してぼくは有頂天になり、捕まえられるだけ捕まえたいと思った。玄関を入るときにぼくの手に小さな虫がいるのを見た母が、テントウ虫はねばねばする、と言った。ぼくは「てんとうむし、てんとうむし、おうちに飛んでいけ！」の歌を歌いたかったが、本当に飛んでいってしまうと困るので言葉にしなかった。

自分の部屋に入ると、プラスチックの容器に集めておいたコインを全部床にあけ、かわりにテントウ虫を入れた。それから通りの生け垣のところに戻り、暗くなってなにも見えなくなるまでテントウ虫を探した。見つけるたびに、指先でそっと摘《つま》んで容器に入れた。テントウ虫は葉っぱとアブラムシが好きだというのを本で読んだことがあったので、何枚もの葉っぱとアブラムシのついているイラクサを容器に入れた。

家に帰ると容器を自分の部屋に持っていき、ベッド脇のテーブルに置いた。テントウ虫の新しい家に新鮮な空気と光がたくさん入るように容器の横に針で穴をいくつも開けた。それから、テントウ虫が逃げ出して家のなかを飛び回らないように、大きな本を蓋《ふた》がわりにした。翌日、学校から帰るとすぐに外に行き、葉っぱとアブラムシを捕《と》ってきて、容器に入れた。喉が渇くといけないので葉っぱの上に水を撒《ま》いた。

教室でひっきりなしにテントウ虫のことばかり話していたので、とうとう担任のスレイヴズ先生が、テントウ虫を学校に持ってきなさい、と言った。翌日ぼくは容器を持って学校に行き、集めたテントウ虫を先生と同級生たちに見せた。そのときには、容器のなかのテントウ虫は何百匹にもなっていた。先生はそれをちらっと見て、容器を教卓の上に置きなさい、と言った。それから折り畳んだ紙をぼくに渡し、隣の教室の先生のところに持っていきなさい、と言った。ぼくは教室を出た。数分後に戻ってみると、容器がなくなっていた。テントウ虫が容器から逃げ出して教室中を飛び回ることを心配したスレイヴズ先生が、容器を外に持っていってテントウ虫を全部逃がしてやりなさい、とひとりの生徒に指示したのだった。

なにが起きたのかわかり、ぼくの頭は破裂しそうになった。わっと泣き出して教室から飛び出し、家まで走って帰った。ぼくはひどく動揺し、それから何週間も先生とは口をきかず、名前を呼ばれただけで心がかき乱された。

スレイヴズ先生は、ぼくにとても優しく接してくれるときもあった。教室でぼくが不安に駆られたり、苦痛を感じたりすると、先生はぼくを落ち着かせるために音楽室に連れていった。先生は音楽家で、音楽の時間にはよくギターを弾いた。音楽室には、学校行事などで使われるシンバルやドラム、ピアノなどがたくさんあった。先生からは、ピアノの鍵盤がみな違った音を出すことを教えてもらい、簡単に弾ける曲を習った。ぼくは音楽室のピアノの前に座り、鍵盤を叩いて音を出すのが好きだった。音楽を聴くと不安がやわらぎ、落ち着いた穏やかな気分になれるので、いまも音楽は大好きだ。


ぼくには「なにが起きるかわかっている」ことが大事

学校にいるときはいつもひどく緊張していた。クラス全員がなにかをやらなければならない行事が近づいていることがわかったり、きまった日常に変化があったりすると、ひどくうろたえた。ぼくには、なにが起きるかあらかじめわかっていることが大事だった。与えられた状況を自分でなんとかできるという思い、不安を一時的にでもくい止めておけるという気持ちを持つことが大事だった。

学校が楽しいと思ったことはなかったし、いつでもいたたまれない思いをしていたが、ひとりで自分の好きなことをしているときは別だった。ぼくは頭痛と胃痛をちょくちょく起こした。それはその時間にいかに緊張していたかのしるしだった。あまりにも頭痛がひどくて、授業にまったく集中できないこともあった。また、少し遅刻をして、生徒全員が朝礼に行ってしまい、教室がからっぽだとわかったとき、ひとりで廊下を歩いて講堂に行くのは怖かったし、みんながざわざわしながら教室に戻ってくるのを待っているのもいやだったので、ぼくはさっさと家に帰った。

運動会の日がいちばん苦痛だった。みんなといっしょになにかすることに興味を抱いたことはなく、スポーツにはまったく関心がなかった。袋競争や卵を運ぶ競争などの競技で、大勢の見物人が叫んだり騒いだりするのがたまらなくいやだった。大勢の人と騒音（それから夏の暑さ）の組み合わせほど苦痛なものはなかった。両親は、そういう日にはぼくを無理に学校に行かせなかった。ぼくが暴走してしまうよりいい、と思ったのだ。ひどい苦痛を味わうと、ぼくの顔は真っ赤になり、激痛を感じるまで頭の横を自分で叩いた。そんなとき頭のなかでは、この状況をなんとかするために、なんでもいいからとにかくなにかをしなければ、と思っていた。

理科の授業中のことだった。スレイヴズ先生が、生徒のひとりを助手にして、小麦粉粘土の球を細長く伸ばす実験をしていた。ぼくはこの不思議な光景に魅せられ（まだその実験が続いていることを知らずに）粘土のところに行って指で触って引っ張った。先生は、ぼくが理由もなく実験の邪魔をしたと思い、やめなさいと言った。ぼくはどうして先生が怒っているのかわからず、混乱し、動転した。それで教室から飛び出して力まかせに戸を閉めると、戸のガラスが割れて粉々になった。走りながら聞いた、同級生たちの驚きの声が、いまでも耳に残っている。

家に帰ると、両親からこういうことはもう二度としないようにと懇々《こんこん》と諭《さと》された。両親は校長先生に会いに行き、謝罪の手紙を書き、壊れたガラスを弁償しなければならなかった。

両親は、ぼくが爆発しそうになる感情と折り合いをつけられるように、と縄跳びを教えてくれた。運動が上手にできるようになって、ぼくがもっと屋外で時間を過ごすようにと願ってのことだった。慣れるまでに時間はかかったが、まもなく長いあいだ跳び続けていられるようになった。そして跳んでいるあいだは気分が晴れ晴れし、穏やかな気持ちになった。縄跳びをしながら回数を数えていくと、数字の形と質感を感じることができた。

算数のプリントを見て混乱する

学校で、いろいろな数字を同じ黒いインクで印刷してある算数の問題プリントが出されると、ぼくはとても混乱した。そのプリントが間違いだらけに思えた。たとえば、どうして8の文字が6の文字より大きくないのか、どうして9が青ではなく黒で印刷されているのか理解できなかったからだ。そして、印刷機で9の数字を印刷しすぎて青いインクがなくなってしまったのだと解釈した。

そのプリントに書いたぼくの答えを見た先生は、書いてある数字が不揃いでめちゃくちゃだ、と言った。どの数字も同じ大きさで書くものだ、と注意された。数字をそんなふうに間違って書くのはぼくには辛いことだった。ところが、ほかの子たちはまったく気にしていないようだった。そのとき初めて、数字に対する自分の感覚がほかの子と違うことに気づいた。

ぼくはほかの子より、計算問題を解くのが速かった。それで、だれよりも早く教科書を終わらせてしまった。先生から、問題を解いているほかの子どもたちの邪魔にならないように静かに座っていなさい、と言われた。だから机に突っ伏して数字のことを考えた。考えに夢中になり、いつのまにか小さくハミングしているのに気づかず、先生に注意されて初めてハミングしていることがわかるということが何度もあった。

暇つぶしに、文字を数字で表す独自の規則をつくった。たとえば、Danielを数字化したものは「24、1、79、5、3、62」。これはこういうことだ。アルファベットを（ａｂ）（ｃｄ）（ｅｆ）（ｇｈ）（ｉｊ）というように、ふたつの文字を一組にし、それを1から13までの数字に当てはめる。（ａｂ）＝1、（ｃｄ）＝2、（ｅｆ）＝3……。こうすると、ひと組になったふたつの文字を区別する必要が出てくる。そこで、ふたつの文字の二番目の文字のほうを使いたいときには、その数字の後ろに適当な数字を加えることにした。そうでない場合は、ふたつの文字の組み合わせの数字を書くだけでいい。つまり、24は、二組目の二番目の文字ｄのことであり、1は一組目の一番目の文字ａのことだ。

ぼくは、先生の許可をもらい、教科書を家に持ち帰ることがよくあった。自分の部屋で床に腹這《はらば》いになって教科書を開き、計算問題をえんえんと解いた。

あるとき、ぼくの累乗計算好きを知っている弟のリーが、計算機を片手にぼくに問題を出した。23は？ 529。48は？ 2304。95は？ 9025。それから、リーはもっと長い式を出した。82×82×82×82は？ 十秒ほど考えた。両手をしっかり握りしめ、その形と色と質感を確かめた。45212176とぼくは答えた。弟がなにも言わなかったので、ぼくは弟を見上げた。弟の顔がいつもと違っていた。微笑《ほほえ》んでいた。そのときまでリーとは親しい間柄ではなかった。リーがぼくに微笑みかけたのを見たのはこれが初めてだった。

ドロシー・バーリー小学校での最後の夏、先生方がクラス合同でトレウェルンに行く計画をたてた。ぼくのクラスもそのなかに入っていた。イングランドとウェールズの境の田舎にある長期滞在型アウトドア・センターに一週間滞在するのだ。両親は、ぼくが違った環境で何日か過ごすのはとてもいい経験になると信じた。

煙草の煙のにおいのする運転手が運転する、ぴかぴかに光る大型バスがやって来て、子どもたちと先生たちが乗り込んだ。父はぼくの衣類や本を荷造りし、見送りに来てくれた。

センターでは、子どもたちは何人かの班に分かれ、各班ごとに同じバンガローで一週間を過ごす。バンガローには二段ベッドと洗面台と一組のテーブルと椅子しかなかった。ぼくは家から離れるのが苦痛だった。なにもかもがいつもとは違って、その変化に順応できなかった。早朝（毎朝五時）に起こされ、Tシャツと短パンで野原を走らされた。センターではぼくがいつも家で食べている朝食（シリアルやピーナッツバターのサンドイッチ）は出なかったので、いつも空腹だった。それに、毎日班ごとで行動しなければならず、ひとりになれる時間がなかった。

ポニーに乗っての遠出が、地元の厩舎《きゅうしゃ》の主催でおこなわれた。その日、ぼくの班全員がポニーの操りかたを習い、それからガイドに付き添われてポニーに乗って近くの小径《こみち》を回った。ぼくはバランスよくポニーの背中に乗れず、何度も鞍《くら》から落ちたので、手綱《たづな》を引き絞って落ちないようにした。厩舎のオーナーのひとりがぼくの様子を見て激怒し、怒鳴《どな》り声をあげた。その人は動物のことを気づかって怒鳴ったのだが、当時のぼくは自分が悪いことをしているとは思わず、ひどく動転した。それがあってから外に出るのがいやになり、できるだけバンガローで過ごすようになった。

洞窟探検という班行動もあった。洞窟のなかは真っ暗で、全員がライトのついた帽子をかぶった。なかはひんやり、じとじと、ぬるぬるしていたので、外に出て小川の橋を渡るときはうれしかった。その橋をおそるおそる渡っていくと、後ろから笑いながら駆けてきた同じ班の男の子に突き飛ばされ、小川に落とされた。ぼくはショックのあまり、ずいぶん長いあいだ、ちょろちょろ流れる小川のなかに座っていた。びしょびしょになった服が肌にへばりついた。それからようやく小川から出て、バンガローにひとりで戻った。どうしていいかわからず、泣くまいと必死で我慢したため、顔が熱くほてった。

ぼくはいじめられることがよくあった。ぼくがほかの子と違い、ひとりでいるのが好きだったからだと思う。子どもたちのなかには、友だちがひとりもいないということでぼくの悪口を言ったり、からかったりする子もいた。しかし、ぼくが相手にしようとしなかったので、ありがたいことに、いじめっ子はつまらなくなって手を出さなくなった。そういう経験を重ねてきたぼくは、ますます自分がよそ者で、どこにも属していないと思うようになった。

トレウェルン滞在中、素敵なこともあった。最後の日に、センターの職員たちが各班の成果を讃《たた》え、さまざまな賞を与えるのだが、ぼくらの班は、「いちばん掃除のゆきとどいたバンガロー賞」をもらった。

ぼくは家にいるのがいちばん幸せだった。家にいると穏やかで落ち着いた気持ちになれた。もう一ヵ所、同じ気持ちを味わえる場所があった。地元の図書館だ。本が読めるようになってからは、毎日両親に図書館まで連れていってもらった。図書館は壁に落書きのある小さなレンガの建物で、なかには色分けされた書棚がたくさん並んでいた。子どもの本にはビニールのカバーがかけられ、部屋の隅には明るい色のビーンバッグ・チェア［ビーズを詰めた変形自在の椅子］が置かれていた。

学校が終わると毎日、それから休みのあいだもずっと、どんな天気の日も図書館に行き、閉館時間まで過ごした。図書館はとても静かで秩序だっていて、いつも心が安らいだ。百科事典が愛読書だったが、重くて手に持てないので、テーブルに広げて読んだ。世界の首都名や、世界地図、国ごとの歴史を覚えたり、イングランドの王や女王の名と在位期間、そしてアメリカの大統領の名前のリストや、もっと細かな出来事のリストをつくったりするのが好きだった。

司書たちは、毎日やって来るぼくにとても親切にしてくれ、ぼくが本を読んでいるあいだ両親とお喋りをしていた。図書館長がぼくの図書館通いに感銘をうけて「読書における努力達成を讃える賞」の候補者に挙げてくれ、ぼくはその賞を受賞した。町長が賞品（賞にふさわしく図書券だった）を授与することになり、町のホールで短い式典がおこなわれた。賞品を受け取りに行くと、町長が身をかがめてぼくの名前を尋ねた。でも、ぼくは町長が身につけている鎖の輪の数を数えるのに夢中で、町長の言葉が耳に入らず、質問に答えられなかった。ふたつ以上のことを同時にすることはできなかったのだ。

仲間はずれ

ぼくはひとりぼっち

校庭を囲むように点在している木の陰に立って、ほかの子どもたちが駆け回ったり、大声をあげたり、遊んだりしている様子を眺めていたことをいまでも覚えている。十歳のぼくは、自分ではうまく説明できず、ちゃんと理解してもいなかったが、ほかの子と自分が違うことはわかっていた。子どもたちは騒々しく、ちょこまか動き、ぶつかり合ったり、押し合ったりしていた。子どもたちが蹴《け》ったボールに当たるのが怖かったので、同級生とはかなり離れた校庭の隅にいるのが好きだった。休み時間には必ずそうしていたので、すぐにそれが嘲笑の的になり、ダニエルは木に話しかけている、変わり者だ、という評判が立った。

実際には、木に話しかけたことはない。答えてくれない物と話すのは意味がない。ぼくは猫には話しかけるが、猫は少なくともにゃあと返事をする。ぼくが木陰《こかげ》で過ごすのが好きだったのは、そこで行ったり来たりしていると、考えにふけることができたし、子どもたちに押されたり蹴られたりする心配がなかったからだ。木陰にいれば、ほんの少しのあいだだけでも、自分の姿を消せる気がした。

ぼくはいつも消え去りたいと思っていた。どこにいても自分がそこにはそぐわないと思っていた。まるで間違った世界に生まれてきてしまったような感じだった。安心していられない、穏やかな気持ちでいられないという感覚、どこか遠く離れたところにいつもいるという感覚が、絶えず重くぼくにのしかかっていた。

しだいにぼくは自分がひとりぼっちであることを意識するようになり、友だちがほしくてしかたがなくなった。同級生には、たいてい何人か友だちがいた。少なくともひとりはいた。ぼくは夜ベッドに入って天井を眺めながら、だれかと友だちになるというのはどんな感じのものなのだろうと想像を巡らしては長い時間を過ごした。友だちができれば、ほかの子と違っているようには見えないはずだ。そうすれば、ほかの子も、ぼくのことを変わり者だとは思わなくなるだろう。

弟や妹には友だちがいて、学校帰りに友だちを家に連れてくることがあったが、ぼくにはなんの足しにもならなかった。ぼくは窓辺に座って、庭を見下ろしながら、弟たちの遊ぶ声に耳をすました。弟たちが、心から興味を持っていること、たとえばぼくにとってのコインとかマロニエの実とか数字とかテントウ虫などのことを、なぜ友だちと話し合わないのか理解できなかった。

ときどき、クラスの子たちはぼくに話しかけようとした。「ようとした」と書くのは、ぼくにはその子たちと言葉のやりとりができなかったからだ。たとえば、なにをして、どんなことを言えばいいのかわからなかった。たいていは床を見つめたまま話し、相手の目を見ないようにした。顔を上げると、話をしている人の口の動きばかりに気を取られた。先生からはよく、話を聞くときには相手の目を見なさい、と言われた。それで顔を上げて目を見ようとするのだが、それにはとても強い意志の力が必要で、そうするとひどく奇妙で落ち着かない気持ちになった。ぼくは人と話すとき、意味の通らない言葉を長々と喋ることがよくあった。途中で話を止めたり、相手と言葉をやりとりするということを知らなかったのだ。

無礼なことをするつもりはなかった。会話の目的が、最大の関心事について話し合うこととは違うことを知らなかったのだ。ぼくは話しはじめると、非常に細かなところまで執拗に話し、話したいことをすべて言い切ってしまうまでやめられず、途中で遮《さえぎ》られると破裂しそうな気がした。自分の話が相手には関心のないことかもしれないとは思わなかった。相手がそわそわしたり、まわりを見たりするのに気づかなかったし、「そろそろ行かなくちゃ」と言われるまでえんえんと話し続けた。

人の話を聞くのも難しかった。人に話しかけられると、周波数を特定のラジオ局に必死に合わせるみたいな感じになって、相手の言葉の大半は雑音のように頭のなかを素通りしてしまう。いまでは、人がなんの話をしているか、そのとっかかりをつかむことを学んだが、それでも、質問されるとその質問の言葉が聞き取れないのでとても困る。それで質問した人はぼくの態度に苛立《いらだ》つこともあって、ぼくもみじめな気持ちになる。

教室や校庭で交《か》わされる会話は、ぼくが話題についていけないせいでどれも尻切れとんぼになった。ぼくの心はしょっちゅうさまよいだした。というのも、会話中に不意に出てきた言葉や名前がきっかけになって、それについて本で読んだり見たりしたことが頭のなかに次々と、まるでドミノ倒しのように押し寄せてくるからだ。

今日も、「イアン」という名前を耳にした瞬間、まったく無意識に、イアンという名の知人の姿が映像となって現れた。その次に彼の運転するミニが現れ、それから古い映画『ミニミニ大作戦』のさまざまな場面が現れてきた。ぼくの思考の流れはいつも論理的というわけではなく、映像と関連する形で現れてくる。学校でも、人に話しかけられているときにこうした連想の回り道がよく起き、先生などからは、人の話を聞こうとしない、注意力散漫だ、と非難された。

行間が読めなくて

いまでも、人の言葉を聞いて、すべての単語とその細部まで完全に理解できても、それにふさわしい対応ができない。たとえばある人がぼくに「コンピュータで原稿を書いていたら、押すつもりのないキイをたまたま押してしまい、全部消してしまった」と言ったとする。ぼくの頭のなかでは、その人が押すつもりのないキイを押してしまったこと、そのキイを押したとき原稿を書いていたことはわかる。しかし、そのふたつの発言をつなげて全体像（つまり原稿が消えてしまったこと）を思い描けない。子どもの本などに、点と点を順番につなげていくとある形が現れてくるものがあるが、それと同じで、点のひとつひとつは見えるが、それをつなげて形にできない。だから、「行間を読む」ことができないのだと思う。

また、質問の形式をとっていない曖昧《あいまい》な発言にどう応じればいいかもよくわからない。相手の発言を情報として受け取ってしまう傾向が強い。つまり、ほとんどの人は言語を人づきあいの手段として使っているが、ぼくにはそれができない。ある人が「今日はあまりいい日じゃなかったよ」と言ったとする。その人は、相手から「それはたいへんだったね、なにかよくないことでもあったのかい？」といった言葉が返ってくるのを期待していることが、最近になってようやくわかってきた。

授業中ぼくは、先生がぼくから答えを聞き出したいと思っていることがわからなかったので、ぼくが答えようとしないと先生に思われて辛い思いをすることがよくあった。たとえば、「7×9は」と先生がぼくを見ながら言ったとする。もちろん、答えが63なのはわかっているのだが、それを声に出してみんなの前で言うことを求められていることがわからなかった。もう少し明確に「7×9はいくつになりますか」と訊かれないと答えられなかった。

どのタイミングで相手に返事をすればいいか、ということがぼくには直感的にわからない。いまは人と適切に言葉をやりとりすることができるが、それは多くの訓練を重ねてようやく身につけられたことなのだ。

そうした訓練はとても大事なことだった。ぼくはなによりも普通になりたい、ほかの子のように友だちをつくりたいと心から望んでいたからだ。相手の目を見るというような新しい技能を身につけたときは、とても自信がついた。それは必死で訓練したたまものであり、その達成感は言葉では表せないほどすばらしいものだった。

校庭でひとりぼっちでいることにぼくはしだいに慣れていった。木々のあいだを歩きながら、石ころの数や石蹴り遊びの升目《ますめ》の数を数えて過ごした。まわりの人たちのことを忘れ、自分の考えにすっぽり包まれてしまうときがあった。なにかに夢中になると、ぼくは合わせた両手を顔に近づけ、指を唇に強く押し当てた。ときには両手をひらひらさせ、ピシャピシャと打ち合わせた。家でこれをやると、母がうろたえて、やめなさいと言った。でも意識的にしているわけではないので（自然にそうなってしまうのだ）人に指摘されるまで自分がそうしていることに気づかなかった。

独り言を言うときも同じだった。自分が独り言を言っていることに気づかないことが多かった。ときどき、考えにふけっていてそれを口に出さないでいることができなかった。考えに夢中になっているときはかなりの緊張状態にあるので、それがからだにも影響する。緊張しているのが自分でもわかる。いまでも考えに没頭しているときは、どうしても両手をひらひらさせたり、唇を無意識に引っ張ったりしてしまう。独り言を言うと気分が楽になり、なにかに集中できる。

校庭にいるとき、男の子のなかには、ぼくのところまでやって来て、ぼくの真似をして手をひらひらさせてみたり、ひどいことを言ってからかう子もいた。近くに寄ってこられると、その子の息を肌に感じてとてもいやだった。それでぼくは、硬いコンクリートのグラウンドにしゃがみ込んで、両手で耳を覆い、みんながいなくなるのを待った。極度の緊張を感じたときには2の累乗計算をした。2，4，8，16, 32, ……1024, 2048, 4096……131072, 262144, 1048576。数字が頭のなかで見える形になると、気持ちが鎮まった。

ぼくはあまりにもほかの子と違っていたので、男の子たちはぼくをどうやっていじめていいかわからなかった。それに、泣いたり逃げ出したりという期待どおりの反応をぼくがしないので、彼らはじきに飽きてしまった。悪口はなおも続いたが、ぼくはそれを黙殺できるようになり、それからはたいして気にならなくなった。

想像の友だち

アスペルガー症候群の人たちは友だちをつくりたいと心から思っているが、それがとても難しいとわかっている。ひとりぼっちだというひりひりする感覚を心の奥で感じていて、それがぼくにはとても辛かった。友だちがいない代わりに、ぼくは校庭の樹木のあいだを歩くときにいっしょにいてくれる友だちを想像でつくった。

いまでもはっきりその友だちのことは覚えていて、目を閉じると彼女の顔が見える。しわだらけの顔だが、少なくともぼくにはとてもきれいに見える。身長が百八十センチ以上ある背の高い女性で、頭のてっぺんから爪先まで青いマントで覆われていた。ほっそりした顔にしわがたくさんあったのは、たいへんな年寄りだったからだ。百歳は超えていた。目は水を湛《たた》えた細い線みたいで、物思いにふけっているかのように目を閉じていることが多かった。どこから来たのかは尋ねなかった。そんなことはどうでもよかった。名前はアン、と彼女は言った。

休み時間になるとアンと長い深遠な会話を交わした。彼女の声は静かで、思いやりにあふれ、穏やかで心安らぐものだった。彼女といると安らぎを感じた。彼女の生い立ちは複雑だった。鍛冶屋《かじや》のジョンという男と結婚し、ふたりは幸せに暮らしていたが、子どもができなかった。ジョンはずいぶん前に亡くなり、アンはひとりぼっちで、ぼくと同じく、友だちができてとても感謝していた。アンに親しみを感じた。ぼくは彼女に嫌われるような、あるいは彼女が離れたくなるようなことを言わなかったし、しなかった。自分の考えに没頭しないようにする必要もなかった。彼女はそばにいて辛抱強く耳を傾け、けっして口をはさまなかった。ぼくのことを変わっているとか、気味が悪いとか言ったりしなかった。

ふたりで交わす会話の内容はおもに、生と死、そのあいだに横たわるあらゆる哲学的な問題だった。ぼくの好きなテントウ虫のこと、コインの塔、本や数字や背の高い木、おとぎ話に出てくる巨人や王女のことも話した。ときどき彼女は、ぼくの質問に答えないことがあった。

一度、どうしてぼくはほかの子たちと違っているのだろう、と訊いた。すると彼女は首を横に振り、それは言えないと言った。そのときぼくは、その答えはきっと恐ろしいもので、彼女はぼくを守ろうとして言おうとしないのだと思い、二度とそれについて尋ねなかった。しかし彼女はこう言った。ほかの子のことは気にしなくていいのよ、あなたはきっと大丈夫。彼女の言葉はいつもぼくを慰め、彼女を身近に感じた後はきまって心が安らぎ、幸せを感じた。

ある日、ぼくがいつものように木のあいだを歩きながら太い幹をかかとで蹴っていると、彼女が現れた。あんなに静かな彼女を見たのはそのときが初めてだった。大事な話があるからわたしの目を見て、と言った。彼女の目を見るのは難しかったが、顔を上げて彼女を見た。口元が厳しく引き結ばれ、その表情は以前何度か近くで見たときより穏やかで明るかった。

彼女はしばらくなにも言わなかったが、ようやく、とても優しいゆっくりした口調でこう言った。わたしは行かなければならない、もう戻ってこられない、と。気が動転したぼくが理由を尋ねると、彼女は、わたしは死にかけているので、さよならを言いに来たの、と言った。そしてとうとう彼女は消えてしまった。ぼくは涙が涸《か》れるまで泣き、それから何日も彼女が消えたことを悲しんだ。アンはとても特別な人だった。ぼくは彼女のことは一生忘れない。

いま思うと、アンは、ぼくの孤独と不安とが人の姿となって現れたものだったのだ。自分の限界を知り、そこから脱したいというぼくの心がつくりだしたものだった。彼女を手放すことで、ぼくはこの広い世界に自分の場所を探し、そこで生きる覚悟を決めたのだ。

素数のひとりトランプ

放課後、ほかの子どもたちは通りや公園に出て遊んでいたが、ぼくは自分の部屋の床に座り、思索にふけっていれば幸せだった。ときどき、自分でつくりだしたトランプのひとり遊び《ソリティア》をして遊んだ。エースは1、ジャックは11、クイーンは12、キングは13の数字に変えて、あとのカードはそこに記された数字のままで遊ぶ。このゲームの目的は、できるだけ多くのカードを捨てずに手元に残すこと。まず、よくシャッフルした五十二枚のカードから四枚を開《あ》ける。その四枚のカードの数字を順番に足していき、合計数が素数になった時点でその四枚は捨てられる。

ソリティアはだいたいそうだが、これも運に左右されるゲームだ。最初に開けた四枚のカードが、2、7、13《キング》、4だとする。それを順番に足していく。2＋7＝9、これは素数ではない。9＋13＝22、これも素数ではない。22＋4＝26、これも素数ではない。したがってこの四枚とも手元に残しておける。だが、このとき、プレイヤーはあえて危険を冒してさらにカードを一枚めくって計算を続けてもいい。危険を冒さずに新たに四枚のカードを並べて始めるときには、合計数が素数になった時点でその四枚のカードは捨てられ、また新たに四枚のカードを並べる。五十二枚すべてのカードが使われたらゲームは終了する。手元に残ったカードの枚数を数えて、それが最終得点になる。

このゲームに魅せられたのは、計算力と記憶力が同時に試されるからだ。四枚のカードを並べてその合計が素数でなかった場合、プレイヤーは新たな四枚を並べるか、それともあえてもう一枚開けてその計算を続けるかを選択しなければならない。これにはふたつの要因が関わってくる。その時点の四枚のカードの数の合計数と、残りのカードの種類だ。つまり、先ほどの四枚のカードを例にとれば、2、7、13、4の合計は26。これにさらに一枚のカードを開けた場合に素数の出る可能性がどれくらいあるかを、まず考える。26の次の素数は29、31、37だ（いちばん大きなカードは13《キング》だから、この場合、39より大きな素数は考えなくてもいい）。つまり3、5、11のカードが出ればこの回のカードはすべて捨てられ、それ以外のカードが出れば続行できる。

残りのカードの種類を記憶しておくと判断の助けになる。もし十枚のカードの合計数が70になり、残りのカードが三枚になったら、その残りのカードが3と6と9だと知っていれば、そのほうが明らかに有利だ。この場合、73も79も素数だから、プレイヤーはそこでやめて十枚のカードを手元に置き、新たに始めればいい。ぼくはゲームのどの時点でも、残りのすべてのカードの種類を次のように記憶していた。一組のトランプにはそれぞれ同じ数のカードが四枚ある（エースが四枚、2が四枚……）。この四枚のセットを、四つの点で構成された四角形として視覚化する。その四角形はカードの種類によって質感も色も異なる。

たとえばエースの四枚セットは光り輝く四角形だ。1はぼくのなかではいつも眩《まぶ》しいほどきらきら光っているからだ。6は黒くて丸い穴に見えるので、それが四つそろうと、真っ黒な四角い穴になる。ゲームが始まって、カードが開けられるたびに、頭のなかに十三セットある四角形のどこかが欠けていく。最初のエースが現れると、輝く四角形が輝く三角形に変わる。次に6が出ると、黒い四角形が黒い三角形になる。その次にまたエースが出ると、輝く三角形が輝く線となり、三枚目のエースが出ると、それは輝く点になる。こうして十三種類それぞれ四枚のカードが出てしまうと、頭のなかから形はすべて消える。

トランプ遊びは、不規則にちらばっている素数の特別な質感を思い描くことに役立つ。ゲームをしているとき、特定の合計数のほうがほかの合計数より有利になる。合計数44が合計数34よりはるかに有利なのは、44にはそれより上の素数は47と53のふたつしかないからだ。ところが、34には、37、41、43、47と、四つも素数がある。二倍だ。100はもっと悲惨だ。次にめくったカードで素数（101, 103, 107, 109, 113）になる確率が高い。

両親は、ぼくがひとりで自室にこもってばかりいて、外で友だちと遊ぼうとしないことを気に病んでいた。母は、数軒離れたところに住む、ぼくと同い年の娘のいる女性と親しくしていた。ある日、母はぼくを連れてその家に行った。母たちがお茶を飲んで話しているあいだ、ぼくとその女の子は並んで座って話した。

ぼくが関心のあることを話そうとするたびに、その女の子が口をはさむので、ぼくは言葉をうまくつなげられず、とても腹立たしい気持ちになり、息ができなくなった。赤くなったぼくの顔を見て、女の子が笑った。それでますます真っ赤になり、どうすればいいかわからなくなったぼくは、いきなり立ち上がってその子を叩いた。その子は泣き出した。当然のことだが、二度とそこの家に招待されることはなかった。

それで母は弟のリーに、外で友だちと遊ぶときにはぼくも加えるよう頼んだ。リーの親友はエディという男の子で、二ブロック離れた通りに住んでいた。リーとエディはたいていエディの家の庭で遊んだ。エディの家にはぼくの家よりたくさんのおもちゃがあった。ふたりがピンポンをしたり、サッカーをしたりしているあいだ、ぼくはブランコに乗ってリズミカルに前後に漕《こ》いでいた。

夏、リーがエディ一家と海辺で一週間の休暇を過ごすことになった。母は、ぼくもいっしょに連れていってもらったらどうかと言い、エディのお母さんは、それがいちばんいいと言った。ぼくは、家から遠く離れるのがいやで、返事を渋った。しかし、母はぼくを行かせることにこだわった。母は、他人がいるところでぼくが自信をつけられたら、と願っていたのだ。優しく、でもかなりしつこく説得されて、結局行くことにした。

海辺に着くと、すべてがうまくいくかと思われた。気候は穏やかで気持ちよく、エディ一家はとても優しく、思いやりをこめて接してくれた。しかしたった一日家から離れただけで、どうしても家に帰りたくなり、母と話がしたくなった。ぼくたちの滞在している家の近くに公衆電話があったので、ポケットのなかにあったコインで電話をかけた。

母が電話を取るとぼくの泣き声が聞こえた。母にどうしたのと訊かれ、ぼくはひたすら、ここでは落ち着けないから家に帰りたいと訴えた。数分後、通話が切れそうになったので、そっちから電話をして、と言ってぼくは受話器を戻して待った。その公衆電話の番号はぼくが知らせなければ母にはわからないことが、そのときはわからなかった。母は知っているものと思い込んでいた。それでぼくはずっと公衆電話のなかで待ち続けた。一時間ほど待って、ようやくそこを離れた。残りの休暇は涙のなかで過ごした。ぼくがみんなと過ごさず、一日中寝室の床にしゃがみ込んで両耳を手で覆って過ごしていたので、エディのお母さんはとても気をもんだ。それがエディの家族と過ごした最初で最後の休暇だった。

子どものころは、弟と妹がぼくの親友だった。たとえ弟と妹たちのほうがぼくよりキャッチボールがうまくても、学校で友だちと上手に遊べても、彼らはぼくのことが好きだった。ぼくが彼らの兄であり、いつも本を読んでやっていたからだ。いつの間にか弟たちは、ぼくが楽しんでやれることをいっしょにすることで、ぼくと遊ぶことを覚えた。母がアイロンをかけるのを見ていた後で、ぼくは自分の部屋のたんすや棚にある服を階下の居間に持って行った。母は、アイロンのスイッチを切って、冷えたら使ってもいいと言った。それでぼくは服を一枚一枚広げてはアイロンを滑らせた。その様子を見ていた弟たちが、いっしょに遊んでもいいかと言ってきた。

母がアイロンをかける前に、服にスプレーで霧を吹きかけていたのを見ていたので、ぼくはスプレーを持ってくると、霧を吹きかけてからぼくに服を渡すようにクレアに言った。リーも参加したいと言いだしたので、ぼくの向かい側に立って、アイロンをかけおわった服を受け取って畳《たた》むよう指示した。そのときまだ四歳だったスティーヴンには、受け取った服をTシャツ、ジャンパー、ズボンというふうに分けて重ねていくように言った。

作業が一巡してしまうと、スティーヴンは畳んだ服をぜんぶ広げてクレアに渡し、クレアは一枚一枚にまたスプレーで霧を吹きかけ、それを渡されたぼくはアイロンをかけてからリーに渡し、リーは畳んでスティーヴンに渡し、スティーヴンはまた仕分けをして——というふうに何度も何度も繰り返した。ぼくらはよく何時間もこうやって遊んだ。

弟や妹たちとやった遊びがもうひとつある。家中にある本を集めてきて、いちばん大きな寝室(妹たちの部屋)に運び込み、そこでぼくが一冊一冊を調べ、フィクション、ノンフィクションに分け、次にそれを歴史、恋愛、雑学、冒険などのテーマ別に分類する。そして、その分類された本を、今度はアルファベット順に並べる。一枚の紙を切ってつくった小さなカードに手書きの文字で、題名、著者名、出版年、カテゴリー(ノンフィクション〉歴史〉〝D〟)と書き入れた。その本をいくつもの箱に順番に入れ、弟たちが閲覧できるように部屋の壁に沿って並べた。

その部屋から本を持っていく者がいるときには、ぼくがカードを出して本のあった場所に入れ、返却日を記した紙を相手に渡した。夏休みのあいだは、両親はそうやって本を箱に入れておくことを許してくれたが、休みが終わると、本の貸し出し遊びが終わるたびに、すべてのカードを片づけて、家中の本棚やテーブルのまわりに本を戻さなければならなかった。

弟や妹と遊んでいるとき、ぼくはときどき彼らに近寄り、その首筋に人差し指で触れた。ぬくもりのある、ほっとするその感触が好きだった。そのことで弟たちが困っているとか、それが失礼なことだとは思わなかったので、母にやめなさいと言われなければやめなかった。けれどもいまでもときどき、精神が高揚すると首筋に触れたくなる。そうした触れあいは、ぼくのまわりにいる人たちに高揚感を伝えるひとつの方法だった。人にはみな個人空間というものがあって、それを侵してはいけないし、いつもそれを尊重しなければいけない、ということがぼくにはうまく理解できなかった。ぼくの癖のせいで人が苛立つとか、うるさがるとか、傷つくとかは思いもよらなかったので、弟たちがぼくに怒っても、その理由がわからなかった。

歯磨きと靴紐《くつひも》

ぼくにはうまくできないことがたくさんあった。たとえば歯磨きだ。歯を磨くカシャカシャいう音が生理的に苦痛だった。バスルームの前を通り過ぎるときには両手で耳を塞《ふさ》いでその音を聞かないようにしたし、その音がやむのを待ってからでないとほかのことができなかった。この極度の神経過敏のせいで、歯磨きをさっさと終わらせてしょっちゅう両親に注意された。虫歯にならなかったのは幸いだったが、それはおそらく牛乳をたくさん飲み、砂糖の入ったものを食べなかったせいだと思う。何年もまともに歯を磨かなかったので、そのことで両親はよく言い争っていた。両親は歯ブラシと練り歯磨き粉をぼくの部屋に持ってきて、ぼくが磨き終えるまでそばで監視していた。そうでもしなければ、ぼくは歯を磨こうとしなかった。その理由が両親には理解できなかった。

定期的に歯は磨くべきだと思うようになったのは思春期の始まるころだ。弟や妹たち、学校の同級生たちがぼくのおかしな歯の色に気づいてからかったので、人前で話をすればまた侮辱されると思い、口をきくのがさらにいやになった。結局、ぼくは脱脂綿を耳のなかに入れ、音を聞かないようにして歯磨きすることにした。あるいは、自分の部屋にある小さなテレビを見ながら、歯磨きしていることを意識しないようにして磨いた。さもないと吐きそうになった。こうしたささやかな努力のおかげで、ぼくの歯は日ごとにきれいになっていった。初めて歯医者に行ったときは、耳に脱脂綿を突っ込んで、ドリルやほかの器具の音が聞こえないようにした。最近では、なんの不自由もなく、毎日二回必ず歯を磨く。電動歯ブラシを使っているが、これは手で磨くときのような耳障《みみざわ》りな音を出さないので助かる。

靴紐の結びかたもなかなか覚えられなかった。いくら練習しても、両親が何度も繰り返し教えてくれた指の動かしかたができなかった。とうとう母は練習用のおもちゃ（大きなブーツで、太くて長い靴紐がついていた）を買ってきた。それで何時間も練習したため、手が赤く腫れてひりひりした。ようやく自分で結べるようになったのは八歳になったときで、それまで学校に行く前には父が靴紐を結んでくれた。

右と左の区別もできなかった（いまでも神経を集中しないとわからない）。そのために八歳まで父に靴紐を結んでもらっていただけではなく、父に靴を履《は》かせてもらってもいた。自分で靴を履こうとするといらいらしてしまい、かんしゃくを起こして靴を放り投げた。両親は靴の片方ずつに右と左というラベルを貼ることを思いついた。そのおかげでようやく自分で靴が履けるようになり、右と左の違いも区別できるようになった。

外に行くとき、ぼくは頭を下げて自分の動く足を見ながら歩いた。それでよくなにかにぶつかり、不意に歩みが止まった。いっしょに歩いている母から、顔を上げて歩きなさい、と絶えず言われたが、顔を上げてもすぐにまた下を向いてしまった。とうとう母は、あれはなにかしら、と遠くにある物（垣根や木や建物）についてぼくに問いかけ、歩きながらそれを見るようにさせた。この簡単なアイデアのおかげで、ぼくは歩きながら顔を上げられるようになり、数ヵ月後にはかなり上達した。物にぶつからずに歩けるようになり、自信が持てるようになった。

九歳になる前のクリスマスに、ぼくとリーはそれぞれ自転車をプレゼントされた。両親が自転車に補助輪をつけてくれた。ぼくより二歳も年下のリーは、すぐに補助輪を外《はず》して走れるようになったが、ぼくのほうは何ヵ月も外せなかった。うまくバランスがとれず、しかもふたつのことをいっぺんにできないので、ペダルを漕ぎながらハンドル操作ができなかった。キッチンの椅子に座って足でペダルを踏む動きをしながら、大きな木のスプーンをからだの前で持って練習した。必死で練習したおかげで、弟と家の前の通りをいっしょに走れるようになった。でも、リーがぼくと競争しようとして、いきなり速く走り出したので、ぼくは気が動転してバランスを崩した。自転車に乗ったまま転倒するのが日常茶飯事になり、ぼくの両手と両脚には無数のすり傷ができた。

バランスが悪いせいで、泳ぎもなかなか覚えられず、それも腹立たしいことだった。泳ぎを覚えたのは同級生のなかでぼくが最後だった。ぼくは水が怖かった。なかに引きずりこまれて、二度と浮き上がってこられないのではないかと思っていた。親切なプールの指導員が、安全に浮くためのアームバンドとビート板を貸してくれたが、それがかえって同級生との違いを際立たせ、彼らと同じでないことを強く意識した。同級生たちは全員が何年も前から難なく泳いでいるのに、ぼくはようやく数メートル進めるだけだった。思春期に入るころにやっと、水のなかにいることが怖くなくなり、アームバンドなしでも浮きながら動けるようになった。とても晴れがましいような、偉大な一歩を踏み出したような気分だった。ようやく思いどおりにからだが動くようになったのだ。

小学校の最終学年のとき、転校生がやって来た。ババクというイラン人の男の子で、ホメイニ政権から逃れて一家でイギリスにやって来たのだ。ババクは頭がよくて流暢《りゅうちょう》な英語を話し、算数が得意だった。ようやくぼくは本当の友だちを見つけた。相違点ではなくふたりの共通点(とくに言葉と数字が大好きなこと)を見ようとした人は、ババクが最初だった。ババクの一家はいつもぼくにとても優しかった。ババクの家の庭でスクラブル[アルファベットを並べて単語をつくるゲーム]をしていたとき、彼のお母さんがお茶を運んできてくれたのを覚えている。

ババクは自信にあふれた少年で、クラスのだれとでも仲良くなった。だから、学校が総力を挙げて取り組んだ劇『スウィニー・トッド』(人を殺してミートパイにしてしまう理髪師の身の毛もよだつ話)で彼が主役に選ばれたのは当然のことだった。ババクは何週間も毎日劇の練習をした。そして、練習を見に来ないかとぼくを誘った。ぼくは彼の目に入らない隅のほうの衣装箱に腰掛け、みんなが練習しているあいだ台本の台詞《せりふ》を読んでいた。毎日ババクの練習を見に行った。

発表の当日のこと、最終リハーサルにババクは姿を見せなかった。病気になり、学校に来られなくなったのだ。先生たちは慌《あわ》てふためき、ババクの役をやれる人はいないか、とみんなに尋ねまわった。ぼくはずっと練習を見てきて台本をすべて覚えていたので、とても緊張したが、その役を引き受けることにした。

その日の夕方、幕が上がり、ぼくは主人公のすべての台詞を正確な順序で暗唱することができた。しかし、ときどき、舞台に立っているほかの人の台詞がうまく聞き取れず、観客に向かって言っているのか、対話として言っているのか判断ができなかったので、台詞を言うタイミングがずれてしまった。劇を観たあと両親は、もっと感情を出したほうがよかった、床ばかり見ていたのは残念だ、と言った。だが、少なくとも最後までやり遂げたことは、両親とぼくにとって大成功に等しかった。

思春期をむかえて

父の病気

父がからだのバランスを失って居間の床の上にくずおれた。その時間は七秒だった。仰向けに横たわった父の息をする音が、荒くせわしなくなり、ぼくをじっと見る目は大きく見開かれ、充血していた。

双子の妹が生まれてから父の振る舞いはおかしくなっていたので、病気が進行しているとは思っていた。父は庭仕事に精を出さなくなり、旧友と会わなくなった。ひっきりなしに喋り続けるかと思えば、貝のように押し黙った。ほんの数ヵ月で十歳も老けたように見えた。体重が減り、げっそり痩《や》せ、のろのろとためらいがちな足取りで家のなかを移動した。顔のしわも深くなった。

父が精神に異常をきたしたのを初めて目《ま》の当たりにしたのは、ぼくが十歳のときだった。それまでの数ヵ月間、母は父の変調をできるだけ子どもたちに見せないようにしていたが、とうとう父が居間でよたよたと歩いている姿をぼくは目撃してしまったのだ。父の見開かれた目は飛びださんばかりだった。独り言をつぶやいていた。ぼくは黙って父を見ているしかなく、どんな感情を抱けばいいのかわからなかったが、父をひとりにしておいてはいけないという思いだけはあった。

　父が倒れた音を聞きつけて急いで部屋に入ってきた母は、ぼくを優しく脇によせ、自分の部屋に行っていなさい、父さんの具合がよくないので、いまから医者を呼ぶわ、と言った。十分ほどしてサイレンを鳴らさずに救急車が到着した。ぼくは階段の上から、父がストレッチャーに乗せられ、毛布にくるまれて運ばれていくのを見ていた。

　翌日、家のなかは静まり返り、すうすうする感じがした。自分の部屋で父に対する感情について考えようとしていた。なんらかの感情を抱かなければと思ったからだが、どんな感情を抱けばいいかわからなかった。ようやく、この家は父がいないと不完全だから父に帰ってきてほしい、と思った。

　父さんはゆっくり休む必要があるので、父さんの具合がよくなったらあなたたちを病院に連れていくから、と母は言った。父は何週間も家を留守にした。その間、子どもたちは一度も父に会いに行かせてもらえなかったが、母はバスに乗って病院に行った。そこは長期入院型の精神病院だったが、小さかったぼくらには精神障害とはなにかわからなかった。

　母は、父の病状のことを子どもたちに話さず、ただ、もうじきよくなって家に帰ってくる、とだけ言った。世話をしなければならない子どもが七人もいたので（そのうち五人は四歳以下だった）、父の不在中、母は自分の両親や友人、ソーシャル・サービスのヘルパーなどに頼らざるをえなかった。リーとぼくはできるかぎり手伝うように言われ、お皿を並べたり洗ったり、買い物に行ったりした。

父が家に帰ってきたとき、退院祝いの会は開かれなかった。家のなかにはいつもどおりの生活をおくろうとする意志があり、父は病気になる前にこなしていた日課（赤ん坊のおしめをかえたり、夕飯をつくったり）を果たそうとした。ところが、事態はすっかり変わっていて、ぼくはその当時も、父がもう二度と前のようにはなれないとわかっていたと思う。

その強さとエネルギーで絶えずぼくを守り、ぼくの世話をしてきた父は消え、自分自身を守り、自分の世話をするので精一杯の男になっていた。父は病院の医師から薬を処方され、休養を毎日とるよう忠告されていたので、毎日昼食の後には自分の部屋で数時間眠った。母は弟や妹たちに、眠りの邪魔をしないように、ダニエルのように静かに遊びなさい、と言った。赤ん坊が泣きはじめると、母は急いで庭に連れ出し、あやしたり世話をしたりした。

両親の関係も変わった。これまで実際的な面でも精神的な面でも父に頼りきっていた母だが、ふたりで築いた生活を考え直し、すべてをやり直す覚悟が必要になった。ふたりの会話はそっけないものになり、完璧だった以前の連携は失われたように思えた。まるで関係を一から学び直さなければならないかのようだった。大きな声で喧嘩《けんか》をする回数も増え、ぼくはふたりの声を聞くのがいやで、耳を両手で覆った。とりわけ大きな声で怒鳴り合った後に、母はよくぼくのいる部屋にやって

郵便はがき

料金受取人払郵便

小石川局承認

1323

差出有効期間
平成21年2月
19日まで

112-8731

東京都文京区音羽二丁目
十二番二十一号

講談社学芸局翻訳グループ行

愛読者カード　今後の出版企画の参考にいたしたく存じます。ご記入のうえご投函くださいますようお願いいたします。

ご住所　〒

お名前

電話番号

メールアドレス

このハガキには住所、氏名、年齢などの個人情報が含まれるため、個人情報保護の観点から、通常は当出版部内のみで拝読します。

ご感想を小社の広告等につかわせていただいてもよろしいでしょうか？
いずれかに○をおつけください。　〈実名で可　匿名なら可　不可〉

TY 000003-0702

この本の書名を
お書きください。

ご購入いただいた書店名

(男・女)
年齢　　歳

ご職業　1 大学生　2 短大生　3 高校生　4 中学生　5 各種学校生徒
6 教職員　7 公務員　8 会社員(事務系)　9 会社員(技術系)　10 会社役員
11 研究職　12 自由業　13 サービス業　14 商工業　15 自営業　16 農林漁業
17 主婦　18 フリーター　19 その他(　　　　)

●この本を何でお知りになりましたか？
1　書店で実物を見て　2　広告を見て(新聞・雑誌名　　　　)
3　書評・紹介記事を見て(新聞・雑誌名　　　　)　4　友人・知人から
5　その他(　　　　)

●毎日購読している新聞がありましたら教えてください。

●最近感動した本、面白かった本は？

★この本についてご感想、お気づきの点などを教えてください。

来て、ひっそりした雰囲気のなかで過ごした。ぼくは優しい沈黙で母を毛布のようにくるんであげたかった。

父の健康状態は日によって、週によって変化した。急に支離滅裂《しりめつれつ》なことを繰り返し言ったり、混乱した様子で家族から身を遠ざけたりするので、以前の父に戻るにはかなり長い時間がかかりそうだった。その後の数年間、父は何度か入退院を繰り返した。たいていは数週間の入院だった。そうこうするうちに、病気が始まったときと同じように突然、回復の兆《きざ》しのようなものが見えてきた。よく食べよく眠り、肉体的にも精神的にも強くなって、自信と独創性も取り戻した。両親の関係もよくなり、一九九〇年には八番目の子どもアンナ・メアリーが生まれた。一年と五ヵ月後には最後の子どもシェリーが生まれた。ぼくの十三歳の誕生日の四日前のことだった。

父の体調がよくなり、家族も増えたので、一九九一年にマーストン・アヴェニューの、寝室が四部屋あるテラス付きの家に引っ越した。裏庭がとても広く、商店街と公園に近かった。だが十一人家族になっても、これまでと同じようにバスルームとトイレはひとつしかなかった。バスルームのドアの外に列ができるのは日常茶飯事だった。居間と食堂を隔てるふたつのドアはいつも開け放され、部屋を自由に行き来できた。考えにふけるとき、ぼくは階下の部屋を歩き回った。居間から食堂、キッチン、廊下へと進み、また居間に戻るということをえんえんと繰り返した。下を向いて両腕を脇にぴったりつけ、自分の考えに没頭していると、まわりの人たちのことは意識から消えた。

中学校へ

一九九〇年の九月に中学校に入った。入学する前に、母に連れられて町に行き、初めて制服を買った。黒いブレザーとズボン、白いワイシャツに黒と赤の縞模様のネクタイだ。父はネクタイの結びかたを教えようとしたが、ぼくはどんなに繰り返し教えられても自分で結べるようにはなれなかった。それで父が、結び目を解かずに、緩めたり締めたりして一週間を過ごすことを提案した。制服を着るのはいやだった。厚手の生地でできているブレザーは重く、新しい革靴はきつくて足が痛かった。それにさまざまな教科書や文具類(ペン、鉛筆、メモ帳、鉛筆削り、消しゴム、コンパス、定規《じょうぎ》、分度器、スケッチブック)を鞄《かばん》に入れて学校に通うのも苦痛だった。

学校はバーキング・アビーといった(一七六二年にキャプテン・クックが結婚式を挙げたセント・マーガレット教会の近くにあった)。最初の日、父にネクタイを結ぶのを手伝ってもらい、シャツの袖口のボタンを留めてもらった。父といっしょにバスに乗って学校の正門まで行くと、父が、勇気を出すんだ、楽しんで過ごすようにしてごらん、と言った。ぼくは歩み去っていく父の姿が見えなくなるまで見送った。

それからほかの子どもたちの後に続いて、校長先生が新入生に演説をすることになっている近くの体育館までおずおずと歩いていった。体育館のなかはとても広く、生徒たち全員が床に座り、先生が数人、壁を背にして立っていた。ぼくは列の後ろのほうに座ったが、そこの床は汚れていた。

校長先生(ミスター・マックスウェル)は、静かに、と言ってから話しはじめた。ぼくは神経を集中できず、校長先生の話を聞き取れなかったので、床を見つめて、指先でふわふわした綿埃をもてあそびながら、朝礼が終わるのを待った。それからクラス分けがあり、一年の担任の先生の名前が紹介され、静かに自分の教室に行くよう指示された。ぼくの教室の隣が図書室なのがわかり、とても興奮した。出席の確認が終わると、一週間の時間割が配られた。各教科はそれぞれ、違う先生が違う教室で教えることになっていた。小学校から中学校に変わってなにがいちばんたいへんだったかといえば、一時間、一時間、ある授業から別の授業へ、ある教室から別の教室へとめまぐるしく動き、学科ごとに先生が代わることだった。

ドロシー・バーリー小学校出身の顔見知りは同じクラスにはあまりいなかった。唯一の友だちだったババクは、違う学区域の中学校に行った。ぼくは非常に緊張し、新しいクラスでだれとも口をきかなかった。自己紹介すらしなかった。壁の時計を見つめて、針が速く進んでこの一日をさっさと終わらせてほしい、とばかり思っていた。耳をつんざくベルが鳴って、子どもたちはわれ先にと校庭へ出ていった。

ぼくはほかの生徒が押し合いへし合いしながら全員が教室を出ていってしまうまで時間をつぶした。ほかの子にぶつかられたり、小突かれたりするのがいやだったからだ。隣の図書室まで歩いていき、参考文献の書棚から百科事典を取り出し、ひとり机に向かって読んだ。教室に戻るときに遅れたくなかったので、壁時計で時間を確認した。全員が席についているところへひとりだけ遅れて入っていき、みんなが顔を上げてぼくを見ることを考えただけでとても恐ろしくなった。昼食のベルが鳴るとまた図書室に行き、同じ机でしばらく百科事典を読んだ。

小学校では、母が前夜につくってくれたサンドイッチを持っていって食べていた。しかし、中学校では低所得家庭の子どもには昼食券が支給されたので、両親は、学校の食堂で昼食をとるように、と熱心に勧めた。三十分ほど読書をしてから、食堂の入口付近に行った。人の列がなくなっていたので、トレイを取ってカウンターに行き、食べたい料理を選んだ。魚のフライとチップス、豆。空腹だったので、デザート・コーナーからドーナッツを取ってトレイに載せた。レジのところに行き、いろいろなボタンを押している女性に昼食券を渡した。すると昼食券ではドーナッツの分が足りなくて、その女性に、お金が必要だと言われた。まさかこんなことになるとは思わなかったので、ぼくは顔が真っ赤になるのを感じ、不安に襲われ、泣き出しそうになった。

ぼくの様子に気づいたその女性は、心配しなくてもいいのよ、今日は初日だから、そのドーナッツはおまけ、と言った。人がだれもいないテーブルを探して座った。食堂はかなり空《す》いていたが、ぼくはほかの子がテーブルに来ないうちに、できるだけ早く食事をすませて食堂を出た。

下校時間になると、生徒の一団が通りへ散っていくのを待ってからバス停まで歩いていった。その朝ぼくがバスを降りたバス停だ。公共の乗り物にひとりで乗るのは生まれて初めてだったので、自宅に帰るには通りの反対側にあるバス停でバスに乗らなければならないことを知らなかった。バスが来たのでぼくはバスに乗り込んで行き先を尋ねた。心のなかで何回も練習した台詞《せりふ》だった。運転手がなにか言ったがはっきり聞こえず、ぼくは無意識にお金を出して乗車券をもらおうとした。もう一度運転手は同じことを言ったが、その言葉は意味となってぼくの頭に入ってこなかった。バスにひとりで乗るということでパニック状態にならないよう、そのことに神経をとぎすませていたからだ。

ぼくが動こうとしないので、運転手は大きなため息をついて金を受け取った。乗車券をもらったぼくはがらがらの車内に入り、腰を下ろした。バスが発車した。ぼくはバスがそこでUターンをして自宅の方向へ走りだすのを待った。

しかし、バスはそのまままっすぐに走り出し、ぼくの帰る方角からどんどん遠ざかっていった。不安に駆られたぼくは、ドアに駆け寄り、次のバス停に着いてドアが開くまで、いらいらしながら立っていた。そこで初めて自分の勘違いに気づき、停まったバスから飛び降りると通りを渡ったところにあるバス停に行った。やって来たバスの運転手に行き先を言うと、運転手は黙ってうなずいて料金を告げた。それがぼくの知っている金額だったので、正しいバスに乗れたことがわかってほっとした。二十分後、バスの窓から見慣れた通りが見えてきて、ようやく無事に家に帰ってきたことがわかった。

そのうちに学校の行き帰りにはひとりでバスに乗れるようになった。マーストン・アヴェニューの家から歩いてすぐのところにバス停はあった。ぼくはバスの時刻表を全部覚えたので、バスに乗り遅れることはなかった。バスが遅れることはあったけれど。

学校での毎日は、教室で出席をとることから始まる。それから曜日の時間割にしたがって、違う教室や、敷地内に建つ違う建物に移動した。情けないことに、ぼくは方向音痴なので、何度も繰り返し覚えた道順は別だが、長年住んでいる場所でもたちまち迷子になった。だから、学校で迷子にならないために、同級生の後について各授業に行った。

「フィボナッチ数列」

当然のことだが、いちばん好きな科目は数学だった。最初の授業のとき、生徒全員が数学のクラス分けテストを受け、その成績によって四つのクラスに分けられた。一コースが上級クラスで、ぼくはそこに入った。最初の授業で、小学校よりはるかに速く授業が進むことがわかった。どの生徒も熱心に耳を傾けていたし、授業ではとても広い範囲の問題が出た。ぼくの大好きな問題は「フィボナッチ数列」だった（1, 1, 2, 3, 5, 8, 13, 21, 34, 55……）。この数列のそれぞれの数字は、それに先立つふたつの数の合計数になっている。それから（並べられた数字の平均値と中央値を計算するといった）データ処理や確率問題も好きだった。

確率の問題は、直感ではうまく答えが導き出せない。たとえば、こういう問題がある。「ふたりの子どもを持つ女性がいる。そのうちのひとりは女の子である。もうひとりの子どもが女の子である確率は？」

この場合の答えは、二分の一ではなく、三分の一。なぜなら、すでにこの女性には女の子がいるわけだから、男の子がふたりになることはありえない。したがって、可能性としては、BG（男の子と女の子）、とGB（女の子と男の子）、GG（女の子と女の子）になる。

「三枚のカード問題」も、直感的には答えが出せない問題だ。ここに三枚のカードがあるとする。一枚目のカードは裏も表も赤。二枚目は裏も表も白。三枚目は裏が白で表が赤。ある人物が三枚のカードをバッグに入れてよくかき混ぜる。そして一枚を引き出してテーブルの上に載せる。表が赤いカードだ。では、裏側も赤い確率はどれほどになるか。この問題のポイントは、表が赤のカードは二枚しかないという点だ。一枚は両側とも赤。もう一枚は裏が白。とすると、それだけを見れば確率は二分の一のように思える。

しかし、実際に裏が赤である確率は、三分の二だ。こんなふうに想像してみてほしい。裏も表も赤のカードのそれぞれの面にAとBの文字を書き入れる。次に、表が赤で裏が白のカードの、赤い面にCを書き入れる。そうしてから、赤いカードが引き出される場合のことを考えてみよう。赤い面に書かれている文字は、A、B、Cのいずれかだ。Aであれば裏側はB（赤）。Bなら裏側はA（赤）。Cであれば裏側は白だ。つまり、この場合赤が出る確率は三分の二になる。

「歴史上の人物」を創作する

歴史も大好きな科目だった。小さいころから、ぼくは細かなデータを一覧表にするのが大好きだったが、歴史の勉強は一覧表であふれていた。特に好きなのは、人物名、年代、大統領や首相の在任期間が記された一覧表だった。フィクションよりノンフィクションのほうが好きだったので、歴史上の主要な出来事のさまざまな事実について読んだり調べたりするのはとても楽しかった。文献を読んで、思想が異なり歴史的立場が異なっているのに、そこに関連性があることを理解するのも楽しかった。ひとつのつながりのない出来事が、ドミノ倒しのように次々にほかの出来事と関わっていく様子にぼくは虜《とりこ》になった。歴史の複雑さにすっかり魅せられたのだ。

十一歳のときからぼくは歴史上の人物、たとえば大統領や首相を自分でつくりだし、それぞれの人物の複雑な伝記を想像して楽しんでいた。いろいろな名前や日付や出来事がふいに思い浮かんでくるので、その事実やデータを考えながら何時間も過ごした。実在の人物や出来事に影響される場合もあったが、たいていはぼくの創作だった。いまでもこの空想の歴史を考えては、新しい人物や出来事を付け加えている。その例として、ぼくのつくったある歴史上の人物を記しておく。

●ハワード・サンダム（一八八八〜一九六七）
アメリカ合衆国三十二代大統領

サンダムは中西部の貧しい家庭に生まれ、第一次世界大戦で戦い、一九二一年に共和党から下院議員候補に選出され、その三年後、三十六歳で下院議員になる。一九三〇年に州知事になり、一九三八年十一月に民主党の六十四歳のイーヴァン・クレイマーを敗って大統領に就任。サンダムは一九四一年十二月にナチス・ドイツと日本に対して宣戦を布告。一九四四年十一月に民主党のウィリアム・グリフィン（一八九〇年生まれ）に敗れ（大統領選は六年に一度おこなわれる）、政界から引退。サンダムは引退後回想録を執筆――一九六三年に出版。彼のひとり息子チャールズ（一九二〇〜二〇〇〇）は、父の後を継いで政治家になり、一九六六年から一九八六年まで下院議員をつとめる。

苦手で手に負えない科目はたくさんあった。たとえば、工作は退屈でまったく集中できなかった。同級生たちは楽しそうに、さまざまな形の木片を切ったりヤスリで磨いたり、重ねたりしていたが、ぼくは先生の説明がのみこめず、教室のだれよりもつくるのが遅かった。じれったくなった先生がぼくのところに来て手伝ってくれるときもあった。その先生はぼくを怠け者だと思っていたが、ぼくは環境にまったくなじめないでいて、どこかに行きたいと思っていたにすぎない。

体育の授業も苦手だった。とはいえ、同級生と関わる必要のない運動は楽しかった――トランポリンや高跳びなどは、とても好きで楽しみにしていた。ただ残念なことに、授業では、チームワークを必要とされるラグビーやサッカーがおもにおこなわれた。

ぼくはチームのキャプテンがメンバーを選んでいく時間がとてもいやだった。キャプテンたちは順番に同級生のなかからひとりひとり自分のチームに引き入れていく。そして最後まで選ばれずに残るのはいつもぼくだった。

最後まで選ばれなかったのは、ぼくが走るのが遅く、ボールをまっすぐに蹴れなかったせいではない。ぼくがチームのなかでなにをしたらいいのかわからなかったせいだ。試合が始まると、自分がどう動けばいいのか、いつパスを出せばいいのかわからなかった。試合中は騒々しい声が飛び交うので、無意識のうちに外界を遮断《しゃだん》してしまい、まわりで起きていることに気づかなかった。すると、チームの仲間や先生から「まわりをよく見ろ」「ちゃんとやれ」と怒鳴られた。

友だちができた

中学生になってもぼくは同級生と上手につきあえず、友だちをつくれなかった。学校が始まって数ヵ月ほど経《た》ったとき、うれしいことにリーアンに出会った。リーアンはアジア系イギリス人で、彼の一家は五十年前にインドからイギリスに渡ってきた。リーアンは痩《や》せていて背が高く真っ黒な髪で、通学用のバッグからブラシを取り出しては、髪をしょっちゅうとかしていた。ほかの生徒たちはリーアンの普通でない外見（子どものころに遭《あ》った事故のせいで前歯が二本欠けていて、上唇に傷が残っていた）をからかった。

もしかしたら、リーアンも内気で神経質で、ババクと同じようにアウトサイダーだったからかもしれないが、ぼくらは友だちになり、いつもいっしょに過ごした。リーアンは教室ではぼくの隣に必ず座り、ほかの子たちが外で遊んでいる休み時間には、廊下をいっしょに歩きながら関心のあることを話した。リーアンが詩を暗唱することもあった。彼は詩をたくさん知っていて、自分でも作詩していた。言葉や言語に関心が高かった。それがぼくらの共通点だった。

リーアンはロンドンがとても好きで、地下鉄に乗ってロンドンまで行っては、有名な詩人が住んでいた家などの歴史的な建物を訪れていた。また、金曜のお祈りのためにウィンブルドンにあるモスクにも通っていた。ぼくが長いあいだロンドンに住んでいながら、自分の家のまわり以外には行ったことがないことに、リーアンはとても驚いた。それで週末になると、ときどきぼくを地下鉄に乗せて、ロンドン塔、ビッグ・ベン、バッキンガム宮殿といった観光名所に連れていってくれた。

リーアンがふたり分の地下鉄の切符を買い、それから地下のプラットホームまでいっしょに降りていき、電車が来るのを待った。ホームは薄暗くてじめじめしていて、足元にはマッチの燃えかすや、くしゃくしゃになった煙草の箱などが落ちていた。煙草の箱に「警告――喫煙はあなたの健康を害します」と書いてあったのを覚えている。

電車に乗って隣り合わせに座ると、リーアンが地下鉄の路線図を広げて見せてくれた。サークル線は黄色、ヴィクトリア線は青、ディストリクト線は緑で描かれていた。電車はひどく揺れ、がくがくと絶えず前後に動いた。ぼくはロンドン中心部が好きではなかった。人でごった返し、騒音がひどく、見知らぬにおいがたちこめ、見たこともない風景や聞いたことのない音に満ちていた。それに、頭のなかで整理しなければならない情報があふれかえっていて、頭がきりきりと痛んだ。リーアンが旅行客や観光客のいない静かな場所（博物館、図書館、画廊）に連れていってくれると、頭痛は少しはやわらいだ。ぼくはリーアンがとても好きだったし、彼のそばにいると心がなごんだ。

そのうちリーアンはよく病気になり、次第に学校に来なくなった。学校にいるあいだ彼の手助けなしで過ごさざるをえなくなったぼくは、いじめっ子たちの格好の標的になり、友だちがひとりもいないということでいじめられた。休み時間に図書室が閉まっていると、次の授業が始まるまで廊下をひとりで歩いて時間をつぶした。リーアンがいたときは楽しい時間だった班行動がとても怖くなった。先生が大きな声で「ダニエルと組んでくれる人はいないかな？」とみんなに向かって言わなければならなかった。だれからも相手にされなかったので、ぼくはひとりで作業をしたが、そのほうがかえって心穏やかでいられた。

チェスに熱中

十三歳のとき、父がチェスの指《さ》しかたを教えてくれた。ある日父が昔友だちと遊んでいたチェス盤と駒を持ってきて、チェスをやってみたいかとぼくに訊いた。ぼくがうなずいたので、父は各駒の盤上での動かしかたと基本的なゲームのルールを教えてくれた。独学でチェスを学んだ父は、時間つぶしにときどきやるだけだった。それでも、初めての対戦でぼくが勝ったので、父はとても驚いた。「ビギナーズ・ラックだな」と父は言い、すべての駒を最初の位置に戻し、もう一度対戦した。またぼくが勝った。このとき父は、チェス・クラブに通わせればこの子のためになるのではないかと思ったそうだ。家の近所にちょうどチェス・クラブが一軒あったので、その翌週に連れていってもらうことになった。

数学の問題には、チェスの問題が含まれているものがたくさんある。なかでもとても有名な、そしてぼくも大好きな問題が「ナイト・ツアー」だ。これはナイトの駒が(ナイトは前——あるいは後ろ——に二升進んでから左右どちらかに一升動く、あるいは、横に二升進んでから上下どちらかに一升動く)、どこから始めてもいいが、チェス盤上の升目(六十四升)を必ず一回は通ってすべて埋めるという問題で、有名な数学者たちが何世紀も前から研究している。

簡単な解答を導き出すには「ヴァンズドルフのルール」を使えばいい。このルールによれば、一手ごとにナイトは動ける数のもっとも少ない升目(つまり、ナイトがその升から動ける升目に進んだ場合、次に動ける升目の数が少ないもの)を選んでいけばいい。左頁の図はすべての升目を完璧に埋めたナイト・ツアーの例だ。

チェス・クラブは、家から歩いて二十分ほどのところにあった。図書館の隣の小さな集会所で開かれていて、ブライアンという、プルーンのようなしわだらけの顔をした小柄な男性が主宰してい

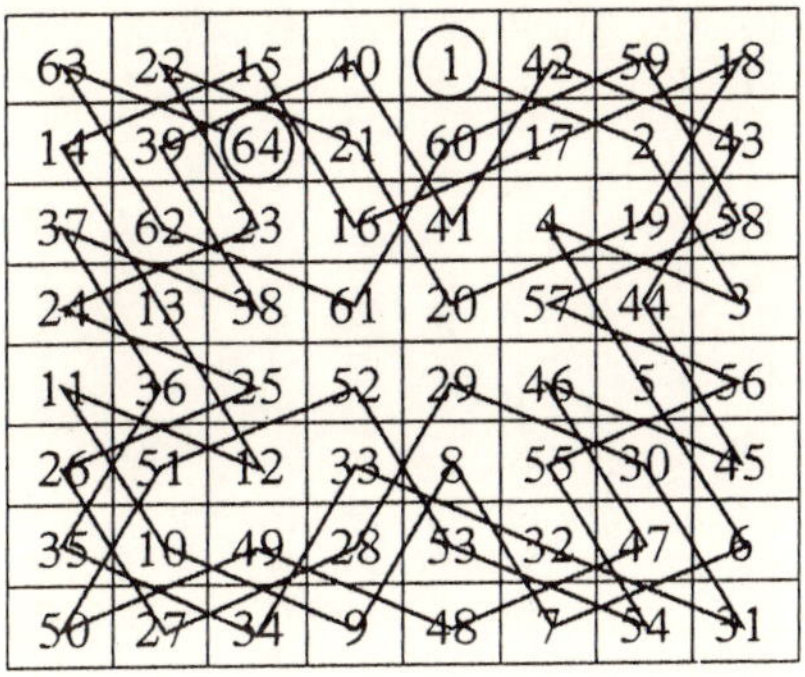

すべての升目が埋まったナイト・ツアーの例

た。集会所のなかにはテーブルと椅子が何組か置いてあり、老人たちがチェス盤に覆いかぶさるようにして座っていた。対局中は静まり返っていて、駒を動かす音と、時計の針が動く音、足踏みする靴音、蛍光灯のブーンという音しか聞こえなかった。

父がぼくをブライアンに紹介し、ぼくが初心者であり、内気だがチェスを学ぶ意欲があること、対局するのが好きなことを説明した。ブライアンが、駒の並べかたはわかるかと訊いた。ぼくがうなずくとブライアンは、空いた席に座って、そこのチェス盤にすべての駒を正しい位置に並べてごらん、と言った。ぼくが駒を並べ終わると、ブライアンは分厚い眼鏡をかけた老人を呼んでぼくの前に座らせ、対局するよう言った。

ブライアンと父は横に立って、ぼくらの勝負を見ていた。ぼくは神経質に駒を動かしていたが、三十分ほどして、向かいに座った人が自分のキングを倒して席を立った。その意味がわからずにぽかんとしていると、ブライアンが「よくやったな。きみの勝ちだ」と言った。

父が毎週送り迎えをしてくれることになった。毎週クラブで対局をするのが楽しみになった。そこは静かだったし、ぼくは人と話したり、親しくしたりする必要がなかった。クラブに行かない日には、図書館で借りてきたチェスの本を家で読んで過ごした。まもなくぼくはチェスのことしか話さなくなった。大きくなったらプロの選手になりたいと言ったりした。ブライアンから地元主催の競技大会に出場しないかと言われたときは、とてもうれしかった。競技大会に出場すればもっと対局ができるので、ぼくはすぐにやりますと答えた。

大会は何日かに分けておこなわれ、選手は競技時間より早めに会場に来るように言われた。ブライアンが車で迎えに来てくれ、ときには別のメンバーも同乗して会場に向かった。競技大会での対局は、クラブでやるときよりはるかに本格的で、それぞれの選手は、対局前に配られた棋譜に駒の動きをすべて書き記さなければならなかった。ぼくはほとんどの試合に勝ち、すぐにクラブの対戦チームのレギュラーになった。

対局のあとは必ず棋譜を家に持ち帰り、チェス盤に動きを再現して分析し、もっといい手があったかどうか考えた。こうして勉強するのがいい、とどのチェスの本にも書いてあったのだ。おかげで同じ失敗をすることはなくなり、いろいろな戦いかたができるようになった。

チェスの大会でもっとも難しいのが、二、三時間続く長い対局中ずっと集中力を持続させることだった。ぼくは、短い時間でも考え込むとひどく緊張してしまう。緊張が続くと集中力が続かなくなる。それに、まわりで起きているささいなことに神経をとがらせてしまうので、それが集中力の低下につながった。たとえば会場で、だれかが深いため息をついたりすると、それだけで集中力が途切れた。試合を有利に進めていたのに、集中力がなくなっておかしな駒の動かしかたをして負けた試合があった。それがぼくにはとても悔しかった。

毎月、図書館でチェスの雑誌の最新号を読んだ。ある号の記事に、ぼくの家からそう遠くないところでトーナメント戦が開かれると書かれていた。「参加料――前払いは五ポンドの割引（off）。当日は二十ポンド」とあった。ぼくは文字をそのまま読んでしまう傾向があり、この記事の off とはおそらく offer（申し込み）の略字だろうと思った。参加してもいいかと両親に訊くと、参加料の五ポンドを郵便為替で払ってくれた。

二週間後にトーナメント会場に行き、名前を告げた。参加者名簿に目を通していた男性は、きみは誤解しているようだね、十五ポンド足りないよ、と言った（当日申し込みになってしまうので、二十ポンド払わなければならなかった）。幸いにも持ち合わせがあったので払ったのだが、自分の置かれた状況に非常な戸惑いを感じた。

対戦の始まる時間になり、ぼくは自信を持って最初の対局に臨んだ。まもなく盤上では明らかにぼくが優勢となり、持ち時間もぼくのほうが多く残っていた。ぼくは自信満々だった。そのとき、いきなり対戦相手が予想外の動きをした。対局時計のボタンを押すと、いきなり立ち上がったのだ。彼は会場のなかを行ったり来たりしながらぼくが次の手を動かすのを待った。

ぼくは彼がそんなことをするとは思ってもみなかったので、すっかり集中力を欠いてしまい、彼が行ったり来たりする様子や、ぴかぴか光る硬い床に響く靴音が気になってしかたがなかった。それで調子が狂い、それ以降は打つ手打つ手がひどくなって、結局惨敗した。気落ちしたぼくは集中力を取り戻せないまま、それ以上対戦できなくなり、早々に会場を後にした。トーナメント戦はぼくには合わないと思いながら。

それからは、自分の部屋の床に座り、チェス盤を睨《にら》んでひとりで遊ぶようになった。チェスをしているときにぼくの邪魔をしてはいけないことが家族にはわかっていた。ひとりでチェスをしていると、その揺るぎないルールに従って駒が規定の動きをすることに心が慰められた。十六歳のときに十八手詰めのプロブレムを考え、図書館で借りて読んでいる雑誌に送った。すると驚いたことに、数ヵ月後に最優秀作として採用されて雑誌に載った。両親は誇りに思い、そのページを額に入れてぼくの部屋の壁に飾った。

一九九五年の始めに、ぼくは十六歳の生徒が受ける中等教育修了一般試験を受け、歴史で最高の成績A★を獲った。英語と英文学、フランス語とドイツ語ではA、理科はB、工作はCだった。予備試験では数学の成績はAだったが、最終試験ではBがついた。代数が苦手だったからだ。共感覚と感情を引き起こす数字を、感情のまったくない文字に代用して計算する方程式がうまく解けなかった。それで、学力検定上級試験《Aレベル》［大学入試に必要な上級試験］を数学で受けるのはやめ、歴史とフランス語とドイツ語で受けることにした。

十七歳のときに、フランス語の教師のクーパー先生に手続きを手伝ってもらい、ぼくは初めて海を越えて、フランスのナントへ旅行した。ナントはフランス北西部のロワール川両岸に広がる町だ。そこに住むクーパー先生の知り合いの家族が、ぼくの滞在期間中の面倒をみてくれることになった。これまでパスポートを必要としなかったので、パスポートを持っていなかった。そこで旅行の直前にパスポートをつくり、夏の盛りに出発した。家族と離れて飛行機に乗って異国に行くのはとても不安だったことを覚えている。その一方で、フランス語の力を試すいい機会だと、わくわくしてもいた。

十日間の休暇のあいだ、ぼくはその家族にとてもよくしてもらった。必要なときにはひとりにしてくれたし、いつでもフランス語を話すように励ましてくれた。すべての会話がフランス語だった。卓球をしているときも、海岸に行くときも、シーフード料理を食べるときも。そしてぼくは無事に家に帰ってきた。肌が敏感なので日焼けは辛かったけれど。

その夏、ドイツ人のジェンスという少年が、英語の上達のためにぼくらの中学に留学してきた。クラスのなかでドイツ語がしゃべれるのはぼくだけだったので、彼はぼくの隣の席に座ることになり、どこに行くにもいっしょに行動した。休み時間を過ごせる話し相手ができてぼくはうれしかった。英語とドイツ語を交《まじ》えて話した。ジェンスにはドイツ語の現代風言いまわしをたくさん教えてもらった。携帯電話のことを「ハンディ」、テレビのことを「グロッツェ」と言うことは、本で読んだこともなければ聞いたこともなかった。ジェンスがドイツに帰ってからも、彼とはメールで連絡しあった。彼が英語で書いてよこし、ぼくはドイツ語で返事を書いた。

人を好きになって

思春期になってぼくは変わっていった。背がどんどん高くなり、声も太くなった。両親からデオドラントの使いかたと髭《ひげ》の剃《そ》りかたを教わったが、うまくできなかったし、いやだったので、しょっちゅう無精髭を伸ばしていた。

男性ホルモンが急激に増えたせいで、まわりにいる人たちへの見方、感じかたも変わった。これまでぼくには感情というものが理解できなかった。ところがいきなり、いろいろな感情がどこからともなく内側に表れてきたのだ。もっとも、ぼくにわかっていたのは、だれかのそばにいたいということだけで、親近感という感情を理解していたわけではない。校庭にいる生徒のそばに、相手の体温が肌に感じられるところまで近寄っていったりした。当時もまだ個人空間というものがわからなかったので、ぼくはまわりにいる人たちに不愉快な思いをさせていたと思う。

十一歳のころから自分が同性に惹《ひ》かれることはわかっていたが、「ゲイ」だと思ったのはそれから何年も経ってからだ。同級生の男の子たちは女の子に興味を持ち、女の子のことばかり話していたが、ぼくは自分をよそ者だとはもう感じていなかった。彼らとは世界がまったく違うと身にしみてわかっていたからだ。ゲイであることで羞恥心を抱いたり、困惑したりすることはなかった。意識してそうなろうとしてそうなったわけではないからだ。思春期になって肉体が変化しはじめると同時に、そういう感情が自然に生まれてきたのだ。

十代のころはずっと、いじめられたり、人とうまく話せなかったり、同級生と上手につきあえなかったりしたために、自信を持てずに過ごしていて、デートをすることなど考えたこともなかった。学校で教わった性教育に興味を持てなかったし、ぼくが抱いている感情が教室で取り上げられることはなかった。

初めて人を好きになったのは十六歳のとき、Ａレベルを受験するための勉強をする第六学年に入ったばかりのころだった。ぼくのクラスは前より人数が減って、十二人しかいなかった。そのなかに、最近同じ地区に引っ越してきて、Ａレベルを受けるためにぼくと同じ歴史の授業をとっている少年がいた。彼は背が高くて自信にあふれ、転校してきたばかりなのにだれとでもうまくつきあえた。つまりぼくとは多くの点で正反対だった。彼の姿を目にするだけで不思議な感情を抱いた。口のなかが渇き、胃がきりきりし、心臓の鼓動がとても速くなった。最初は、毎日学校で彼の姿を見るだけでよかったのだが、彼が遅刻してきたりすると、授業に身が入らなくなり、彼が来るのをいまかいまかと待ちわびた。

ある日、図書室で彼が本を読んでいたので、ぼくは彼の隣の席に座った。ひどく上がってしまい、自己紹介するのを忘れてしまった。幸いにも、ぼくが同じクラスの人間だとわかったらしく、彼はそのまま読書を続けた。ぼくは一言も喋れずに十五分もそのままでいた。とうとう始業ベルが鳴り、彼は立ち上がって図書室を出ていった。それでぼくが思いついたのは、彼の歴史の学習課題を手伝えば、彼と話をするのが容易になるのではないか、ということだった。

そこで、それまでの数ヵ月間に歴史の授業で習ったことをノートに何ページも書き写し、次に図書室で彼に会ったときにそのノートを渡した。彼はびっくりして、どうしてこんなことをしてくれるのか、と言った。ぼくは、きみが転校してきたばかりだから、きみの力になりたくて、と言った。彼はノートを受け取って礼を言った。同じようなノートをつくって次に渡そうとしたときには、これはぼくにとってたいした手間ではないのだからとぼくが強く言って、ようやく彼は受け取った。

しかし、彼がぼくに親しく話しかけたり、休み時間をいっしょに過ごしたりすることは一切なかった。不安に駆られたぼくは、自分の気持ちを綴《つづ》った手紙を書いて、休み時間に図書室にいた彼に渡した。手紙を渡すやいなやぼくは図書室から出た。心の奥に秘めたぼくの思いを彼が読むまでとてもそこにはいられなかった。その日の放課後、門へと歩いていくと、彼が道の途中でこちらを見ながら立っているのが見えた。その顔をまともに見られず、このまま回れ右をして逃げ出したかったが、もう手遅れだった。彼はすでにぼくに気づいていた。

彼とぼくは並んで立った。そしてほんの一瞬、彼がぼくの世界に入ってきたような幸せな思いを味わった。彼はぼくにノートを返し、率直なそして優しい口調で、ぼくはきみの求めているような人間にはなれない、と言った。彼は怒ってもいなければうろたえてもいなかった。逃げようともしなかった。ただそこに立って、ぼくが頭を垂れて歩き去るまで辛抱強くぼくを見つめていた。

家に帰ると、ぼくは悲しみや不安を覚えるときにいつもすることをした。心を落ち着かせてくれる好きな音楽を聴いたのだ。ぼくの好きなバンドはカーペンターズだったが、アリソン・モエットやビーチ・ボーイズなど、ほかのミュージシャンの曲も熱心に聴いた。ぼくは同じ曲を繰り返し聴くのは苦痛ではなく、ウォークマンで同じ曲を何時間にもわたって何百回も繰り返して聴くことがあった。

第六学年での二年間がたいへんだった理由はほかにもあった。授業の進めかたや勉強の内容が変わったことがぼくには衝撃で、うまく適応できなかったのだ。歴史の内容は、過去二年間でぼくが学んだこととはまったくかかわりのないものになり、少しも興味を抱けなかった。記述を必要とするものが格段に増えて、たいして知らないし関心もない出来事や思想について書くのに苦労した。とはいえ、歴史のセクストン先生とは、同級生たちよりはるかにいい関係を築くことができた。先生はぼくの歴史への情熱を高く評価し、授業が終わったあとで、ぼくのいちばん興味ある分野について話し合うのを楽しみにしていた。

Aレベルを受けるためには順応性が要求されるので、ぼくはこれまで以上にペースを上げて勉強しなければならなかった。クラスの人数はさらに少なくなり、勉強もさらに専門的になっていった。結局、最後の学期が終わるころ、ぼくはすっかり疲れきり、不満を抱えていた。最後の試験ではいい成績をおさめたが、ずっと自問し続けてきた質問——「これからどうするのか?」——の答えを引き出す手助けにはならなかった。

リトアニア行きの航空券

海外派遣の新聞広告

両親は、ぼくが大学に行くのを楽しみにしていた。これまでずっと両親は、ぼくの勉学を支え、ぼくの優秀な成績を誇りにしてきた。父も母も学校をまともに出ておらず、一族のなかで高等教育まで進んだ者はひとりもいない。でもぼくは、大学に行くのは気が進まなかった。これまで、人づきあいがうまくなるよう必死で努力してはきたが、まわりに人がいるとぎこちなくなり、不安になった。それに、もう教室での勉強はたくさんだったので、なにか新しい、ぼくにしかできないことをしたかった。

とはいえ、多くの十八歳の若者と同じように、なにをしたらいいのか、はっきりした考えはなかった。母に大学に行かないことにしたと伝えると、それは残念だと言われた。このとき両親は、ぼくが外の世界で求められることにきちんと応じられるとは思っていなかった。日常のささいなこと（歯磨きや髭剃《ひげそ》り）をこなすにも長い時間がかかり、たいへんな努力がいったからだ。

毎日、新聞の求人欄を広げてさまざまな広告を眺めた。学校の就職担当者に、郵便物の仕分け係や図書館の司書になりたいと言った。郵便局の仕分け室で手紙を一枚一枚宛名に合った棚に差し込む仕事や、言葉と数字に囲まれた図書館の仕事は、静かで論理的な環境でおこなわれるので理想的に思えた。しかし、地元の図書館で新しい職員の公募はなかった、特別な資格のある経験者を求めていたのだが、ぼくにはその資格がなかった。

そんなとき、海外派遣に興味ある人を求む、という小さな新聞広告が目にとまった。ぼくは世界中のいろいろな国のことは本で読んで知っていたし、ヨーロッパ中の首都名も知っていたので、遠くの外国で仕事をしながら暮らすことを考えると、怖いようなわくわくするような感じがした。そう考えられただけでも大きな前進だった。それにぼくはこのままずっと両親といっしょに暮らしていくことはできないとわかっていた。

海外派遣について家族と話し合った。両親は結論を急がなかったが、広告に出ている電話番号に電話をかけてもっと詳しい情報を得ることを了承してくれた。数日後、パンフレットが届いた。広告を出したのはＶＳＯ（海外派遣サービス）の青少年支部という国際的慈善支援団体で、世界でいちばん大きな派遣組織だった。イギリスの貧困地域出身の若者に、なかなか手に入らないチャンス――海外でボランティアの仕事をする――を与えるのが目的だった。合格した志願者は東ヨーロッパ各地に送られ、そこで訓練を受けながら、一定の期間支援活動につとめるのだ。ぼくは家族と充分に話し合い、応募用紙に所定の事項を書き込んで郵送し、組織からの連絡を待った。

家族を残して遠く離れた土地に行き、見知らぬ国で新しい生活をおくることはかなり不安だった。しかし、ぼくはいまやひとりの大人であり、自分の部屋の外にある世界で自分の道を切り開くようなことをしなければならないことがわかっていた。ドイツ人の友人ジェンスは自分もイギリスに留学したことがあったので、ぼくに旅に出ることをしきりに勧めた。旅に出ればきっと自信がつき、もっとおおらかに人とつきあえるようになる、と。ぼくとしては、海外に行くことで自分をもっとよく知り、自分がどんな人間なのか発見できればいい、と思った。

応募を受け付けたのでロンドン中心部まで面接に来られたし、という手紙が届いた。当日、遅刻しないよう両親がタクシー代をくれた。父に手伝ってもらいながらネクタイを結び、新しいワイシャツとズボンを身につけた。ワイシャツのラベルで背中がこすれ、何度もそこをひっかいたので、赤く腫れあがってしまった。建物に着き、扉の上の小さな表示板に数字が点滅するのを見ながらエレベーターに乗り、受付のところで氏名を告げた。受付の女性は書類をめくってから、紫色のインクの入ったボールペンをカチカチ鳴らし、「席について」と言った。その言葉の意味が、椅子にくっつくことではなく、そこに座ることだとわかったので、椅子に座って待った。

待合所は狭くて暗かった。壁の高いところに明かり取りの小さな窓があるだけでは、光も空気もあまり入ってこなかった。絨毯《じゅうたん》の色は褪《あ》せ、椅子のそばには黄色いパンくずのようなものが落ちていた。待っているあいだにビスケットでも食べていた人がいたのだろう。中央にあるテーブルには、くしゃくしゃになった雑誌が山積みになっていたが、雑誌を読む気分ではなかったので、床を見つめながらパンくずの数を数えていた。

突然ドアが開き、名前が呼ばれた。ぼくは立ち上がり、通り過ぎるときに雑誌の山を崩さないよう注意しながらオフィスに入った。オフィスには大きな窓があり、かなり明るかった。デスクの向こうにいる女性がぼくと握手し、座るように言った。彼女も大量の書類を持っていた。そしてぼくの待ち望んでいた質問が来た。自分がいいボランティアになると思ったのはどうしてですか？　ぼくは目を伏せて深呼吸をし、積極性を前面に押し出すのよ、という母の言葉を思い出した。「ぼくはある状況についてじっくりと考えることができますし、人と人との違いを理解し敬意を抱くことができます。それに物覚えがいいんです」

さらに質問は続いた。海外に行ったら恋しく思うパートナーがいますか――（いません）。自分のことを、違う国や文化に対して寛大な人間だと思いますか――（はい）。これまでどんなボランティアの仕事をしましたか、得意分野は何ですか、とも訊かれた。ぼくはときどき、学校の外国語の授業で先生の手伝いをして下級生を教えています、英語を教えるのが得意です、と答えた。面接をした女性はにっこりして書類になにか書きつけた。

次に、東ヨーロッパについてなにか知っていることがありますか、と訊かれたので、ぼくはうなずき、学校ではソビエト連邦の歴史を勉強しました、ヨーロッパ諸国の首都は全部覚えています、と答えた。そのとき、女性がぼくの話に割って入ってきて、貧しい国で暮らすのは平気ですか、と言った。ぼくは話の途中で割り込まれるのが好きではないので、しばらく黙っていたが、顔を上げて、まったく平気です、本や服や音楽のカセットといった本当に必要なものをこちらから持っていけばいいですから、と答えた。

面接が終わり、女性が椅子から立ち上がってぼくと握手し、結果はすぐにお知らせしますよ、と言った。家に帰ると母から、面接はうまくいったのと訊かれたが、うまくいったかどうかわからなかったので、なんとも答えられなかった。数週間後に手紙が届いた。面接に受かったので、来月ミッドランドの研修センターで一週間ほど研修をおこなう、という知らせだった。

面接に受かったことでぼくは有頂天になったが、同時にとても不安にもなった。これまで長いあいだひとりで電車に乗ったことがなかったからだ。封筒のなかに、電車でセンターに来る人のための説明書が入っていて、ぼくは気持ちを落ち着かせるためにそれをすべて暗記した。その週の最初の朝がきて、両親に手伝ってもらって荷造りをした。父が鉄道の駅まで見送りにきて、切符を買う列にいっしょに並んでくれた。父はぼくが正しいプラットホームに着き、電車に乗り込むのを見届けると、さよならと手を振った。

初めての共同生活

暑い夏の日だったので、電車のなかは息苦しく不快だった。だれもいない窓際の席に急いで座り、床に置いたバッグを脚のあいだできつくはさんだ。座席はふわふわし、いくら腰を動かしても、座り心地がよくならなかった。この電車に乗っているあいだじゅう苦痛だった。床には汚れた菓子のビニールの包み紙があり、前の座席にはくしゃくしゃになった新聞が置いてあった。走り出すと騒音が襲いかかってきて、そのせいで窓枠のひっかき傷の数を数えることに集中できなかった。停《と》まる駅が増えていくにつれて乗客も増え、大勢の人が入れ替わり立ち替わり現れ、座席に座ったりまわりに立ったりするので、ぼくはますます不安にがんじがらめになった。さまざまな雑音（雑誌をめくる音、ウォークマンから漏れてくるドンドンという音、人の咳《せき》や鼻をかむ音や話し声）のせいで気分が悪くなり、頭がばらばらになりそうな気がして、指を耳のなかに押し込んでいた。

かなり時間が経《た》って、ようやく電車が目的の駅に到着したときには、心からほっとした。しかし方向音痴なので、今度は迷子になるのではないかと不安になった。運よく停まっていたタクシーに乗り込み、運転手に行き先を告げた。ほんの少し走っただけで、木立《こだち》に囲まれた、窓の多い、赤と白の大きな建物に着いた。「ハーボーン・ホール——研修センター」という看板がかかっていた。なかに入って手に取ったパンフレットには、このホールが十八世紀に建てられた修道院だったことが書かれていた。受付は薄暗く、天井まである茶色の木の柱が何本も立っていた。フロントの向かい側に、焦茶色《こげちゃいろ》の革椅子と木製の階段の手すりがあった。センターにいるときに必ず付けておく名札と、鍵と、部屋番号と、一週間のスケジュール表を渡された。

二階のぼくの部屋は明るく、かなり鮮やかな感じがした。隅に小さな流し台があったが、トイレとシャワールームは階下だった。からだを洗う場所が共同だと知って（ぼくは家では毎日シャワーを浴びていた）いやな気持ちがしたが、滞在中は毎朝早起きし、ほかの人が起き出してこないうちにバスルームを使うことにした。

センターに到着した日に、リトアニアで英語を教える仕事をしてもらうことになったと言われた。リトアニアとその首都名（ヴィリニュス）だけを告げられ、その国と国民性を学習するための本とパンフレットを渡された。その後で、東ヨーロッパ諸国に派遣される十二人の若者との顔合わせの会があった。十二人が円形に座って、それぞれ一分間で自己紹介した。ぼくはひどく神経質になったが、みんなから目をそらさないことを肝に銘じながら、自分の名前と派遣先の国名を言った。そこで会った志願者のなかには、ロシアに派遣される長髪でカーリーヘアのアイルランド人がいた。ハンガリーで子ども相手の仕事に就く若い女性もいた。

自由時間になると、ほかの志願者たちは娯楽室で遊んだりお喋《しゃべ》りしたり、プールで泳いだりしていたが、ぼくは自室で本を読んだり、本や図表が揃っている資料室で静かに勉強したりしているほうが好きだった。食事時間には急いで食堂に駆けつけ、いちばん早く料理を受け取り、人が集まってこないうちにさっさと食べた。夕暮れになるとホールの外にある、人目のつかない庭に行って芝生に座り、徐々に色を変えていく空を背にして高くそびえる木を見ながら考えにふけり、自分の感覚について想いめぐらせた。

もちろん、海外に行くことも、仕事がうまくいくかどうかも心配だった。しかし、別の感覚もあった。ようやく自分の生きかた、運命に責任を持てるようになったという高揚感だ。そう思うと自然に胸が高鳴った。

研修は三部構成になっていた。第一部は、チームワーク、参加意識、協調性を高めるものだった。全員が小さな班に分けられ、班ごとに工夫を凝らしながら、その班に与えられた箱のなかからカラー・ボールをある決まった順番で出していく。班のメンバーが簡潔かつ明確に説明してくれたおかげで、ぼくは楽しみながら自分の役割を果たせた。研修は何時間も続くことがあった。集中力を長い時間途切れさせずにいるのはたいへんなことだった。

「文化的価値とその実践」について話し合う課題もあった。志願者たちに積極的に発言させ、偏見をなくし、我慢強さを身につけさせるためのものだった。まず世界中の変わった料理を映したビデオをみんなで見てから、司会者が、動物の脂肪を塗りたくった料理を食べる国についてどう思うか、という質問をした。大半の人たちは、顔をしかめて、胸が悪くなる、と言った。司会者が言っているのはバターのことではないかと思い、ぼくはそういうものを食べる人がいてもぜんぜん気にならない、と答えた。

その週の終わりに、東ヨーロッパ諸国の地理、社会、政治的背景について講義を受けた。一時間ほどの講義で、全員がノートをとるように指示されたが、ぼくは静かに耳を傾けているだけでノートはとらなかった。すると講師が、なぜノートをとらないのかと訊いたので、ぼくは、聞いた話はすべて覚えているし、頭のなかにしっかり書き留めている、いつもこういうやりかたでノートをとっていて、そのおかげで学校の試験のときはとても助かった、と言った。講師が試すつもりでいくつか質問をしたが、ぼくはすべてに正しく答えた。

また電車に乗って家に帰り、リトアニアの仕事の最終契約書が届くのを待った。郵送されてきた大きな包みのなかには、地図や、名前、契約番号、宿泊先や仕事の詳細な説明が書かれたいろいろな書類と、航空券が入っていた。両親は不安を抱き、遠く離れた国で長いあいだひとりで生活していけるかどうか、とても心配したが、ぼくは人生の大きな一歩を踏み出すことになるので非常に興奮していた。信じられないことだが、二十歳になる前についに、八百キロ離れた国へと旅立つことになったのだ。

リトアニアへ

リトアニア共和国はバルト三国のひとつで、北はラトヴィア、南東はベラルーシ、南はポーランド、南西はロシアのカリーニングラード州と国境を接している。第二次世界大戦中の一九四〇年に当時のソビエト連邦に併合された。その後ドイツに占領され、一九四五年に再びソビエト連邦に帰属した。リトアニアは一九九〇年三月十一日に、ソビエト連邦のなかで初めて独立宣言をした共和国だ。ソビエト連邦は独立を阻止しようと武力介入をして圧力をかけた（首都のテレビ塔での事件「血の日曜日」は有名で、このとき十四人の犠牲者を出した）が、それは失敗に終わった。二〇〇四年にリトアニアはＮＡＴＯとＥＵに加わった。

タクシーで空港に向かいながら、ぼくはすれ違う車の数を数えた。頭がぐらぐらして気分が悪くなった。来年まで家族に会えないことが信じられなかった。家を出るまえ、ぼくは母に、週に一度は必ず電話をかけて報告することと、食事をしっかりとることを約束した。搭乗手続きのカウンターには驚くほど人がいなかった。十月になっていたので、夏の休暇はすでに終わっていたからだ。荷物を預けるのに手間取らなかったので、そのままセキュリティ・チェックを通って出発ロビーに行った。そこで長いあいだ待たされた。

ぼくはロビーを何度も行ったり来たりして、出発掲示板の文字を数分おきにチェックした。ようやくぼくの乗る飛行機の搭乗がアナウンスされ、ゲートを通って機内に入った。機内は半分ほどが空席で、隣に人がいなかったので心からほっとした。座席に深く座り、派遣先のセンターから郵送されてきた書類を読みながら、声には出さないで人名や地名の風変わりな発音の練習をした。飛行中、乗務員に邪魔されることは一度もなかった。ヴィリニュス国際空港に着陸すると、持ってきたカメラを調べた。もうすぐ冬になるので、雪の写真を撮るのが楽しみだった。

入国審査のカウンターの前には人が少なく、黒ずくめの警官たちが通過する人を監視していた。パスポートが調べられ、赤いインクでLietuvos Respublika（リトアニア共和国）という文字を押され、向こうに行くよう手で合図された。荷物が出てくるのを待ってから、バルト三国でボランティアのコーディネーターをしている人と落ち合い、リトアニアの中心部にある第二の都市カウナスのアパートメントまで車で行った。

アパートメントは、コンクリートと金属とでできた建物で、前庭は菜園になっていた。その菜園はここに住む老人たち（たいていが七十代から八十代だった）が世話をしていた。建物は大通りから離れた閑静なところにあり、車の騒音は届いてこなかった。家主のヨナスという白髪の老人に紹介された。彼はかたことの英語で、暖房の使いかたなど生活するうえでの基本的な決まりを説明した。そして緊急の連絡先として、彼の電話番号を教えてくれた。コーディネーターは、ぼくがボランティアとして働くセンターの住所を確認し、トロリーバスでの行きかたを書いてくれた。その日は金曜日だったので、仕事に行く月曜日まで二日ほどゆっくり休むことができた。

ぼくの部屋は驚くほど広かった。キッチン、居間、バスルーム、寝室が揃っていた。どっしりした暗い色のカーテンが下がり、どんよりした日は陰鬱《いんうつ》な感じがした。キッチンには古いオーヴンと食器棚と冷蔵庫があり、壁を覆う白いタイルはところどころ欠けていた。居間の大きな壁には、ヨナス一家の写真や装飾品がかかっていた。小さなテーブルとソファとテレビがあった。バスルームにはシャワーと洗濯機があったが、洗濯機は当時のリトアニアでは贅沢品《ぜいたくひん》だった。寝室はちょうどよい広さで、大きなワードローブ、テーブル、椅子、ベッド、電話が揃っていた。これがこの先九ヵ月間のぼくの住まいだった。

カウナスでの最初の一週間、ひどく不安に駆られていたぼくは、部屋を出て外を探索する気になれなかった。荷物を解いたり、新しい部屋のさまざまな道具の使いかたを確かめたりして過ごした。テレビを見ているうちに、多くがアメリカから輸入された番組だということがわかった。ヨナスが、牛乳やパン、シリアルといった基本的なものを買っておいてくれた。ぼくはそれまで自分で料理をつくったことがなかったので、最初はサンドイッチとコーンフレークばかり食べていた。まもなく勇気を総動員してセンターまでひとりで行かなければならなくなるのだ。

月曜の朝は早く目が覚《さ》めた。シャワーを浴びて分厚いコートとマフラーを身につけた。まだ冬にはなっていなかったが、かなり冷え込んでいた。アパートメントから少し歩くと大通りに出た。コーディネーターの説明によれば、トロリーバスの乗車券は、大通りにたくさんある新聞スタンドで購入できるということだった。センターから送られてきたリトアニア会話集を暗記していたので

"vieną troleibusų bilietą."（トロリーバスの切符を一枚）と言って、いくらかのリータス（リトアニアの通貨）の小銭を出し、小さな細長い切符をもらった。

バスは長く険しい坂道を這《は》うように進み、一分ごとに停発車を繰り返し、そのたびに乗客は増えていった。帽子とどっしりした毛皮のコートを着た男性たち、子ども連れの若い女性、足元にビニールのバッグを置き、スカーフを頭からすっぽりかぶった年配の女性たちがいた。座席は少なく、立っている場所も狭いので、あっという間に満員になり、ぼくは気分が悪くなってめまいがしてきた。人の海のなかで溺れそうな気がして、あえぐように呼吸した。次のバス停が近づいたとき、ぼくは座席からいきなり立ち上がったので、隣に立っていた男性を突き飛ばしそうになった。うつむきながらからだをねじ込むようにして前に進み、ようやく外に出ると新鮮な空気を胸いっぱいに吸いこんだ。汗をびっしょりとかき、からだがぶるぶる震えていたので、気分が落ち着くまでかなり時間がかかった。

サヴァノリュ（義勇兵）通りに沿って急な坂道を歩いていくと、上り切ったところにようやく茶色の背の高いコンクリートの建物が見えた。ぼくは上がり段を二歩で駆け上り、ドアの横についているボタンを押した。いきなりドアが開いて、アクセサリーをたくさん身につけた厚化粧の背の低い女性が現れ、流暢《りゅうちょう》な英語でこう挨拶をした。「いらっしゃい！　あなたがダニエルね。なかへどうぞ。リトアニアは気に入ったかしら？」。ぼくは、こちらに来てからまだどこにも行っていないと答えた。彼女の名前はリュダといい、このセンターの創設者で責任者だと言った。

リュダのセンターは社会革新基金と呼ばれ、仕事につけず経済的に困っている女性たちのために設置された非営利団体だった。多くのリトアニア人が、ソビエト連邦からの分離独立後の大改革によって失業に追い込まれ、リュダは、自分のような女性たちを新経済のなかで自立させる組織をつくろうと思い立ったのだ。

このセンターにはボランティアのする仕事がたくさんあり、ボランティアなくしてセンターの成功はありえなかった。ぼくのように、外国からやって来たボランティアも何人かいた。アメリカの平和部隊のボランティアで七十歳近いニールと英語の授業の準備をした。ニールは休憩時間に、昔話(自分で建てた家のことや、退職後に妻と買ったトレーラー・ハウスのこと、その車に乗って合衆国の五十州全部を回ったことなど)をしてくれた。

サングラスをかけている赤い巻き毛のオルガというロシア人女性もいた。口を開くと両側に金歯が見えた。オルガは、ぼくがまったく違う環境にいて不安になっていることを理解し、新しいことを始めるときにはホームシックになったり、不安を感じたりするのは普通だと言ってくれた。

英語を教える仕事

ぼくの主な仕事は、英語を教えることだった。教科書とワークシートは用意されていたが、ほかの教材が不足していたので、ぼくは好きなように授業を進める許可をもらって、それが実にうまくいった。参加している生徒たちは、年齢から生い立ち、学歴にいたるまでさまざまだった。一クラスは十二人に満たなかったので、生徒たち同士が親しくなり、授業中はいつもなごやかで、親しみやすい雰囲気に包まれていた。初めのころ、ぼくは人前に立って授業を進めるのが不安だったが、どの生徒も優しく、積極的に授業に取り組んでくれたので、しだいにこの仕事を楽しめるようになった。

このクラスを通して、親友と呼ぶにふさわしい間柄になった中年の女性、ビルテに出会った。彼女は通訳の仕事をしていたので英語はすでに申し分がなかったが、自信が持てないので訓練するために授業に参加していた。授業が終わると、彼女は教壇のところにやって来ては、リトアニアでの生活はどうかと話しかけてくれた。街を案内してあげるとも言ってくれた。ひとりで街を歩くのは不安だったので、ぼくは喜んでその申し出を受けた。

カウナスの街の中央を横切っているライスヴェス（自由）通りという千六百二十一メートルも続く大通りをいっしょに歩いた。通りの突き当たりは聖ミカエル・ハルハンゲリスク教会で、陽《ひ》の光を受けて青く輝く丸天井と白い柱の巨大な建物だ。ソビエト時代にこの教会は美術館に改装され、独立後に再び教会としてつくりなおされた。通りの反対側に渡ると、石畳の通りと赤いレンガの城のあるカウナスの旧市街が見渡せた。この国の最初の守備要塞で、十三世紀につくられたという。

毎日、午前中の授業が終わると、ビルテとぼくは近くの市役所に昼食を食べに行った。このおかげで新生活に習慣ができ、決まった順序で毎日が進んでいくのでうれしかった。市役所の地下にある食堂は薄暗く、席は半分も埋まっていなかった。リトアニアの伝統料理である肉の入ったクリーミーなビーツの根のスープなどは、量も多く値段も安かった。子どものころとは食べ物の好みがすっかり変わり、このころにはさまざまな料理を食べられるようになっていた。

午後の授業のない日には、ビルテとぼくは自由通りに立ち並ぶいろいろなレストランで食事をした。ぼくの好きな料理はリトアニア伝統料理の「ツェペリナイ」だ。飛行船ツェッペリンの形に似ているのでこの名前がついたという。「ツェペリナイ」は、下ろし金で下ろしたジャガイモで挽き肉を包み、茹《ゆ》でたものにサワークリームをかけて食べる。

ビルテとの友情は時間が経つにつれて深くなり、特別なものになっていった。彼女はいつも辛抱強くぼくを理解しようとし、喜んでぼくの話に耳を傾け、惜しみない助言を与え、勇気づけてくれた。彼女がいなかったら、リトアニアで暮らしていかれなかったと思う。

生徒たちのなかには、英語の授業をもっと受けたいのだが余分な料金が払えない、という人たちがいたので、自宅で英会話の会を開くことを考え、ビルテに協力してもらってそれを実現した。女性たちはビスケットを持ってぼくの部屋に集まり、キッチンで紅茶やコーヒーをいれ、それから椅子やソファに思い思いに座って英語でいろいろな話をした。ある夕方ビルテが、休暇中に家族と過ごしたときに撮ったスライドを持ってきたので、それを見ながらビルテに質問したり、それぞれの旅の思い出を語り合ったりした。

生徒やセンターの職員たちは、同世代の友人ができたか、としきりにぼくに尋ねた。リュダの代理人のインガから、ぼくより三歳年下の甥で英語の得意なピートを紹介された。ピートはかなり内気な少年でとても礼儀正しかった。ピートといっしょに街の映画館に行き、アメリカ映画の最新作を観た。音楽の音量が大きくなるたびに、ぼくは指を耳に突っ込んだが、ピートはそれにまったく気づいていないようだった。

イギリスから来たほかのボランティアとは、互いに助け合うために連絡を絶やさないようにしていた。そのなかのひとり、ヴィクラムは大学の法学部を卒業したばかりで、法律家としての仕事に就く前にボランティアの仕事をすることにしたという。ぼくたちには共通の話題があまりなかった。彼はぼくにはまったく関心のないサッカーやロックなどのことばかり話した。ふたりの会話が長い沈黙に占められることが多かったのは、興味のない話題になると彼の言葉が耳に入らなくなって、ぼくが会話を続けられなかったからだ。

デニスという三十代の女性もいた。ウェールズ出身の背が高くてほっそりした女性で、話しかたも振る舞いも生き生きとしていた。デニスは首都のヴィリニュスで仕事をしていて、カウナスにいるボランティアたちを家に招待してくれた。わたしの家にいらっしゃいよ、首都の様子を見せてあげるから、と。

ぼくたちは、バスに長いあいだ揺られて街の中心部まで行った。ぼくは乗客に囲まれるのがいやだったので、最後部に座った。ヴィリニュスはカウナスとはまったく違っていた。人々は早足で歩き、ガラスと金属の新しいビルが林立していた。明るい色の塗装が施されたデニスのアパートメントは清潔で、しかも床は板張りだった。キッチンの木製の椅子の背もたれは上の部分が波の形をしていた。その表面に指を這わせてみると、少しざらついていて、ちくちくする感じだった。ぼくらは紅茶を飲み、ビスケットを食べ、デニスが撮った写真を見た。ほかのボランティアの人たちはぼくの気を引き立て、会話に参加させようとしてくれた。ぼくが人と違うからといってそれだけで判断しない様子に好感が持てた。みな個性的で、他人に対して寛大でとても親切だった。

仲間のなかでいちばん経験を積んでいたのが、アジア系イギリス人の女性グルチャランだった。

黒くてどっしりした髪の持ち主で、明るい色のサリーに身を包んでいた。彼女のアパートメントはカウナスのぼくのアパートメントに近かったので、彼女は定期的に洗濯物を入れたバッグを担いでぼくの洗濯機を借りにきた。そのかわり、仕事のあとでよく彼女のアパートメントに招待され、いっしょに食事をしながら楽しく話をした。部屋の壁には色鮮やかなインドの写真が飾られ、居間のテーブルにはキャンドルが灯され、お香がたかれていた。

グルチャランは早口だったので、ぼくが話についていかれないこともあった。彼女はとても気さくに私生活のことをいろいろ話し、ぼくにも同じようになんでも話すように言った。ぼくには私生活というものがなかったので、なにを話せばいいかわからなかった。ガールフレンドはいるかと訊かれ、ぼくは首を横に振った。すると彼女がボーイフレンドならいるのか、と言ったので、ぼくはおそらく顔を真っ赤にしたのだろう。あなたはゲイなの、と訊かれた。次々に繰り出される質問は、パラパラと頭に降りかかってくる雨のようで、答えるまでかなり時間がかかった。彼女はにっこりすると、今度は、ゲイの友だちはいるのか、と訊いてきた。ぼくはもう一度首を横に振った。

ゲイの友だち

リトアニアに来る前、志願者全員に配られたパンフレットのなかに、生活に役立つ電話番号のリストが入っていた。ぼくはそれを電話機のそばにいつも置いていた。グルチャランと話をしたことが引き金になり、家に帰るとリトアニアのゲイの人たちのグループのひとつに電話をかけ、その翌日に地元のメンバーと市役所の外で会うことにした。ぼくは自分が何者かわからずにいることに疲れきっていた。ずいぶん前に気づいた、自分の本来の姿から引き離されているという感覚に疲れきっていたのだ。ゲイのグループに電話をしたのは、人生最大の、そしてもっとも重要な決断だった。

その翌日、授業をしているあいだずっと、心臓の鼓動が異様に速くなっていた。食事が喉を通らなかった。仕事が終わり、市役所に向かうあいだ、からだがぶるぶると震え、いっそ回れ右をして駆け戻ってしまおうか、と何度も思った。市役所に近づくと、その人がすでにそこに静かに立ってぼくを待っているのが見えた。胸深く息を吸い込んで、その人のところに行って自己紹介をした。彼はほっそりして背が高く、黒髪によく似合う黒い上着を身につけていた。

ぼくと同い年のヴィータウタス（リトアニアではよくある名前だ）は、イギリス人に会ってとても興奮していた。アメリカの映画やテレビ番組を観ていたせいで彼の英語は流暢だった。彼がジーギンタスというパートナーと暮らしている自宅にその週末招待してくれたので、ぼくは快諾した。その日、満員のトロリーバスに乗るのが苦手なぼくのために、ふたりが車で迎えに来て、街の反対側にあるアパートメントまで連れていってくれた。部屋にはワイドスクリーンのテレビやCDプレイヤーといった現代的な製品が揃っていたが、それは当時のリトアニアでは珍しいことだった。

ジーギンタスはイギリスの音楽が好きで、たくさん集めたCDの何枚かをかけた。食事をしながらぼくたちはお互いのことを語り合った。ヴィータウタスは大学生だが、ジーギンタスは歯科診療所で働いていた。ふたりはゲイのグループを通じて数年前に知り合ったそうだ。それ以降、ぼくはふたりの家をたびたび訪問し、食事をし、音楽を聴きながら、いろいろな出来事について話した。

ふたりの家を出るときはすっかり暗くなっていたので、ジーギンタスはぼくの身の安全を気遣って車で送ると言ってくれたが、月明かりの、人気のない静かな通りを歩いて帰るのがぼくの楽しみだった。

グルチャランは、ぼくがヴィータウタスとジーギンタスと親しくなったことを知ってとても喜び、ふたりに会いたがった。彼女が自分のアパートメントで四人分の料理をつくると言ったので、ぼくたちは喜んで招かれることにした。身が凍《こお》るほど寒い秋の夜、ぼくたちはグルチャランの家に着き、コートと帽子、マフラー、手袋を脱ぐのに多少手間取り、ようやく居間に入った。彼女はすでに忙しくキッチンで立ち働き、何種類もの料理を同時につくっていたので、部屋中に香ばしい匂いが満ち、ぼくたちは食欲をそそられた。

黄昏《たそがれ》は瞬《また》く間に夜の闇に変わり、さまざまな棚や箱の上に置かれたキャンドルが暖かな光を放った。中央のテーブルにセットされた皿と食器とグラスが、キャンドルの光を受けてきらきら輝いた。ワインがグラスに注がれ、皿の上に山盛りになった料理が並んだ。野菜と肉がどっさり入った幾種類ものカレーと大量のライスが配られた。グルチャランはいつものようにお喋りに興じ、ヴィータウタスとジーギンタスにあれこれ尋ねた。

ぼくはおいしい手料理を食べながらできるだけ三人の話に耳を傾けていたが、ほとんどの話はぼくには関心のないものだったので、食べ終わるとそばにあった書棚から本を取りだして読みはじめた。するとグルチャランから、あなたはとても失礼なことをしているのよ、と言われてぼくはどぎまぎした。自分が失礼なことをしているとは思ってもみなかったのだ。

ちょうどそのとき食事を食べ終わったばかりのジーギンタスが急にからだをこわばらせてリトアニア語でなにか叫んだ。そして英語でぼくらに言った。「鼠《ねずみ》だ！　ここには鼠がいる！」。彼はキッチンの調理台を指差した。彼はそこに鼠が現れ、跳び上がって姿を消すのを見たのだ。グルチャランはかすかに笑って「ええ、いるわよ」と言った。鼠といっしょに暮らしていても全然平気、と彼女は言った。イギリスにいたときもいっしょに住んでいたもの、と。目の前に現れない限りは、心配する理由などない、という態度だった。ぼくは間近で鼠を見るチャンスがこれまでになかったので、見逃してしまったのが残念でたまらなかった。

会話はそれまでと同じように続き、今度はぼくが読書をしていてもだれも気にしなかった。その夜、帰るときになって、グルチャランはぼくたち三人に順番にキスをしようとした。ぼくが身を引いたので、彼女はぼくの手を取って強く握りしめた。ぼくがほかの人とは違うことがわかった彼女は、自分から進んで厳しい道を選んだあなたは偉いわ、と言った。

忘れられないクリスマス

一週間後、ぼくがキッチンでサンドイッチをつくっていると、小さな生き物が向かいのタイルの壁の上を這っていた。顔を近づけてよく見ると、見たことのない虫だった。翌日、センターに行き、ビルテにそのことを言った。すると彼女が「タラコナスよ」と言ったので、ぼくはしばらく考えて、ようやく「ゴキブリ」という意味だとわかった。この昆虫がリトアニアの古い建物で困った問題になっていることを後になって知った。

家主のヨナスに電話すると、とても丁寧に謝罪し、駆除すると約束してくれた。ところが、建物全体に駆除剤を撒《ま》かなければならないが、借り手の多くが老人なので、すぐには実行に移せないということだった。それまではゴキブリを見たらこれを使うようにと、スプレー式のゴキブリ駆除剤を手渡された。ぼくはゴキブリはあまり気にならなかったが、テレビを見たり人と話をしたりするときにその姿が目に入ると集中を乱された。

両親にいつもの近況報告の電話をかけたときにこの話をすると、両親がひどく不安になったので、このアパートメントはほかの点はまったく問題がなく、清潔で、ぼくはとても健康に暮らしていて、家主はすぐにこの問題を解決してくれるはずだと力説しなければならなかった。しかし、ヨナスが建物全体に駆除剤を撒いたのはそれから何週間も経ってからのことだった。その後もゴキブリの出没はいっこうにやまず、そのおかしな姿をしばしば見かけた。

リトアニアに来てから二ヵ月も経たないうちに容赦なく冬が到来し、国中に雪が積もり、恐ろしい寒さになった。カウナスでも夜になると気温がマイナス三十度になった。ぼくのアパートメントは現代的な建物ではなかったので、すきま風が入り、暖房の効きが悪かった。新しいラジエーターを買ったボランティアの人が、古いラジエーターを貸してくれた。それでぼくは夜テレビを見たり本を読んだりするときにはラジエーターを居間に置き、その後で寝室に運んでいき、部屋を暖かくして眠った。

ビルテに、一日中寒くて困っていると話したところ、ビルテがヨナスにそのことを伝えてくれ、それでヨナスがドアと窓のすきまに目張りをしてくれた。過酷な寒さを別にすれば、ぼくは冬の気候（仕事に行く途中、積もったばかりの新雪のなかをザクザク歩いていく感覚、あたり一面がきらきら輝く純白の雪の光景）が大好きだった。夜、ぼくはときどきコートに身をくるみ、ブーツを履《は》いて、雪の舞う人気のない通りを歩いた。輝く光を投げる街灯の下で立ち止まり、降りかかる雪を顔に受けながら、両腕を水平に伸ばしてくるくると回った。

十二月、クリスマスが近くなると、センターの女性たちから、クリスマス休暇はどうするのかと訊かれた。家族と離れて過ごす初めてのクリスマスだったし、クリスマスは人と過ごす特別なものだということはぼくにもわかっていた。同僚のひとりアウドロネが、クリスマス休暇に彼女の一家と過ごすことをしきりに勧めてくれたので、ぼくはありがたくその誘いを受けた。

リトアニアではクリスマス・イヴのほうがクリスマス当日よりも重要で、そのために支度に長い時間をかける。家を掃除し、夕食前には全員が風呂に入り、清潔な衣類を身につける。アウドロネと彼女の夫が車で迎えに来てくれ、ふたりの家がある大きなアパートメントに向かった。ふたりが車から降りたとき、ぼくは彼女の夫がとてつもなく背の高い人だということに気づいた。二メートルは優にあった。その姿を見て数字の1を思い浮かべた。

家のなかに入ると、アウドロネの息子と母親に紹介された。みな笑みを浮かべていて、ぼくに会ってうれしそうだった。居間に通じる廊下はとても長く、暗く、狭かったが、そこをゆっくり進んでいくと、闇が引いていき、いきなり明るく飛び交《とか》う光と色が目に飛び込んできた。部屋の中央に置かれた長いテーブルには滑《なめ》らかなリネンのクロスがかけられ、足元には上質な干し草が敷かれていた。これは、イエスが馬小屋で生まれ、干し草の入った飼い葉桶に寝かされたことに思いを馳《は》せるためだという。

テーブルの上には肉を使わない十二種類の料理が並んでいた（十二使徒を表したものだ）。塩《しお》鰊《にしん》、魚、冬野菜のサラダ、茹でジャガイモ、ザウワークラウト、パン、クランベリーのプディング、ケシの実入りの牛乳などがあった。食事の前にアウドロネの夫がクリスマスの聖餅《ホスチア》が盛られた皿を取り、ぼくを含め、テーブルに座っている全員に一枚一枚ホスチアを配った。それから彼は自分のホスチアをアウドロネに渡し、彼女がそれを少し欠いて食べ、お返しに自分のホスチアを夫に渡した。そこにいる全員がそれぞれのホスチアを少しずつ欠いて食べるまでそれは続いた。

料理を食べる順序は決まっていなかったが、どの料理でも少なくともひと口は口にするのが習慣だということだった。料理はそれぞれ来たる年の重要なものを象徴していた。たとえば、パンは絶えることのない食物を、ジャガイモは謙遜《けんそん》を意味した。ぼくが好きなのはケシの実ミルク（リトアニア語で **aguonu pienas**）で、これは小さな丸いパンといっしょに出された。この飲み物は、あらかじめ挽《ひ》いておいたケシの実に、水と砂糖（あるいは蜂蜜）と木の実を混ぜあわせたものだ。

食事中に、アウドロネは古くから伝わるクリスマス信仰について教えてくれた。たとえば、クリスマスの夜には、川や湖や井戸の水はすべて、一瞬ではあるが、ワインに変わると信じられている。また、夜になると動物たちが言葉を喋れるようになるが、人々はそれをなるべく聞かないようにするといったことだ。翌日の二十五日には、アウドロネの一家とともに雪の積もった公園に行き、凍りついた広い湖のそばを歩きながら話に興じた。いまでも忘れられないクリスマスの思い出だ。

リトアニア語をマスターする

リトアニアでの生活でいちばんすばらしい体験は、リトアニア語を覚えたことだ。ぼくが初めてセンターの女性たちに、リトアニア語を覚えて話したいと言ったとき、みんなは不思議そうな顔をした。どうしてこんな難しい、少数民族の言語を習いたいなんて思うの、と。リトアニア人の多くは立派な英語を話すので、確かにぼくがリトアニア語を習う必要はあまりなかった。実際、ほかのイギリス人ボランティアにしても、ニールたちアメリカ人ボランティアにしても、リトアニア語はほんの少しの単語しか知らなかった。彼らには、リトアニア語を学ぼうとすることは、ひどくおかしなことに思えたようだ。しかしぼくとしては、リトアニア語を毎日耳にしているのだから、この国の友だちやセンターの生徒や同僚とその言葉で話せたらどんなにいいだろうと思っていた。

ビルテがリトアニア語を喜んで教えてくれた。彼女は自国の言葉を誇りにしていて、ぼくとリトアニア語で話すのを楽しんでいた。ぼくは視覚化して覚えるために単語をひとつひとつ書き写し、ビルテの娘が幼いころに読んでいた子ども用の本で勉強をした。ビルテからリトアニアの子守歌も教わった。「靴を一足持っていた。片方をなくした、どうしても見つからない、片方だけでは、どこにも行かれない」というものだった。

リトアニア語を習いはじめてから数日後には、ビルテに手伝ってもらいながら文章を組み立てることができた。そして、何週間も経たないうちにリトアニア人と難なくやりとりできるようになって、ビルテを驚かせた。これは、できるだけリトアニア語でぼくに話しかけてほしいと同僚たちに頼んだおかげだと思う。ぼくが話をした人たちはみな、リトアニア語をとても上手に話すとほめてくれた。とりわけ同じアパートメントに住むある老人は、若いイギリス人がリトアニア語を使って会話ができることに目を見張った。

ボランティアの人たちとレストランで食事をする際にはとても重宝がられた。ウェイターが英語を理解しないことがボランティアたちの苛立《いらだ》ちのもとになっていた。それでぼくが彼らの注文を通訳した。ボランティアの人たちの通訳を務めることにはなんの抵抗も感じなかった。通訳するのは面白かったし、語学のいい勉強になったからだ。

一度など、リトアニア人に間違えられたことがある。ある日センターから歩いて帰る途中、ひとりの男性が近づいてきて、道を尋ねた。ぼくがその場所を知らないと答えても、まだしつこく尋ねるので、とうとうぼくは立ち止まってこう言った。「申し訳ありませんが、本当に知らないんです。ぼくはリトアニア人ではなくイギリス人なんです」。するとその人は目を大きく見開き、謝りながら去っていった。

春になるころには、リトアニアでの生活にすっかり慣れていた。そのころには日課ができあがり、ぼくは落ち着きと安堵感を覚えていた。毎朝夜明け前に起き、ゆったりした暖かな服に着替え、長い散歩に出かけた。何本もの通りを歩いて、樫《かし》の木がたくさん植えてある公園に行く。樫の木々は背が高く、空まで届きそうだった。一日の始まりに、樫の木を眺めながら歩き慣れた道を歩いていると、心の底から安心できた。アパートメントに戻ってシャワーを浴び、仕事用の服に着替え、センターまでの長く急な坂道を上っていき、センターでは女性たちがぼくの興味のないうわさ話に花を咲かせているのを横目にしつつコーヒーを飲んだ。

ニールは、クリスマス以来何ヵ月もずっと背中の痛みに苦しんでいた。病院に通ってもいっこうによくならないので、結局治療のためにアメリカに帰ることになった。それでぼくがニールの授業を受け持ち、月曜から金曜までほとんど毎日、午前も午後も英語を教えることになった。

別の変化もあった。ビルテの夫が重い病気になり、その介護のために授業に出られなくなったのだ。ぼくは昼食時にはセンターから外に出ず、前の晩につくっておいたサンドイッチを食べた。センターの近くに仕事場のあるジーギンタスとカフェで昼食をとることもあった。仕事が終わると、魚のフライとパンとチーズなどを途中で買って帰り、夕食の支度をして食べ、テレビを見たり読書をしたりしてからベッドに入った。ぼくはひとりで過ごすことは平気だったが、ビルテに会えなくなったのは寂しかった。じきに会えるようになればいいと思っていた。

夏になると、生徒たちは家族といっしょに海辺で休暇を過ごすのが普通なので、センターでの仕事は少しずつ減っていった。ジーギンタスの一家も、多くのリトアニア人たちと同じように田舎に夏の別荘を持っていて、ぼくはそこに招待された。別荘の近くまで行くバスの乗りかたを教えてもらった。待ち合わせのバス停まで行き着けば、彼が車で迎えにくることになっていた。

バスは古く、ガタガタと揺れ、すごいスピードであっという間に街を離れ、畑と木だけが見える泥だらけの道を走った。ジーギンタスからバス停の名前を聞いていたが、どこにもその名前が見つからず、不安に駆られても人に訊くこともできずに、ぼくはひたすらそのバス停が現れるのを祈った。三十分が過ぎて、ようやくバスが木造の建物の立ち並ぶ場所に停まったので、ぼくは勇気を総動員して立ち上がり、どこに行けばいいのかわからなくなったとリトアニア語で説明した。ところが三人の乗客はぼくを見つめるばかりだったので、ぼくはバスから降りて数を数えた。からだが震えて、どうすればいいかわからなかったからだ。

するど、運転手が降りてきて、なにも言わずに時刻表を指差した。ジーギンタスが教えてくれた名前はそこになかった。腕時計を見ると、すでに約束の時間を一時間も過ぎていた。ぼくは近くの建物に入り、カウンターにいる女性に、ぼくの置かれた状況をリトアニア語で説明した。彼女は首を横に振り、返事をしない。それでもう一度リトアニア語で説明したが、それでも彼女は首を横に振るばかりだった。絶望に駆られたぼくは、英語で話しかけた。「電話はありますか?」。すると、「電話」という単語に突然彼女は反応し、強くうなずくと、カウンターの上にある電話を指差した。

ぼくは電話に駆け寄り、ジーギンタスの家に電話をかけた。「どこにいるんだい?」と彼が言ったので、外の時刻表に書かれた名前を告げると、「どうやってそんなところまで行ったんだ?」と言われた。「とにかくそこで待っていて。すぐに迎えにいくから」。三十分ほどすると彼の車が来て、ぼくはようやく彼の別荘に向かうことができた。車のなかでジーギンタスから聞いたところ、ぼくはリトアニア語がまったく通じないロシア語圏の地区に入っていたのだった。時間に遅れたために、別荘で過ごす時間が短くなってしまったが、ジーギンタスの家族に会え、バーベキューにも間に合い、近くの川で泳ぐこともできた。

ビルテも、彼女の一家が所有する別荘に招待してくれた。そこでビルテの詩人の妹に紹介された。コーヒーを飲みながら、彼女は自分の詩をいくつか朗読した。その後でみんなで青く澄んだ湖のまわりを散策した。空は澄み渡り、太陽が明るく輝き、その光がきらきら湖面に反射していた。陽が傾くと、ビルテに誘われて沈む夕陽を眺められる場所に行った。

ビルテと会うのは久しぶりだったが、これが最後でもあった。ボランティア契約がもうじき終わり、イギリスに帰らなければならなかったからだ。ビルテは、ぼくらの友情が、非常に辛い時期を過ごしていた彼女にとってとても大切なものだったと言った。初めて会ったころよりぼくがずいぶん成長した、とも言った。それはぼくにもわかっていた。

リトアニアで暮らす決断をしたことで変化したのは、ぼくの日々の生活だけではないと思うことがあった。自分自身もかなり変化し、新しく生まれ変わったような気がした。いっしょに腰を下ろして沈む夕陽を眺めるぼくらの心は暗くはなかった。ビルテもぼくも、ひとつの冒険が終わってもまた新しい冒険が始まることがわかっていたからだ。

恋に落ちて

新しい自分

第二の故郷となった国に別れを告げるのは生やさしいことではない。一年近く滞在したリトアニアはぼくにとってまさに第二の故郷だった。

夏の盛りの七月に、センターまで歩いていった。教室にはリュダとほかのボランティアの人たちが、別れを言うために集まっていた。ぼくはリトアニア語でひとりひとりに、協力を惜しまず親切にしてくれた礼を述べた。リュダは別れの記念に、表紙に絵の描かれた革製の日記をプレゼントしてくれ、この日記が新しい思いと未来の挑戦で埋められていきますように、と言った。みんなと別れるのは悲しくもあったが、この国でぼくのやれることはすべて（個人的な面でも仕事の面でも）

やったと思ったので、帰る潮時だった。

ロンドンまでのフライトはとても長かった。本を読んだり、一週間前に届いた両親からの手紙を読み直したりして時間をやり過ごした。ぼくがリトアニアに旅立った直後、父は郊外にある新築の広い家を借りられることになった。そこは二軒をつなぎ合わせたようなつくりの家で、寝室六部屋とトイレがふたつあった。この家に移れたのはとんでもない幸運だった。ぼくの一家はまもなくそこに引っ越した。その新しい家にぼくは帰っていくことになった。両親の手紙には家の写真が同封され、道順が書かれていた。

懐かしい友リーアンが空港で待っていた。リトアニアにいるあいだ、リーアンとはずっと葉書で連絡をとりあっていたが、それでも彼に会えてうれしかった。学校時代と同じように、リーアンは迷路のような地下鉄を案内する役を引き受けてくれた。電車の座席に座っているあいだリーアンは、カウナスの思い出話に辛抱強く耳を傾け、ぼくが訪れた場所や会った人たちの写真を見たいと言った。しばらくするとリーアンがすっと立ち上がり、もうすぐきみの降りる駅だと言ったので、ぼくは荷物を持って立ち上がり、彼に礼を言った。電車を降りて振り返ると、もう電車はホームから離れていき、瞬《また》く間に暗いトンネルのなかに入っていった。

通りに出ると、まったく知らないところだった。長い時間歩いてようやく自分が道に迷ったことに気づいた。ぼくのいる通りの名前は、両親の手紙に書かれてあった名前ではなかった。どこかの角を間違えて曲がってしまったのかもしれない。不安になって、道行く人に尋ねると、「まっすぐに行って次の角を右に曲がりなさい」と言われた。正しい名前の通りを歩きながら不意にこう思った。自分の家族の住む場所を人に訊かなければならないとは、なんて奇妙なことだろう、と。

みんなはぼくを見て大喜びし、それから楽しくお喋りをして何時間も過ごした。弟や妹は、ぼくのアクセントが少しおかしくなったと言ったが、イギリスを離れ、リトアニア語で話していた時間が長かったのだから無理もなかった。母の後について家のなかを見てまわり、いちばん奥にあるぼくの新しい部屋に行った。表通りからもっとも遠いところにあったので、とても静かだった。リトアニアの広い部屋で暮らしていた身には狭く感じられたが、ベッドとテーブル、椅子、テレビがあってもまだ充分な空間があった。部屋の新しさが気に入った。イギリスに戻ってきて、過去を振り返らずに最初の一歩を踏み出すには、いちばんふさわしい場所に思えた。

新しい環境に慣れるのには時間がかかった。ひとり暮らしをしたことで自立というのがどういうものかわかったし、人に邪魔されずに静かに暮らせることがどんなにすばらしいことかが身にしみてわかった。最初のうちは、弟たちが階段を勢いよく上り下りする音や、喧嘩《けんか》の怒鳴《どな》り声に慣れなかった。でも母が弟たちに、ぼくのために静かにするよう言ってくれたので、たいていは静かにしてくれた。

海外での経験でぼくが変わったのは確かだった。まず、自分のことがよくわかった。ぼくの「人と違っているところ」が日々の生活に、特に人との関係にどんな影響を及ぼしているか、以前よりはっきり理解できるようになった。

友情とは、相手のことを思いやりながら少しずつ育《はぐく》んでいくものであって、焦ってつかもうとしてはならず、時間をかけて相手のことを考えながら少しずつ進展させていくものだ、ということがわかった。友情はひらひらと飛ぶ美しくはかない蝶に似ている。つかもうとすれば死んでしまう。学校時代に友だちができなかったのは、ぼくが人づきあいが苦手で、友だちをつくろうと必死になりすぎて、かえってそれで悪い印象を与えてしまったせいなのだ。

リトアニアで暮らしたことで、ぼくは自分を客観的に見つめ、自分に「違っているところ」があっても、それは悪いことではないとわかり、自分と折り合いをつけることができた。外国人だったからこそ、ぼくはリトアニアの人たちに英語を教え、イギリスでの生活を語ることができたのだ。人と違っていることこそカウナスにいるぼくの強みだったし、それだからこそ人の役に立てたのだ。

ぼくはこの先いろいろなことが起きたときの参考にするために、これまでのさまざまな経験をデータベース化することにした。それで、どんな生活をおくろうともうまくやっていける自信がついた。もう未来のことを考えて怯《おび》えることはなくなった。自宅の狭い寝室にいても前よりはるかに自由な気がした。

役目を果たしたボランティアとして、ぼくは奨励金を得るにふさわしいだろうと思い、リトアニアでの体験と、そこで学んだことを申請書に書いて提出した。返事を待つあいだ、近所の子どもたちに本の読み聞かせをおこない、作文と算数を教える指導員の仕事を見つけた。最初の申請から数ヵ月後、ようやく二〇〇〇年から始まる奨励金を得ることができた。パソコンを買ってお釣りがくる金額だった。ようやくパソコンを持つという夢が実現した。家族のなかでパソコンを手にしたのはぼくが初めてだった。

パソコンが届き、父や弟たちの手を借りて箱を開け、組み立てて動くようにした。最初にワールド・ワイド・ウェブにアクセスした。マウスをクリックするだけで有益な情報が無数に現れたのでとてもうれしかった。オンライン上の百科事典、辞書、さまざまな事柄や言葉や数字パズルがあった。電子メールや掲示板、チャット・ルームまであった。

自閉症スペクトラムの者には、インターネットでほかの人々と言葉のやりとりをするのは刺激的なことであり、それによって自信が持てる。第一、チャット・ルームでの会話や電子メールのやりとりでは、直接会って話す場合に必要な集中力がいらない。会話をはずませる方法や、笑みを浮かべるタイミング、ボディランゲージの意味を読みとる必要がない。アイ・コンタクトもいらないし、すべては文字になっているのでどんな言葉でも意味が汲みとれる。チャット・ルームでは、☺や☹などの絵文字を使えば、相手がどんな気持ちでいるかよくわかる。

ニールとの出会い

二〇〇〇年の秋に、いまいっしょに暮らしているニールとオンラインで初めて出会った。ニールはソフトウェアのプログラミングをして生活していたので、毎日パソコンを使っていた。ぼくと同じようにニールもとても内気で、知り合いや友人をつくるうえでパソコンが役に立つと思っていた。

やがてニールとぼくは毎日メールを交《か》わしては、好きな曲から将来の夢や希望まで、あらゆることを教え合うようになった。共通点がたくさんあったので、まもなくニールから写真と電話番号を交換しようという提案があった。

ニールはきれいな青年だった。背が高く、豊かな黒髪ときらきら輝く青い目をしていた。電話で話すとき、ニールはいつもとても辛抱強く、礼儀正しかった。話をするのが楽しくてしかたがないという様子だった。彼はぼくと同世代の二十四歳で、ロンドンからさほど遠くないケント州に住み、そこで仕事もしていた。彼のことを知れば知るほど、自分の分身と話をしているような気持ちになった。ようやく、本当の心の友に出会ったのだ。

恋に落ちるのはたとえようがないほどすばらしい。人を愛することにいい悪いはない。愛情と完璧な関係を求めるための方程式はないのだ。ぼくは、中学生のときにひとりの少年に熱を上げたことがあったが、それ以来こんな激しい感情を感じたことはなかった。その感情があまりにも強く、そして長く続いたので、心がひりひりと痛むほどだった。なにをしていてもニールのことが頭から離れなかった。食事が喉を通らなくなり、眠れなくなった。

二〇〇一年の初めにニールが電子メールで、一度会いませんか、と言ってきたとき、ぼくはためらった。会って気まずくなったらどうしよう。ぼくがおかしなことをしたり言ったりしたらどうなるのだろう。ぼくは人に愛される人間だろうか。ぼくにはわからなかった。

ニールに返事を書く前に、ニールのことを両親に話したほうがいいと思った。しかし、話をすれば自分の本当の姿を両親に知らせることになる。

その日、家のなかは静かだった。弟と妹はみな外や自室で遊んでいて、父と母は居間でテレビを見ていた。ぼくは頭のなかで言うべきことを何度も練習したが、いざ居間に行ってみると両親がどんな反応を示すかわからず、突然息苦しくなった。両親の反応を見たらきっとぼくはうろたえ、不安に陥るだろうし、なにが起きるかわからない状況に置かれるのは苦痛だった。

ふたりにきちんと話を聞いてもらいたくて、ぼくはテレビのところに行って電源を切った。父は不満そうに口を開きかけたが、母はぼくを見つめてぼくが話しだすのを待った。口を開くと自分の声——小さなしゃがれ声——が聞こえた。その声は、ぼくはゲイで、とても好きになった人に会うつもりでいる、と告げていた。両親はしばらく口をきかず、ぼくを見つめるばかりだった。ようやく母が、それはまったく問題ではないし、あなたに幸せになってほしいと思っている、と言った。父の反応も肯定的で、きみが愛し愛される相手と出会えることを願っている、と言った。ぼくもそう願っていた。

翌週、ニールに会うことにした。一月の寒い朝、ぼくは厚手のコートと帽子と手袋に身を包んで、家の外で彼が来るのを待った。十時少し前に、彼は車でやって来た。ドアを開けて降りると、ぼくと握手をした。彼の最初の言葉は「きみの写真は正直じゃないね」だった。ぼくは微笑みはしたが、その言葉の意味がわからなかった。

ニールは、ケントにある彼の家にぼくを連れていくつもりだと言った。ぼくが助手席に座ると、車は発進した。なんとも奇妙なドライブだった。彼は少し話をすると急に黙りこくった。ぼくは会話をどうやって再開したらいいかわからず、黙って座っていた。ひどく不安に駆られ、「彼はぼくのことが好きではないにちがいない」と思った。一時間以上走って、ケント州の中心部にあるアシュフォードに着いた。到着すると彼は、後部座席に身を乗り出して美しい花束を取り出し、ぼくにくれた。やはり、ニールはぼくのことが好きだったのだ。

ニールの家は、同じ形の家が立ち並ぶ住宅街にあり、池とブランコとメリーゴーラウンドのある小さな公園が近くにあった。家の壁紙は縞模様で、赤いカーペットが敷かれていて、ジェイという白黒の猫がいた。ぼくがひざまずいて猫の頭を撫でると、猫はうれしそうに喉をごろごろ鳴らした。ニールに案内されて居間に行き、ぼくたちはソファの端と端に座って話をした。しばらくすると、音楽を聴きたくないかとニールが言った。いつの間にか、知らず知らずのうちにぼくたちは身を寄せ合い、ぼくはニールの両腕に抱きしめられていた。彼の肩に顔を預け、目を閉じて音楽を聴いた。それからキスをした。ぼくたちはそのときその場所で、いっしょに暮らす決意をした。それが始まりだった。

ニールはぼくをいとも簡単に受け入れてくれた。彼も学校ではずっといじめられていたので、同級生と違うことがどういうことかわかっていた。彼も出不精なので、ぼくが騒がしいパブやクラブに行くより、静かで落ち着いた家にいたがることをまったく気にしなかった。なによりも気がかりだったのは、彼がぼくと同じように人生の分岐点にいて、どちらに進んでいけばいいのかわからないことだった。そしてぼくたちふたりにとって幸せだったのは、偶然インターネットを通してめぐりあえ、これまでの人生に欠けていたもの（恋愛だ）を探し出せたことだった。

それから何週間も毎日、ぼくたちは電子メールで連絡し合い、定期的に電話で話した。ニールは時間を見つけてはぼくに会いに車でやって来た。初めて会ってから半年後、話し合いを重ねたすえに、ぼくはニールと暮らすためにケント州に引っ越すことにした。ある日台所にいる母のところに行き、そのことを伝えた。「ぼくは引っ越すよ」と。両親は喜んでくれたが、心配もした。人と暮らすことで味わう苦楽を乗りこえ、それによって生じる義務をぼくがちゃんと果たしていけるのか、と。その当時、いちばん大事だったのはぼくが真実を理解しているということだった。つまり、ニールはぼくにとって特別な人であり、ほかの人にはそういう感情を抱いたことがないこと、ふたりが愛し合っていて、いっしょにいたいと思っていることが大事だった。

仕事が見つからない

引っ越してから数ヵ月は楽しいことばかりではなかった。ひとりの働き手の給料で生活することになったので、出費を極力おさえなければならなかった。ぼくたちがようやくまとまった休暇が取れたのはそれから二年半後のことだ。

昼間ニールは、ラムズゲート近くにあるオフィスに働きにいき、ぼくは決まった日常をこなし、夕方には料理をつくった。さらにぼくは、近隣の町にあるすべての図書館に、職員の空きがあるかどうかを問い合わせる手紙を書いて送った。働きたくてしかたがなかったし、少しでも生活費の足しになることをしたかった。

ある朝、手紙が届いた。新刊書を注文したり書架に順序よく並べて見栄えのいい棚をつくったりする職員を求めているので、面接に来てほしいという内容だった。面接の日、ニールに貸してもらったネクタイを彼に締めてもらい、手紙に書かれた住所までのバスの乗りかたを彼に書いてもらった。そして目的の建物を探してうろうろしてしまったが、図書館の職員に迎えにきてもらってなんとか面接の時間に間に合った。

面接官は三人だった。面接官のひとりが話し出すとすぐに訛《なまり》があることに気づき、その人にどこの出身か尋ねた。その人はフィンランド出身だと言った。ぼくは子どものころ図書館でフィンランドについて書かれた本をたくさん読んでいたので、知っていることをまくしたて、片言のフィンランド語で話しさえした。面接のあいだじゅうずっと、相手の目を見ること、礼儀正しい態度をとること、親しみやすい話しかたをすることを心掛けた。面接時間は短く（これはさい先がいいと思った）、ぼくはわくわくしながらその場を後にした。

ところが、数日後に不採用の通知が届き、ぼくは打ちのめされた。それから数ヵ月にわたってあらゆる図書館、学校、大学に手書きの履歴書を送り続けたが、却下されるかなしのつぶてかのどちらかだった。

残念なことだが、こうした経験はとりたてて珍しいものではない。イギリス全国自閉症協会の二〇〇一年の調査によれば、高機能自閉症、あるいはアスペルガー症候群の人でフルタイムの仕事に就いているのはたった一二パーセント。一方、二〇〇三年のイギリス統計局の調査では、ほかの障害者では四九パーセントが、そして健常者の八一パーセントが正規に雇用されている。

これほど大きな差があるのには看過できない理由がある。自閉症スペクトラムの人々は、求職の機会を得ることができないのだ。あるいは求人広告によくある略語がわからない。また、採用のための面接では社交的に明るく話さなければならないが、自閉症の人にはそれはなかなか難しい。そのため自閉症協会の求職情報紙は、公平に扱ってもらうためには面接を受けるより試用期間をもうけて働かせてもらうことを勧めている。

しかも、面接の質問には、意味を理解して的確な答えを述べられないものがある。たとえばぼくが受けた質問には、ある状況を想定して答えなければならないものがあった。ぼくはその状況をうまく思い描けず、そっけない受け答えしかできなかった。個人の経験に絞って、その人がよく知っていることを述べさせる質問であれば、もっとうまく答えられただろう。

自閉症スペクトラムの人々は、就職先の企業や組織に多くの利益をもたらすとぼくは思っている。というのも、こうした人々は正直で責任感が強く、正確な知識があり、細部にまで注意が行き届き、さまざまな事実や人物について優れた情報を持っているからだ。また、自閉症やアスペルガー症候群の人を採用すると、社員は多様性に敏感になり、管理者は効果的に意思の疎通を図る方法を学べるようになるだろう。

お金がないことは、ニールとぼくにとってはたいした問題ではなかった。ニールはいつも誠心誠意ぼくを支えてくれた。ぼくが落ち込んだり悲しみに暮れているときには慰め、前向きに物事を考えるように励ましてくれた。

二〇〇一年のクリスマスに、ニールの両親と兄弟に初めて会うことになった。ぼくは不安でしかたがなかったが、ニールは、なにも心配することはないと言い続けた。家からそう遠くはないニールの両親の家へ車で行き、玄関で彼のお母さんと挨拶した。

彼女はぼくを家のなかに招き入れ、家族のひとりひとりを紹介した。ニールの父親、兄、義理の姉と姪。みな笑《え》みをたたえていて、ぼくは穏やかな気持ちでいられた。カードとプレゼントの交換の後で、豪華なおいしい料理をごちそうになった。その翌日にはロンドンまで車を飛ばし、ぼくの家族を訪ね、今度はぼくがニールを両親と弟や妹に紹介した。家族はみなニールに会えてとても喜んだ。ふたりの家族が応援してくれることこそ、ニールとぼくには重要なことだった。

　翌年の夏に、ぼくたちはハーン・ベイと呼ばれる静かな海辺の町に引っ越した。歴史的に有名な町カンタベリーのすぐそばにある町だ。引っ越しの最中はだれでも緊張を強《し》いられるもので、ぼくも例外ではなかった。新しい家に引っ越してから数週間はめちゃめちゃだった。家中に家具やペンキ類や段ボール箱などが散乱し、一瞬たりともからだを休める暇がなかった。ニールがせわしく働いているとき、ぼくは料理をつくり、紅茶をいれ、家のまわりから必要なものを取ってきたりした。そのおかげでぼくは、自分にできないことでくよくよすることもなく、自分のできることだけを考え、いつもなら感じる不安を味わわずにすんだ。家がふたりの家庭になっていく様子を見るのはすばらしかった。

　親しい友がいるのは幸せなことだ。遠方に住むリーアンやビルテとも電子メールで定期的に連絡をとっている。最近できた友人は偶然知り合った人たちばかりだが、こうしためぐりあいは思いがけないプレゼントに似ている。

　いまでは大親友となったイアンは、子どものころニールの家の隣に住んでいた。ぼくたちがハーン・ベイに引っ越してすぐ、ニールの両親の家に届いたイアンの葉書が転送されてきた。イアンとニールは十五年間会ったことがなかったが、彼を家に招待した日、ふたりには、離れていた時間などなかったかのようだった。ぼくとイアンには、本好きで歴史好きという共通点があることがわかり、それ以来親友になった。

ぼくの能力がいささかなりとも友だちの役に立つのを知るとうれしくなる。最近イアンはルーマニア女性と結婚したが、彼からルーマニア語を理解するための知恵を貸してほしいと頼まれた。そのお礼だと言って、彼は週末になるとぼくをゴルフに連れていく。ぼくはゴルフはうまくはないが、パッティングだけは得意だ。ときどきぼくは、イアンが頭を掻《か》きながら眺めるなか、グリーン上でボールの位置からカップまで後ずさりしていく。そうすると足でグリーンの起伏が確かめられるので、パターで打ったときのボールの動きがとてもよくわかる。そして必ずうまくいくのだ。

友人たちはぼくがアスペルガーだと知っているので、いっしょにいるときにぼくが気持ちよく過ごせるように、できるかぎりのことをしてくれる。気楽に楽しめる集まりもしょっちゅう開いてくれる。毎年、ニールと友人たちはイアンを呼んで、オースティン・ミニのクラブが主催する宝探しに行くが、それにぼくも招待される。各チームは手がかりと問題の記されたリストをもらい、問題を解きながら地図上に印された場所に行き、答えを探す。たとえば、「若い馬の宿泊所」という言葉が書いてあるとする。その答えは「仔馬の家」という名前のパブの前を通り過ぎるときにわかる、という具合だ。イアンが運転し、ニールが地図を見て指示し、ぼくが問題の答えを見つけて解く。みんながそれぞれに違った楽しみかたができるのがいい。

ぼくたちが友人の家を訪ねるときは、たいてい夕食後にトランプやトリヴィアル・パスート［雑学クイズを取り入れたすごろくのようなゲーム］などのゲームをする。ニールは招待してくれた人を勝たせるのが礼儀だと言うのだが、答えがわかっているのにどうして黙っていなければならないのか、ぼくにはわからない。

ぼくはクイズを解くのも、「百万長者になりたい人は?」といったテレビ番組を見るのも好きだ。たいていの問題には答えられるが、苦手な分野がある。ポップ・ミュージックと小説だ。ぼくの好きな問題は、日付(「クルーシブル劇場で初めて世界スヌーカー大会が開かれたのは何年?」答えは一九七七年)や年表(「次の四つの出来事を古い順に並べよ」といったもの)に関するものだ。

語学学習サイトを立ち上げる

ハーン・ベイに移ってからまもなく、ニールとぼくは協力して、語学を学習したい人のための教育ウェブサイトをつくることにした。コンピュータに詳しいニールが技術的な面を受け持ち、ぼくがサイトに載せる文章やコース表を書いた。サイト名の「オプティムネム」(Optimnem)は、ギリシア神話に出てくる言葉と言語の創造者ムネモシュネーから取った。

生徒は電子メールでレッスンを受ける。ネイティヴ・スピーカーが発音したオーディオクリップと、それを実際に使ううえでの参考例もたくさんつけている。そのため、コースに合わせて段階的に練習したり修正したりすることができる。コースの内容を決める際には、リトアニアで語学教師をしていた経験が役立った。語学を学ぶうえで人が難しいと思うところがわかったからだ。

さらにぼくとしては、自閉症スペクトラムの者として語学を学んだ経験が反映されるような内容にしたかった。そのため、各コースは要点をまとめた情報だけに絞った。「主格」「属格」「動詞活用」といった専門用語を使わず、文章のなかで言葉がどのように変化するかを簡潔に明確な言葉で説明するようにした。用例をたくさん使えば、いろいろな状況に応じて使い分けられるし、新しい単語は見ればすぐにわかる形で文脈のなかにあると覚えやすい。このウェブサイトは二〇〇二年九月に開かれ、評判になっている。世界中から年齢や性別を問わず大勢の人々がアクセスして学習していて、サイトの訪問者は何百万人にもなった。

ウェブサイトが成功したおかげで仕事をして収入を得られるようになった。これは胸を張りたくなるような、とてもうれしいことだった。

自宅で仕事をすることには長所もある。ぼくは外に出ると自分がなにをしていいかわからなくなり、とても不安で居心地悪くなるので、家で仕事ができるのはありがたかった。もちろん、ぼくはこのやりかたに満足しているが、これは安易に選択できるものではないし、経済的に自立するのは予想以上に難しい。

ニールもいまは家で仕事をしていて、必要なときに週に一度ほどラムズゲートにあるオフィスに行く。平日には、ぼくは美しい裏庭に面したキッチンのテーブルにコンピュータを置いて仕事をし、ニールは二階の寝室を改装した書斎で仕事をする。ウェブサイトのことでニールに助言してほしいときには、二階に行って訊くだけですむ。いつも顔を合わせていられるのはお互いにとってとてもいいことだが、こうしたやりかたがすべての人に合うとは限らない。

昼になるとぼくがつくったサンドイッチやスープを食べたり飲んだりしながら話をする。ニールはときどき、必ず決まった時間にお茶を飲むというような、悪癖に近いぼくの日課に喜んでつきあってくれる。仕事が終わるとふたりで夕食をつくる。料理をしていると緊張が解けて、仕事以外のことを考えることができる。

ぼくたちの猫ジェイ

ぼくはずっと動物が好きだった。子どものころにはテントウ虫に魅せられ、野生動物が登場するテレビ番組を夢中で見た。ぼくが動物好きなのは、動物のほうがたいていの人より辛抱強く、素直だからだと思う。

ハーン・ベイに来たころ、ぼくはニールの猫ジェイとよくいっしょに遊んだ。その当時二歳にもなっていなかったジェイは、よそよそしかった。一日中近所を探索していて、ニールが撫でたり抱き上げたりしようとすると唸り声をあげた。そのころのニールはオフィスで仕事をしていたので、一日十時間以上も家を空けていた。つまり、ぼくがニールと暮らすまで、ジェイは一日の大半をひとりで過ごしていたわけだ。それが突然、一日中いっしょにいる相手が現れたのだから、ジェイにとっては驚きだった(そしてショックだった)と思う。

最初ぼくは、人間がそばにいてジェイが居心地悪いのだろうと思い、なれなれしくしなかった。好奇心を刺激されてジェイのほうから近づいてくるのを待った。案の定ジェイは、居間でくつろいでいるぼくのところにやって来て、足のにおいを嗅《か》いだ。その鼻を撫でようとぼくが差し出した手のにおいを嗅ぐようになるまでたいした時間はかからなかった。いつの間にかジェイは家のなかで過ごすようになった。ジェイが部屋に入ってくると、ぼくは顔と顔がくっつくほど腰をかがめて、そっと手を差し出す。そして、ジェイが自分の舌で背中を舐《な》めるときと同じやりかたで頭を撫でてやる。するとジェイはごろごろと喉を鳴らし、眠そうに目を閉じる。ぼくはジェイの愛情を勝ち取ったことがわかった。

ジェイは利口で感受性豊かな雌猫だった。ときどきぼくが床に寝転がると、ぼくの腹や胸にのってまどろんだ。腰を落ち着ける前には前足でそっとひっかくようにぼくを踏んだ。これは猫がよくやる仕草で、「踏みつける」「踏みならす」と言われており、満足していることを表しているという。なぜそうするのかはわかっていないが、仔猫が母親の乳首をくわえてミルクを飲むときに足の裏でそっと押す仕草に似ている。ジェイがぼくの上にのると、ぼくは目を閉じてゆっくり呼吸をする。するとジェイはぼくが寝入ったものと思う。ぼくが急に動き出すことはないと思って安心し、からだの力を抜いてぼくにぴたりと寄り添う。ぼくが暖かな日でも分厚くて目の粗いセーターを着ていたのは、ジェイがTシャツやほかの服よりこのセーターの肌触りを気に入っていたからだ。

ジェイは愛情こまやかだったが、それでもぼくたちには、とりわけニールにはよそよそしく打ち解けないところがあった。それがニールには辛かったようだ。ぼくはニールにこう言ってみた。ジェイが求めているのは気の合う猫なんじゃないかな。仲間ができればジェイもつきあい上手になり、もっととっつきやすくなるのではないかと思ったのだ。

ぼくたちは地元の新聞広告を見て、最近飼い猫が仔猫を産んだ家を見つけた。そこに電話をかけて、会いに行くことにした。翌日その家に行くと、ほとんどの仔猫はすでにもらわれていき、残っているのは二匹だけだった。ぼくが選んだ痩《や》せっぽちの仔猫は、真っ黒なのでだれも興味を示さなかったそうだ。その雌猫をもらってまっすぐに家に帰り、ムーミンと名付けた。当然といえば当然だが、最初、ジェイは新しい仲間を見ていきりたち、ことあるごとにフーと唸ったり脅すような声をたてたりした。

しかし、そのうちにムーミンがそばにいても我慢できるようになった。そして徐々にではあるが、確実にジェイの様子に変化が表れてきた。以前より愛情あふれる態度をとり、抱かれたり撫でられたりすると幸せそうな表情でゴロゴロといつまでも喉を鳴らし、ムーミンやぼくたちとも楽しそうに遊ぶようになった。そして、ぼくたちを見ると決まって甘え声を出すようになり、そんなときぼくは、腰をかがめてジェイのからだに顔を押しつけた。

二〇〇四年の夏、ジェイの五歳の誕生日、ぼくたちはお祝いにおいしい餌と遊び道具を与えた。ところがジェイには食欲がなく、いつもより元気もなかった。ぼくたちはそれを夏の暑さのせいだと思った。

ジェイはよくベッドやテーブルや、バスルームのタオル掛けの下で眠った。ぼくも子どものころにベッドやテーブルの下にもぐりこむと安心できたので、ジェイのすることがよくわかった。ところが、そのうちジェイはそこにいることがだんだん多くなり、なかなか姿を現さなくなった。そして具合が悪くなった。繰り返し吐くような動きをするのだが、出てくるのは液体ばかりだった。最初はたいしたことはなかったが、それがいつまでも続くので、ぼくたちはとても心配した。体重が減り、家のなかを歩く足取りもおぼつかなくなった。

ニールがジェイを動物病院に連れていき、診察と検査をしてもらった。こんな若い猫には珍しいことだが、腎臓が病原菌に感染しているので、何日か入院させ、治療をして様子をみる必要がある、と獣医に言われた。ぼくたちは毎日電話でジェイの様子を尋ねたが、症状は安定しているとのことだった。

ところが入院から一週間後に電話があり、治療をしてもまったくよくならないので、すぐに病院に来てほしいと言われた。ぼくたちは急いで駆けつけた。受付の女性に案内されて狭い廊下を進み、建物の裏手にあるもの寂しい部屋に入った。しばらくしたら戻ってきます、と女性は言って出ていった。そのときですら、ぼくはまさかそんな深刻な事態になっているとは思わなかった。ニールとぼくはその部屋の中央にしばらく黙って立ちつくし、ジェイを見つめていた。

ジェイはプラスチックのチューブにつながれて白いマットレスにじっと横たわり、弱々しい声でひっきりなしに鳴いていた。ためらいながらぼくは手を伸ばしてジェイを撫でた。ジェイの毛はすべすべしていたが、その下のからだは骨ばかりになっていた。

突然、どこからともなく石でも投げつけられたように、ぼくの内側で感情が大きく膨れ上がり、抑えることができなくなった。いつの間にか頰《ほお》が濡れていて、自分が泣いていることがわかった。

ニールが近づいてきて、じっとジェイを見つめ、それからすすり泣いた。看護師がやって来て、できる限りの手を尽くしているのですが、ジェイはとても珍しい病気にかかっていて残された時間はわずかです、と言った。ぼくたちは家に帰り、互いの肩にすがって泣いた。翌日の電話で、ジェイが死んだことを知らされた。深くいつくしんだ仲間をこんなにもあっけなく失ったことに衝撃を受け、それから何日もぼくたちは涙に暮れた。ジェイを火葬し、その灰を庭に埋め、石の記念碑をたてた。そこに「ジェイ、一九九九〜二〇〇四。永遠にぼくたちとともに」という言葉を刻んだ。

ぼくにとって難しいこと

難しさを伴わない人間関係はない。その一方が、あるいは両方が自閉症スペクトラム障害であればなおさらだ。それでもぼくは、どんな人間関係でも愛さえあればきっとうまくいくと信じている。人を愛すれば、どんなことでも乗り越えていける。

家でちょっとしたことが（たとえば、食器を洗っているときにスプーンを落としてしまうようなことが）起きると、ぼくは自分が崩れてしまいそうになるので、動作をとめて、しばらくじっとしている。ほんのささいなことであっても、予想外のことが起きると、ぼくは途方に暮れ、混乱してしまうのだ。とくに決まりきった日常を乱されたりすると打ちひしがれてしまう。

そんなとき、ニールは黙って見守ってくれるようになった。普段はそのような混乱した状態が長く続くことはないので、ニールの辛抱強さのおかげでとても助かった。途方に暮れることが次第に少なくなっていったのは、ひとえにニールの協力と理解のおかげだと思っている。

ほかにもひどく不安に駆られるようになるときがある。たとえば友人や近所の人が突然ぼくたちに会いにやって来るようなときだ。その人に会えてうれしいことはうれしいのだが、ぼくとしては頭のなかにきっちりと思い描いていたその日の予定を変更しなければならなくなり、苦痛と緊張を感じてしまう。計画を変更するととても不安になる。そういうときも、ニールはぼくを安心させ、落ち着かせてくれる。

人が集まる場もぼくには苦痛だ。レストランで食事をするときには、ほかの客がまわりにいない隅か壁際のテーブルにつきたいと思う。地元のレストランに行ったときのこと、ぼくたちが食事をしながら楽しく話していると、突然煙草の煙が漂ってきた。どこから流れてくるのかわからなかったが、思いがけないことだったので、ぼくはたちまち不安になった。ニールは、そういうときぼくが目を伏せて無口になることを知っていたので、そのときもすぐにぼくの変化に気づいた。こうなると、できるだけ早く食事を終えて店から出ていくしかない。ありがたいことに、ぼくたちはふたりとも、家で時間を過ごすのが好きで、外出したいと思わないのだ。外出するときは映画館か静かなレストランに行くことにしている。

ぼくはニールの言葉を聞き取れないことがあり、そのために意思の疎通がうまくいかないときがある。なにか言われて、うなずいたり、「わかった」とか「うん」などと言って応じることがあるのだが、後になって、彼の言ったことをまったく理解していないことに気づく。ニールは時間をかけて丁寧に説明したり、順を追って詳しく話したりしても、結局ぼくがなにも理解していないことがわかって、かなりのストレスを感じているにちがいない。

問題は、ニールの言葉を聞いていないことにぼく自身が気づいていない、ということなのだ。ぼくは文章の断片だけを聞き取って、それを頭のなかで自動的に組み立てて理解する。しかし、重要な言葉を聞き逃すと、目の前で言われていることの意味がまったくつかめなくなることがよくある。

人に話しかけられたら、その意味がわからなくてもうなずいたり「わかった」と言ったほうが、他人とのコミュニケーションを円滑におこなえると思い込んで、それが癖になってしまったのだ。とりあえずうなずいておけば、相手の話を遮《さえぎ》ることもないし、同じ言葉を繰り返させることもない。

この方法はたいていの場合には功を奏すが、親しい仲ではやるべきではない。ニールと話をするときには、絶対に途中であきらめないようにしている。つまり、全神経を傾けてニールの話を聞き、繰り返して言ってほしいときにはそう合図する。こうすれば、完全に理解し合える。

十代のころ、ぼくは髭剃《ひげそ》りが嫌いだった。剃刀《かみそり》がうまく使えずに血を出してしまうことがよくあった。片手で剃刀を持ち、片手で顔を押さえて動かないようにするのに苦労した。髭を剃るのに一時間以上かかることもよくあった。それで、皮膚がひりひりして火照《ほて》った。あまりに苦痛だったので、できるだけ髭を剃らないようにしていた。何ヵ月も剃らずにいると無精髭が皮膚を刺してちくちくするので、そこでしかたがなく剃った。結局、月に二度髭を剃ることにしたが、そのときはバスルームを長時間占拠することになり、弟や妹を困らせた。最近では、毎週ニールが電気剃刀で髭を剃ってくれる。あっという間に剃り上がり、少しも痛くない。

ぼくは肉体的な感覚にひどく敏感で、それがニールとのあいだの愛情表現に影響を及ぼしている。たとえば、ぼくは指で腕をそっと撫でられるような触れられかたが苦手なので、愛情を示そうとするニールに触れられるたびに身をよじって逃れようとしてしまうわけを、説明しなければならなかった。幸いにも、手をつないだり腕に抱かれたりすることは、まったく問題がない。

ニールと暮らし、彼を愛し、ともに生きることによって、多くのことを学んできた。愛することを知ったおかげでぼくはすっかり変わった。人に気兼ねしなくなったし、周囲の出来事に関心を持つようになった。自分や自分の能力に自信を持つようになった。ニールはぼくの世界の一部であり、「ぼく」を形づくっているものだ。彼のいない人生など、いまは想像することすらできない。

語学の才能

古いテキスト一冊でスペイン語を

ぼくは言語にずっと魅せられてきた。新しい家に移ってウェブサイトを立ち上げてからは、語学に多くの時間を割《さ》けるようになった。ぼくがリトアニア語の次に学んだのはスペイン語だった。

スペイン語に興味を持ったのは、ニールのお母さんと話したのがきっかけだ。ニールの一家は休暇のたびにスペインのさまざまな地方に滞在するのが習慣で、彼女は何年もかけてスペイン語を覚えた。スペイン語の本があったら貸してくださいとぼくが言うと、『スペイン語独学』という古いテキストを見つけてきてくれたので、それを借りて読んだ。翌週、またニールの両親の家に行ったときにその本を返した。そしてぼくが難なくスペイン語で話しはじめると、彼女は信じられないという表情をした。

ぼくは同じやりかたでルーマニア語も学んだ。これは、友人のイアンに、妻のアナと意思の疎通をはかるためにルーマニア語を学びたいので助言がほしい、と言われたのがきっかけだった。ぼくはネットで、サン＝テグジュペリの有名な『星の王子さま』のルーマニア語版を読んだ。

最近身につけようとしているのはウェールズ語だ。スノードニアの山にあるノース・ウェールズの小さな町にニールと休暇で行った折、その独特の美しい言語を初めて耳にした。この地方の人たちの多く（五人に一人）は、第一言語としてウェールズ語を話す。ニールと訪れた多くの場所で人々がこの言語を話しているのを聞いた。

ウェールズ語には非常に特異な点が多い。たとえば特定の子音で始まる言葉は、文章のどこで使うかによって、最初の文字が変わるときがある。口を意味する **ceg** は、**dy geg**（きみの口）、**fy ngheg**（ぼくの口）、**ei cheg**（彼女の口）というふうに変化する。語順も独特で、動詞が文章の初めにくる。**Aeth Neili Aberystwyth**（ニールはアベリストウィスに行った）というふうになる。ウェールズ語を学ぶうえでいちばん苦労したのが特殊な発音だ。たとえば **ll** の音は、**letter** の l を発音する舌の位置のままsを発音するのに似ている。

ウェールズ語の勉強にとても役立ったのが、衛星放送でやっていたウェールズ語のテレビ局、チャンネルS4Cの番組だった。メロドラマからニュースまで幅広い内容で、とても面白かった。おかげでウェールズ語の発音が上達し、ウェールズについても深く理解できるようになった。

「複雑」という言葉は三つ編みの長い髪のイメージ

言語とぼくとの関係は感覚的なものだといえる。特定の言葉と言葉の組み合わせはとりわけ美しく、刺激的に思える。本のなかのある文章を何度も繰り返し読むと、その言葉に感覚が揺さぶられる。言葉のなかでは名詞がいちばん気に入っているが、それは簡単に視覚化できるからだ。

ある言語を学ぶときには、最初に揃えなければならない基本的なものがたくさんある。まず、ちょうどいい大きさの辞書が必要だ。それから、子どもの本や小説、新聞記事といった、その言語で書かれたさまざまな文章。文章中にある単語を見て覚えるほうが、その言葉がどんな使われかたをしているかが感じ取れる。活字になった言葉や語句や文章を読むと、目を閉じてその言葉を思い描くだけで完璧に覚えられる。ところが、実際に活字を見ないで、耳で言葉を聞いただけでは、そう簡単には覚えられない。また、ネイティヴ・スピーカーと会話すると、アクセントや発音の仕方が上達するし、言語を理解する助けにもなる。ぼくは言い間違いをすることは恐れないが、指摘された部分は何度でも繰り返し練習する。

どの言語も、別の言語を学ぶための足がかりになる。多くの言語を知れば知るほど、楽に新しい言語を学べるようになる。言語はどこか人間に似ていると思う。多くがある特定の言語の「家族」に属していて、その家族には似た部分があるからだ。別の言語から借用した言葉や影響を受けた言葉もある。ルーマニア語を本格的に学ぶ前でも、ぼくは“Unde este un creion galben?”（黄色い鉛筆はどこですか?）という文章を完璧に理解できた。というのも、スペイン語と（dónde está＝どこですか?）フランス語と（un crayon = 鉛筆）ドイツ語（gelb = 黄色）に似ているからだ。

同じ言語のなかに関連性のある言葉があって、その意味が汲みとれる場合もある。アイスランド語の **borð**（テーブル）と **borða**（食べる）。フランス語の **jour**（日）と **journal**（新聞）、ドイツ語の **Hand**（手）と **Handel**（取引、あるいは工芸）などだ。

複合語を覚えると語彙《ごい》が豊かになり、文法に即した例文をうまくつくることができる。たとえばドイツ語の **Wortschatz**（語彙）という言葉は、**Wort**（言葉）と **Schatz**（宝）とが組み合わさってできている。フィンランド語では、ほかの言語ならいくつもの言葉に相当するものがひとつの単語になっている。たとえば、**Han oli tolossanikin**（彼もわたしの家にいた）という文章では、最後の **tolossanikin** に、**tolo**（家）**ssa**（に）**ni**（わたしの）**kin**（も）という四つの言葉が入っている。

ぼくにとって理解するのに苦労するのが抽象的な言葉だ。そういった言葉にぶつかると頭のなかに絵を思い浮かべて理解の手がかりにする。たとえば「複雑」という言葉を見ると、三つ編みをした長い髪を思い浮かべる。この言葉は、ばらばらになった房がひとつに編まれてまとまっているイメージだ。なにかが複雑だ、というような文を見聞きすると、ひとつにまとめなければならないばらばらの部分がたくさんある様子を思い浮かべる。

また、「勝利」という言葉を聞くと、大きな競技大会で勝者に与えられる金色の大トロフィーが頭のなかに浮かぶ。ある政治家が「選挙で勝利」という文からは、サッカーのＦＡカップで勝利したチームのように、その政治家がトロフィーを頭上高く掲げている姿が思い浮かぶ。「もろい」という言葉からはガラスを思い浮かべる。「もろい平和」は、ガラス製の鳩だ。こうすると、いつでも粉々になってしまいかねない平和の意味がわかる。

ぼくにはなかなか分析できない文の構造もある。「彼はそういったことを経験していないわけではない」というような文だ。二重否定は肯定的な意味になる。しかしそれなら、「彼はそういったことを経験している」と言ったほうがはるかにいいのにと思う。

さらに、「~しないの?」という訊きかたもわかりにくい。「すぐに行くべきだとは思わない?」とか「アイスクリームがほしくない?」といった文を聞くと、ぼくは混乱して頭がずきずきしてくる。つまり、質問をしている人が、「アイスクリームがほしいの?」という意味で言っているのか、「アイスクリームがほしくないというのは本当なの?」という意味で言っているのかはっきりしないからだ。どちらにも「ほしい」と答えるが、ぼくはまったく反対の意味を持つ言い回しは好きではない。

子どものころ、慣用句にほとほと手を焼いた。人が「加減が悪い」と言ったりすると、ひどく不思議な気持ちがした。加減、つまり足したり引いたりすることに、いいも悪いもないだろうと思ったのだ。ほかにもある。弟が無愛想な態度をとったときぼくの両親は「虫のいどころが悪いんだよ」と言った。「じゃあ、虫を別のところに動かせばいいでしょ?」とぼくは言い返したものだ。

言語共感覚はだれもがもっている

最近では、言語における共感覚の研究に関心を抱く科学者が以前より増え、その現象と発生について詳しい調査がおこなわれている。カリフォルニア大学サンディエゴ校脳認知センターのヴィラヤヌル・S・ラマチャンドラン博士は、十年以上共感覚の研究を続けてきたが、共感覚の神経基盤と詩人や作家の言語創造にはつながりがあると言う。また、ある研究によれば、創作活動に携わっている人で共感覚を持つ人の割合は、一般の人の七倍にあたるそうだ。

特に、ラマチャンドラン博士は、作家が考えたり隠喩《いんゆ》（無関係に思えるふたつのことを比較して表現する）を使ったりする才能に注目し、共感覚としての言葉や色、あるいは形と数字といった一見無関係に思えるものを比較している。

研究者のなかには、高度な概念（数字や言語も含む）は脳内の特定の領域につなぎ止められていて、共感覚はふたつの異なる領域のあいだで過剰なコミュニケーションがおこなわれることで引き起こされる、と信じる人々もいる。このような「混じり合った接合」（crossed wiring）はふたつの領域において共感覚を引き起こし、無関係と思われるようなそれぞれの発想につながりをつくろうとする。

たとえばウィリアム・シェイクスピアは隠喩をよく使うが、その多くは共感覚によるものだ。『ハムレット』でフランシスコという人物に「苦い寒さだ」と言わせているが、これは味覚と皮膚感覚が組み合わさっている。『テンペスト』では、感覚の隠喩のみならず、確固とした経験と抽象的な発想とをつなげている。「この音楽はわたしを通り過ぎて海へと忍び寄っていった」という表現は、音楽という抽象的なものを這《は》うという具体的な行為に組み合わせたものだ。それで読者は音楽（これは心のなかに思い浮かべることのできないものだ）が動物のように動く様子を想像することができる。

こうしたつながりをつくることができるのはなにも芸術家ばかりではない。多かれ少なかれ、だれもが共感覚に頼っているのだ。『レトリックと人生』という本のなかで、言語学者のジョージ・レイコフと哲学者のマーク・ジョンソンは、隠喩は恣《し》意的につくられるものではなく、ある考えを背景にした一定のパターンがあると述べている。その例として挙げているのが特定の感情だ。「楽しい」は「上昇」と、「悲しい」は「下降」とつながっている——「気分が上向きになると精神が高揚し、落ち込むと気分が沈む」など。あるいは「増える」は「上昇」と、「減る」は「下降」とつながっている——「昨年は収入が増え、ミスの数が減った」。

レイコフとジョンソンは、こうしたパターンの多くは我々の日常的体験から生まれていると述べる。たとえば「悲しい」と「下降」のつながりは、人は悲しいとうなだれることに関係しているのかもしれない。同じように「増える」と「上昇」との関連は、物を積み重ねるとかさが増えることからきているのかもしれない。

また、別のある言語学者たちは、多くの言葉のなかにある構造的な特徴がどのような機能とも関係していないことがあり、たとえば、語頭が同音の言葉のグループは読み手や聞き手に際立った感情を呼び覚ます、と指摘している。

たとえば次のように、英語で語頭に「sl」がつく言葉だ。

slack（だらけた）　slouch（うつむいた）　sludge（ぬかるみ）　slime（へどろ）
slosh（びんた）　sloppy（ずさんな）　slug（なめくじ）　slut（身持ちの悪い女）

slang（卑語）　sly（狡猾な）　slow（のろい）　sloth（ものぐさ）　sleepy（ぼんやりした）
slipshod（みすぼらしい）　slovenly（不潔な）　slum（貧民窟）　slobber（涎《よだれ》）
slur（蔑《ないがし》ろにする）　slog（重い足取り）

これらにはすべて否定的なニュアンスが含まれており、軽蔑を示しているものもある。

ある種の音が特定の事柄を示すのに「ぴったり合っている」という発想は古代ギリシア時代にまでさかのぼる。その典型がオノマトペア（擬音語・擬声語）だ。一九六〇年代に研究者によっておこなわれた実験で使われたのは、（肯定的あるいは否定的な）感情と関わっていると思われる特定の文字の組み合わせからなる造語だった。被験者は、ふたつの造語を聞かされた後、その造語（一方、あるいは両方）に英語の言葉（肯定的なあるいは否定的な感情の言葉）を当てはめるとしたらどんな言葉になるかと質問された。その結果、言葉と感情の一致は、偶然によるものとは思えないほど多くの類似性を示した。

だれもがこうした言語共感覚を持っているということは、一九二〇年代に初めておこなわれた実験でわかった。この実験は、視覚のパターンと言葉の音の構造のつながりを研究するためにおこなわれたものだ。実験者であるドイツ系アメリカ人の心理学者ウォルフガング・ケーラーは、適当に選んだふたつの形（丸みのあるなだらかな形と鋭く尖《とが》った形）を示し、「タカテ」と「マルマ」という言葉を被験者に教えた。そして、どちらの形が「タカテ」で、どちらの形が「マルマ」かと被

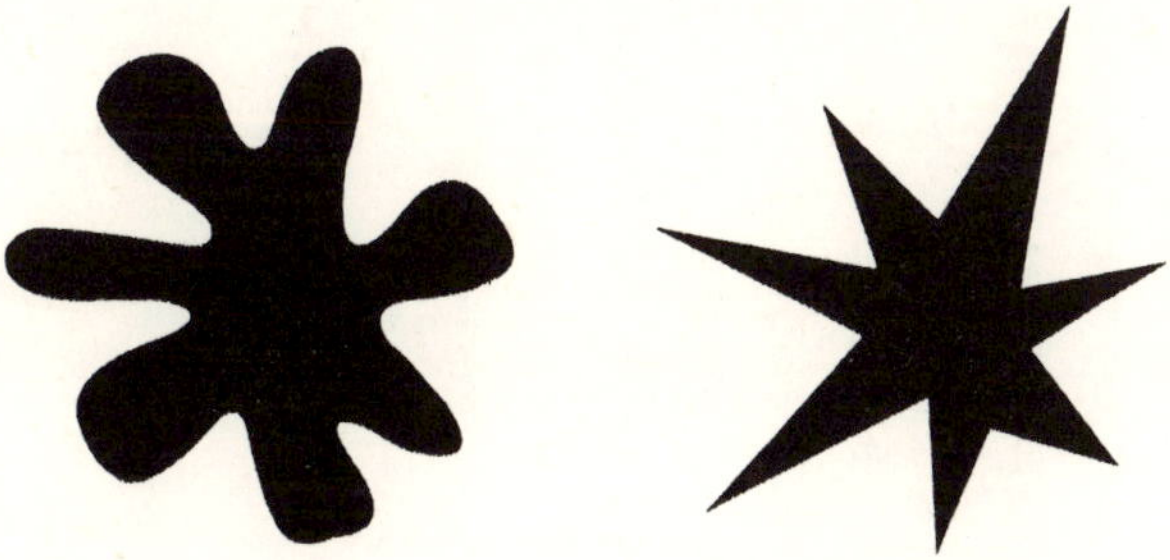

丸みのあるなだらかな形（左）と鋭く尖った形（右）

験者に訊いた。すると、圧倒的な数の人たちが、丸みのあるほうが「マルマ」で、尖ったほうが「タカテ」だと答えた。

　前出のラマチャンドラン博士の研究チームは、「ブーバ」と「キキ」という造語で同じ実験を試みた。すると、被験者の九五パーセントが丸みのあるほうが「ブーバ」で尖ったほうが「キキ」だと答えた。これは尖りのあるキキの形が、「キキ」という発音をするときの抑揚、舌を口蓋《こうがい》に当てて鋭く発音する状態に似ているためではないか、とラマチャンドランは指摘している。

　ラマチャンドラン博士は、聴覚と視覚が連動する共感覚は、初期の人類が言葉を造りだすうえでの大きな一歩になった、と言っている。この説に従えば、人類の祖先は、表現したい対象を思い起こさせるような音を使って話しはじめたと考えられる。博士はさらに、舌と唇の動きは述べたい対象や出来事に共感覚的につながっていたかもしれない、と述べている。たとえば、小さなものを言い表す言葉には、しばしば唇と声道が狭まる「i」の音が含まれることがある。little（小さな）teeny（ちっぽけな）petite（小さい）などだ。この反対のことが、巨大なものを言い表す言葉についてあてはまる。この説が正しければ、人間の脳では共感覚のつながりが無数に起きていることになる。

手話とエスペラント語

言語学者が研究しているテーマでもっとも興味深いのは、ぼくの言語能力をほかの言語、たとえば手話などにも適用できるかどうかというものだ。

二〇〇五年にぼくは、ロンドン市立大学の言語コミュニケーション科学部で、ゲイリー・モーガン博士の実験を受けた。モーガン博士はイギリス手話の研究者だ。イギリス手話は最初にイギリスで使われた手話で、現在七万人の聴覚障害者が使っている。多くの健聴者もこの手話を使っているが、これは視覚空間言語で、両手とからだ、顔、頭を使って意味を伝える。

実験は、ぼくが手話の言葉を、書き言葉や話し言葉と同じようにすばやく簡単に覚えられるかどうかを調べるものだった。ぼくの前に手話者が座り、全部で六十八種類の言葉を手振りで示した。手振りを示されるたびにぼくは四つの絵の描かれたページを見せられ、いまの手振りをもっともよく表しているものはどれかという質問を受けた。言葉の種類は「帽子」という比較的簡単なものから「レストラン」「農業」といった複雑なものまでさまざまだった。提示された絵のなかから正確に答えられたのは三分の二で、ぼくが「非凡な手話理解者」であることが証明された。研究者たちはいま、ぼくに一対一でイギリス手話を教え、手話の習得とほかの言語の習得との違いを比べる計画を立てている。

エスペラント語もとても難しい言語だ。何年も前に図書館で初めてエスペラント語の本を読んだが、そのときはパソコンを買ったばかりだったので、エスペラント語についてかなりのことを調べることができた。ぼくがいちばん惹《ひ》かれたのは、エスペラント語が、論理的で首尾一貫した文法に基づいているが、さまざまな言語（とりわけヨーロッパ諸国の言語）を取り入れて造られているという点だった。ぼくがすぐにエスペランティスト（話者）になれたのは、オンラインでさまざまなテキストを読み、世界中にいるエスペランティストと文章をやりとりすることができたからだ。

エスペラント（「希望する者」という意味）語は、ポーランドの医師ルドヴィコ・ラザロ・ザメンホフ博士が考案した国際人工言語で、彼が書いた最初のエスペラント語の本は一八八七年に出版され、エスペランティストによる最初の会議は一九〇五年にフランスで開かれた。ザメンホフの目的は、習得の簡単な国際言語を造って世界中の人々と理解し合うことだった、今日、エスペランティストは、世界中で十万人から百万人いると言われている。

エスペラントの文法には注目すべき点がいくつかある。まず、言葉の最後につけられた文字によってその言葉の品詞を区別できる点である。つまり、すべての名詞の語尾には「o」がつき、形容詞には「a」、副詞には「e」、不定詞には「i」がつく。たとえば、**rapido** という言葉は「スピード」という意味で、**rapida** は「早く」、**rapide** は「たちまち」、**rapidi** は「急ぐ」という意味になる。

動詞が目的語によって変わることはないのもエスペラント語の特徴だ。

mi estas（ぼくは— I am）　vi estas（きみは— you are）　li estas（彼は— he is）
si estas（彼女は— she is）　ni estas（ぼくたちは— we are）　ili estas（彼らは— they are）

動詞の過去形は語尾が is となり（mi estis — I was）、未来形は os になる（vi estos — You will be）。

また、使われる接尾辞によってその意味がわかる。たとえば ejo で終わる言葉は「場所」を意味している——lernejo（学校）　infanejo（保育園）　trinkejo（喫茶店）。ilo という接尾辞は「道具や楽器」を意味する。たとえば hakilo（斧）　flugilo（翼）　serĉilo（検索エンジン）などだ。

エスペラント語の文法におけるいちばん有名な特徴といえば、mal という接頭辞を使うことで反対の意味を示すことだろう。この特徴はあらゆる品詞で使われる。

bona（よい）— malbona（悪い）　riĉa（豊か）— malriĉa（貧しい）
granda（大きい）— malgranda（小さい）　dekstra（右）— maldekstra（左）
fermi（閉める）— malfermi（開ける）　amiko（友だち）— malamiko（敵）

慣用句を造ったり使ったりすることは推奨されていないが、「エスペラント・スラング」の例はいくつかある。エスペラント語を初めて学ぶ人はfreŝbakitoと呼ばれるが、これはドイツ語のfrischgebacken（焼きたて）からきている。一般的にはkomencanto（初心者）という言葉を使う。婉曲語句《えんきょくごく》もあって、トイレのことをla necesejo（必要な場所）と言っている。

ぼく独自の言語を造った

臨床心理学者であり『ガイドブック アスペルガー症候群――親と専門家のために』の著者であるトニー・アトウッドは、アスペルガーの人のなかには言語を独自のやりかたで造る能力のある人がいると述べている。たとえばある女の子は氷を「水の骨」と言っている。アトウッド博士はこうした能力を「アスペルガー症候群の人々が生まれつき持っている創造的で魅力的な面だ」と言う。

ぼくは、双子の妹が生まれたとき、ふたりを指すバイプレッツ（biplets）という言葉を造った。バイシクルが二輪の自転車、トライシクルが三輪車だということを知っていたからだ。だから三つ子はもちろんトライペッツになる。もうひとつ、子どものころに造った言葉にプランブル（pramble）というのがある。これは赤ん坊を乳母車（pram）に乗せて散歩をする（ramble）ことで、両親はよくプランブルに出かけた。

子ども時代ずっと、ぼくは独自の言語を造りたいと思っていた。孤独をまぎらわすためもあったが、言葉のことを考えていると楽しかったからだ。とてつもなく強い感情を抱いたり、すばらしい経験をしたりすると、それを表す新しい言葉が脳裏に突然浮かんできたのだが、それがどこから生まれてくるのかわからなかった。その一方で、同級生たちの言葉を不快に思い、途方に暮れることもあった。ぼくがくどくどと慎重に格式張った言葉で話すので、同級生からはずいぶんからかわれた。会話のなかに造語を入れて、自分の思っていることや心に浮かんだことを説明しようとしても理解されることはなかった。両親には「そんなおかしな話しかたはやめなさい」と言われた。

ぼくは、いつか自分が造った言葉を話しても人にからかわれたり叱られたりせず、自分の思いをきちんと表現できたらいいのに、と思っていた。学校教育を終えてから、その夢を真剣に追い求める時間ができた。思い浮かぶ言葉を書き留め、発音と文章の組み立てをいろいろ試した。

ぼくの言語は「マンティ」(Mänti)という。これはフィンランド語の松の木(mänty)からとった。松は北半球ではたいていのところに生《は》えていて、とりわけスカンジナビア半島とバルト海沿岸に多い。マンティ語で使われる多くの言葉はスカンジナビアとバルト海のものだ。この名前を選んだもうひとつの理由は、松の木はたくさんあつまって松林をつくるので、それが友情と共同体の象徴になるからだ。

ぼくはマンティの文法を練り上げている最中だが、語彙はいまのところ千以上になっている。これに興味を抱いている言語学者も何人かいて、彼らは、この言語がぼくの言語能力の解明に役立つのではないか、と思っている。

言語についていろいろ考えていると、新しい言葉や新しい発想が生まれてくる。ぼくはマンティで、まったく違った物事のあいだにある関係性を反映する言葉を造りたいと思っている。たとえば**hamma**(歯)と**hemme**(蟻—嚙みつく虫)、**rât**(電線)と**râtio**(ラジオ)などだ。複数の意味を持つ多義語もある。**puhu**は「風」、「息」あるいは「精神」を意味する。

マンティには複合語が多い。**puhekello**（電話、厳密に言えば「話す鐘」）、**ilmalāv**（航空機、厳密には「飛行船」）、**tontöö**（音楽、厳密には「音芸」）、**rātalö**（議事堂、厳密には「議論の場」）などがその例だ。

抽象的な概念を操る方法もいくつかある。それを表現するには複合語を造ればいい。遅刻は**kellokült**（直訳すれば「時間の罪」という意味）のように翻訳できる。フィン・ウゴル諸語［ウラル語族を構成する言語グループのひとつ。フィンランド語、ハンガリー語などもここに含まれる］にみられるような、言葉を組み合わせて使うこともできる。乳製品には、**pîmat kermat**（牛乳、クリーム）、靴類は**koet saapat**（靴、ブーツ）というふうにする。

マンティは英語とはかけ離れた言語だが、英語を話す人に理解できる言葉がたくさんある。首（neck）は**nekka**だし、カップ（cup）は**kuppi**、財布（purse）は**purssi**、夜（night）は**nööt**、赤ん坊（baby）は**pêpi**だ。

マンティは、ぼくが内面世界を表現するときの具体的な伝達手段となっている。それぞれの言葉がきらきらと美しく輝いていて、色も質感もともなっている。まるで芸術作品のようだ。マンティで話したり考えたりすると、言葉で色を塗っている気持ちになる。

π《パイ》のとても大きな一片

πの暗唱イベントを計画

ぼくは学校の数学の授業で最初にπを習った。π、つまり円周率は、もっとも祝福すべき数学の数字だ。πは十六番目のギリシア文字で、一七三七年にオイラーという数学者が円周率にこの名前をつけた。ぼくはたちまちこれに魅せられて、図書館からあらゆる本を借りてくると、出ている限りの小数点以下の数字を覚えた。全部で何百桁《けた》もあった。

二〇〇三年の終わりごろ、父から電話があり、ぼくがてんかんの発作を起こしてから二十年が経ったと教えてくれた。この二十年間ですばらしく成長したことをおまえは誇りにすべきだよ、と父は言った。ぼくはこの父の言葉についていろいろと思いをめぐらせたが、子どものころにかかったてんかんの影響を受けずに成長できたことを、なんらかのかたちで証明することにした。

その週の終わりにぼくは、イギリスでいちばん大きなてんかんの慈善組織である国立てんかん協会の寄付調達部と連絡をとって、てんかん協会のために寄付金集めをすることにした。そのための計画とは、三ヵ月間でπの数字をできるだけたくさん覚え、三月十四日（国際πデイであり、偶然にもアインシュタインの誕生日でもある）に観客の前で暗唱するというものだった。てんかん協会はこの考えを大歓迎し、ぼくならヨーロッパ記録を破れるかもしれないと言ってくれたので、小数点以下二二五〇〇桁まで覚えることを目標にした。

πの数字を覚えはじめると、協会のサイモン・イクレスは観客を集める手はずを整えていった。そして、アルヴェルト・アインシュタインの黒板のひとつが展示されているオックスフォード大学の科学史博物館にあるアシュモール館でおこなうことになった。

πは無理数であり、ただの分数として表記できない。しかも無限数であって、小数点以下の数字はどこまでも続いて果てしない。したがってπの数字を正確に書き留めることなどだれにもできないのだ。たとえ宇宙ほど広い紙があったとしても書ききれるものではない。そのため、円周計算はπの近似値、つまり22÷7や355÷113でおこなわれるのが普通だ。

この数字は、数学においては円や球以外の、思いもよらないあらゆる種類の計算に登場する。たとえば、素数の一般関数問題や、平行する二本の直線に落としたピンが線と交差する確率は、といった問題にも使われる。πは曲がりくねって進む川の源と河口のあいだの実際距離と直線距離の平均比を求めるときにも使われる。

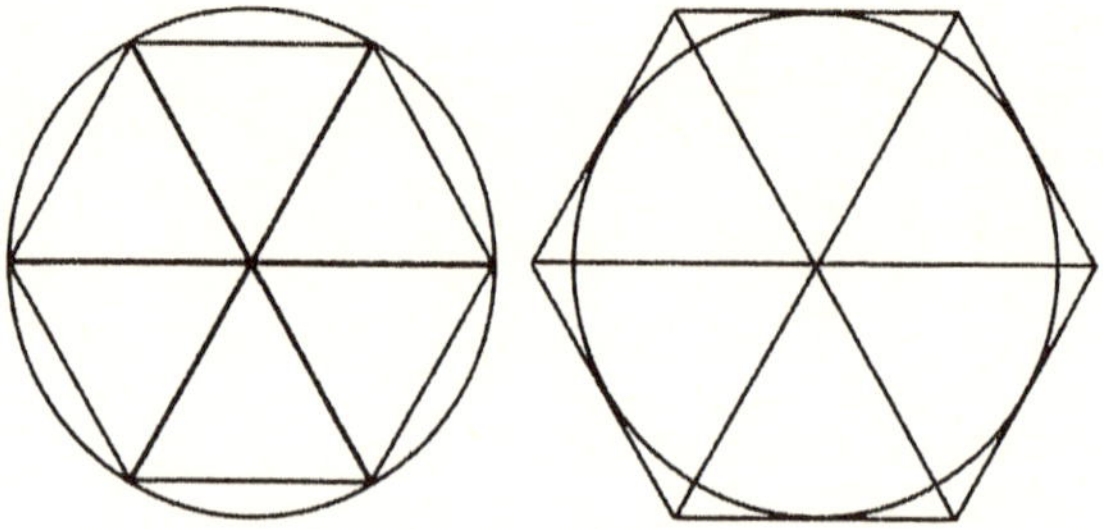

アルキメデスはπの上限と下限を導くのに多角形を用いた

πの値がもっとも早く使われたのは測量においてだった。古代エジプトではπの代わりに$4(8/9)^2=3.16$が使われ、バビロニアでは近似値の$3+1/8=3.125$が使われていた。ギリシアの数学者アルキメデスは、紀元前二五〇年ごろにπの値を初めて理論上で計算した。アルキメデスはπの上限と下限とを決めるために、円に内接した多角形の周辺の長さ（上左の図）と、円に外接する多角形の周辺の長さ（上右の図）を測った。

この六角形の倍数、つまり十二角形、二十四角形、四十八角形、さらには九十六角形までの内接と外接とを調べることで、アルキメデスは円周の長さに限りなく近づき、それによって彼なりの近似値にたどりついた。彼の計算では、πは3と$\frac{1}{7}$より小さく、3と$\frac{10}{71}$より大きかった。小数点以下第四位までを表せば、3.1408と3.1429のあいだになり、実際の値3.1416にとても近い。

中世になると、ドイツの数学者ルドルフ・ファン・コイレンが、千八百年前にアルキメデスがおこなった同じ理論を使い、人生の大半を費やしてπの値を計算した。一五九六年、コレインはπの値を小数点以下二〇桁まで計算し、『円上で』(Van den Circkel) という本に書いたが、その後三五桁まで計算の値を伸ばした。彼の死後、その数字が墓石のまわりに刻まれた。

それ以降、アイザック・ニュートン、ジェームズ・グレゴリーをはじめとする研究者たちは、新しい計算式を編み出し、πの値の計算は向上した。一八七三年イギリスのウィリアム・シャンクスは七〇七桁までを発表した。これに彼は十五年の月日を費やしたので、ひと桁に一週間かかったことになる。しかし不幸なことに、一九四〇年代には計算機で計算できるようになり、彼の値の五百二十八番目の数に間違いがあることが判明し、それ以降の数字はすべて間違いとなった。

コンピュータが出現してからは、πの値はこれまでとは比べものにならないほど飛躍的に伸びた。一九四九年に最初のコンピュータ、エニアック(ENIAC。重さは三十トン、大きさは家ほどもあった)がおこなったπの計算では、七十時間で二〇三七桁まで解かれた。以来、コンピュータ工学は日進月歩で発展し、πの値はますます伸びていった。二〇〇二年には東京大学の金田康正が一兆二四〇〇億桁以上の記録を樹立した。

数字で表された国

何年にもわたって、πに魅せられた人々はこの値を覚えようとしてきた。もっとも一般的な記憶法は、入念に選んだ言葉で文章や詩をつくって覚えるというものだ。おそらく最も有名なのは、イギリスの数学者ジェイムズ・ジーンズが編み出したものだろう。

"How I want a drink,alcoholic of course, after the heavy lectures involving quantum mechanics"

(量子力学の重苦しい講義のあとは飲み物を、もちろんアルコールを飲みたいものだ!)

How は文字が3つでIは1、want が4。こうして解読していくと、3.14159265358979 となって、小数点以下一四桁まで覚えられる。

別の記憶法は、一九〇五年に考案されたもので、こちらは三〇桁まで覚えられる。

Sir, I send a rhyme excelling,
In sacred truth and rigid spelling
Numerical sprites elucidate
For me the lexicon's dull weight
If Nature gain
Not you complain,
Tho' Dr Johnson fulminate.

先生、ぼくは卓越した詩を送ります
神聖な真実と厳しい綴《つづ》りで
数の妖精が説明します
ぼくにはその辞書はかなりの重さ
自然界が進歩すれば
先生にご不満はありません
けれどもジョンソン先生は叱りつけます

こうした詩を考案した人たちにとって0をどうするかは大問題だった。0が最初に登場するのは小数点以下三二桁だ。句点をつけて乗り切った人、十文字の単語を入れた人。連続する数字を表すために長い単語を使った人もいる。十一文字の単語は11を表すというふうに。

この数字の羅列《られつ》を見ると、ぼくの頭のなかにはさまざまな色と形と質感があふれ、それがひとつに合わさって風景をつくりだす。ぼくにはとても美しい風景だ。子どものころ、頭のなかで数字でできた風景を探索しながら何時間も過ごしていたときを思い出す。それぞれの十桁の数字を思い出すだけで違った形や質感が頭のなかに浮かんできて、そこから数字を読みとることができる。

πのようにとてつもなく長い数の羅列の場合、ぼくはその羅列を小さなまとまりに分ける。それぞれのまとまりの大きさは、その中にある数字の種類によってさまざまだ。たとえばある数字がきらきらとして見え、その次にくる数字が暗い場合には、ぼくのなかでは別々の存在として見えるが、滑《なめ》らかな数字の次に滑らかな数字がくるとつながって見える。数字の羅列が長くなるにつれて、数字の風景も複雑になり、いくつもの層ができ、（πの数字の風景の場合は）しまいには数字で表されたひとつの国のようになる。

次頁上が、ぼくに見えるπの小数点以下二〇桁までの風景だ。

数字でできた線が上っていき、それから暗くなり、中央あたりでは起伏が多くなり、それから曲線を描いて下がっていく。

そして次頁下が、πの小数点以下一〇〇桁までの風景。

ひとまとまりごとに、風景は変わり、新しい形、色、質感が現れる。これがえんえんと繰り返されるのだ。

πの小数点以下20桁までの風景

πの小数点以下100桁までの風景

πの数字のなかでいちばん有名な部分は「ファインマン・ポイント」と呼ばれる、小数点以下七六二桁から七六七桁までの「……999999……」だ。この名は物理学者のリチャード・ファインマンにちなんでつけられた。ファインマンはπの数字を覚えるのが好きで、9が並んだこの場所まで覚え、最後にこう言って終わったのだ。「……9(ナイン),9,9,9,9,9、その他いろいろ《アンド・ソウ・オン》」。ファインマン・ポイントの風景はとても美しい。紺色の光の分厚い縁取《ふちど》りが見える。

同じように美しい数字のつながりが、小数点以下一九四三七桁から一九四五三桁までにある。

……9999212859999999399……

ここではまず四つ連続した9があり、それからすぐにまた五つの連続した9が現れ、そしてまたふたつ連続する。連続した十七個の数字のなかで9が十一個もある。ぼくは二万二千五百個の数字のなかでこの部分がいちばん気に入っている。

ぼくの暗記トレーニング法

ぼくがπの数字を覚えはじめたのは、二〇〇三年十二月だった。それから三ヵ月かけて記録達成に必要な数字をすべて（二万二千五百個＋α）を覚えることになるのだが、最初の問題は、そのπの数字をどこで手に入れるか、ということだった。たいていの本には数百桁程度の数値しか載っていなかった。いろいろなウェブサイトを訪ねたが、掲載されているのはせいぜい数千桁までだった。ようやくニールがあるスーパー・コンピュータのウェブサイトに何百万もの数値が入っているファイルがあるのを見つけた。これでようやく、記録への足がかりができた。

ニールはこの数値をＡ４の紙に印刷した。ぼくが覚えやすいように一ページに千個の数字が収まるようにした。数字は百個単位に分け、できるだけ読みやすく、読み間違いがないよう、そして間違って覚えることのないようにした。

毎日、この紙を見て覚えたわけではない。疲れ果てたり、落ち着かなかったりしてなにも覚えられない日もあったし、水が砂にしみこむように一度に何百桁も覚えられる日もあった。ニールによれば、ぼくが数字を覚えはじめると、からだが緊張でこわばり、椅子に座ったまま前後左右にゆらゆらと揺れ、ひっきりなしに指で唇を引っ張っていたそうだ。そういうときは話しかけることもできなくなり、まるでぼくだけ別世界に行ってしまったような感じだったという。

覚えるために集中する時間は短いものだった。たいていは一時間かそこらだった。というのも、ぼくの集中力は一定ではなかったからだ。

家の奥にあるいちばん静かな部屋に行き、数字を覚えはじめると、どんなかすかな音が聞こえても集中が途切れてしまって続けられなくなった。ときには指を耳のなかに突っ込んで、どんな音も聞こえないようにした。覚えている最中は、なにかにぶつからないように目を半分見開き、うつむいた格好で部屋のなかを歩き回った。あるときは椅子に座って完全に目を閉じ、数字の風景とそのなかにあるいろいろなパターンと色と質感とを眺めた。

人前でなにも見ずに数字だけ暗唱するわけだから、大きな声で数字を言うということが重要だった。それで週に一度、ぼくが歩き回りながら暗唱するあいだ、ニールは数字をプリントアウトした用紙を前に広げて目で追いながら、暗唱された数字に間違いがないかどうか確かめた。

それは不思議な体験だった。数字はぼくにとって目に見えるものなので、最初はそれを大きな声で言うことは難しかった。初めてニールの前で暗唱したとき、まごついていくつか間違えた。それでひどく落ち込み、大勢の人の前で本当に全部の数字を暗唱できるものかどうか、とても心配になった。ニールは常に辛抱強くぼくを落ち着かせてくれた。ぼくが数字を大きな声で言えない理由がニールにはよくわかっていたので、緊張を解き、心を落ち着かせ、先に進むよう励ましてくれた。

練習するうちに、次第につっかえずに言えるようになり、イベントの当日が近づくにつれて自信を持てるようになっていった。覚えた数字が長くなると、練習のときに一度に全部を暗唱できなくなった。それでニールといっしょに一週ごとに練習する箇所を決めておこなった。ニールの前で練習しないときには、椅子に腰掛けたり歩いたりしながら、数字がよどみなく口から出てくるまでひとりで声に出して練習した。

てんかん協会は、インターネット上に募金ページを開き、世界中の人たちから寄付金やメッセージを受け付けることにした。ポーランドのワルシャワの小学校のあるクラスからは寄付金が寄せられた。協会はメディアでの発表もおこなった。ニールとぼくも友人や家族から寄付金を集めた。このイベントのことを知った近所の人が、自分の娘もてんかんだとぼくに告げ、ぼくのしていることを賞賛すると言ってくれた。そうした温かな励ましの言葉や、ぼくの幸運を祈ってくれるカードや手紙をもらって、ぼくはがんばらなければと思った。

いよいよイベントが明日に迫った三月十三日土曜日、ニールの運転する車でオックスフォードまで行った。課題となったすべての数字は数週間前にすっかり覚えていたが、大勢の前で暗唱するということで、ひどく落ち着かない状態だった。博物館のそばのゲストハウスに宿泊し、一刻も早く眠ろうとしたが、翌日のことを考えると不安がこみ上げてきてなかなか眠れなかった。ようやく眠りにつくと、πの数字の風景のなかを歩いている自分の夢を見た。そこでようやく心が静まり、自信を取り戻せた。

翌朝ふたりともとても早く目が覚《さ》めた。緊張していたのはぼくだけではなかった。ニールは胃が痛いと言いだした。今日これからのことを考えるとひどく緊張するんだ、と言った。ふたりで朝食をとってから、博物館に向かった。オックスフォードに来たのは初めてだったので、大学（英語圏のなかで最古の大学だ）で有名なその町を見てとても興奮した。大学の建築群があるために「夢見る尖塔の町」とも言われている。長くて狭いでこぼこした道を、運命の待つ場所に向かって走った。

科学史博物館はブロード・ストリートにあり、現存する博物館建築のなかでいちばん古いものだ。一六八三年に世界初の公開博物館として建てられた。古代から二十世紀初頭に至るまでの一万五千点にものぼる展示品があり、昔の人々が計算や天体観測、航海、測量、製図器として使ったさまざまな道具も収められている。

博物館の向かいにある駐車場に車を入れると、博物館の職員やジャーナリスト、カメラマン、このイベントの主催者などが全員そろって博物館の外でぼくたちの到着を待っているのが見えた。このイベントの責任者のサイモンが車から降りたぼくのところにやって来て、元気よく握手をすると、気分はどうですかと訊いてきた。ぼくはとてもいい気分です、と答えた。そして待っていた人々に紹介され、博物館の前の階段に座るよう言われ、そこで写真を撮られた。階段は冷たく湿っていたが、ぼくは身動きしないようにした。

館内の暗唱する部屋は、長くて埃《ほこり》っぽく、隅から隅まで展示品の入ったガラスケースが続いていた。一方の壁の前にぼくが座ることになっている小さな椅子とテーブルが用意されていた。その真正面にはアインシュタインの黒板がかかっていた。

ぼくのテーブルから少し離れたところに、もう少し長いテーブルがあり、数字が一面に印刷された紙の束とデジタル時計が置いてあった。そのテーブルにつくのは近くにあるオックスフォード・ブルックス大学の数学部の人々で、ぼくが暗唱しているあいだ数字をチェックする役を買って出てくれたのだ。彼らの役目は、ぼくが大きな声で言う数字が正しいかどうかをテーブルの紙を見て確認していくことだった。

時計は、暗唱が始まった瞬間に押される。そうすれば、見学に来た人々が、暗唱が始まってどれくらい経《た》ったかがわかる。このイベントには地元の新聞が協賛しており、建物の外にはポスターが貼られ、通りがかった人たちを呼び入れていた。そして建物のなかではパンフレットと寄付金を入れる入れ物を持ったてんかん協会の職員が待機していた。

ニールの緊張はなかなか解けず、体調がすっかり悪くなっていたにもかかわらず、ぼくを応援するために部屋に留まってくれた。彼がいるだけでぼくはリラックスできた。部屋のなかに入り、さらに写真を撮られてから、ぼくは椅子に腰を下ろし、持ってきたものをテーブルの上に置いた。暗唱しているあいだ喉の渇きを癒《いや》す水の入ったボトルと、エネルギー補給のためのチョコレートとバナナだ。

サイモンは静粛にと言い、ぼくが始める準備を整えると、十一時五分に時計を動かしはじめた。

数字の風景が頭のなかで変わっていく

すっかり言い慣れたπの初めの数字を声に出していくと、頭のなかの数字の風景はどんどん広がり、進むにつれて変化していった。

ぼくが数字を暗唱していくあいだ、チェック役の人たちは正しく暗唱された数字のひとつひとつを×で消していった。ホールのなかは静寂に満ちていたが、ときどき咳《せき》の音やホールを横切る足音が聞こえた。しかしその音は気にならなかった。暗唱するうちに、頭のなかに流れていく色と形と質感と動きにすっかり魅せられ、いつの間にか数字の風景に囲まれていたからだ。

暗唱はほとんどメロディを奏でるような感じになり、息を吐くたびに次々に数字がこぼれ落ちていった。そして突然、昨夜見た夢のなかのように、自分がまったく平静な気持ちでいることに気づいた。最初の千桁を終わるのに十分少々かかった。水のボトルの栓を開け、少し飲むとさらに先を続けた。

ホールのなかは一般の人たちでいっぱいになり、数メートルほど離れたところから、暗唱するぼくをじっと見ていた。大勢の人の前でπを暗唱することがいちばん心配だったのだが、結局、リズミカルに流れていく数字に没頭していたために、見学者の存在は少しも気にならなかった。いまでも覚えているのは、だれかの携帯電話が鳴って一度だけ集中が途切れたときのことだ。そのときぼくは暗唱をやめて、その音がやむのを待ってから先を続けた。

イベントの決まりに、暗唱中は喋《しゃべ》ってはならず、人と口をきいてはいけない、というものがあった。バナナやチョコレートを口に入れるための短い休みは何度か取ってよいことになっていた。その休みのあいだは、集中を途切れさせないために、人々の視線を避けて足元をじっと見つめながら、椅子の後ろを行ったり来たりした。暗唱中ずっと座っていることは思っていたより苦痛だった。ついついからだを前後に動かしてしまった。数字を声に出しているときにも、首を回したり、両手で頭を抱えたり、目を閉じたままからだを揺すったりした。

小数点以下一〇〇〇〇桁に達したのは、午後一時十五分だった。始めてから二時間以上が経っていた。時間が経てば経つほどからだがだるくなっていくような気がし、疲労が溜《た》まっていくにつれて見えている数字の風景もしだいにぼんやり霞《かす》んでいくのがわかった。このイベントの前にすべての数字を続けて暗唱したことは一度もなかった。それでぼくは、あまりにも疲れてしまい最後まで暗唱できなくなるようなことだけは避けたいと思っていた。

結局、これ以上続けられないかもしれないと思った瞬間は一度だけだった。それは一六六〇〇桁まで来たときで、一瞬頭のなかが真っ白になったのだ。形も見えなければ、色も質感もなにもかもが消えてなくなってしまった。こんなことはこれまで経験したことがなかった。ブラックホールを覗いているような感じだった。ぼくは目をぎゅっと閉じて何度か深呼吸をした。すると頭のなかでチリンと鳴る感じがして、暗闇のなかから色が再び流れだし、それまでと変わりなく暗唱を続けることができた。

午後三時を過ぎたあたりでようやく長い数字の旅が終わりに近づいてきた。五時間に及ぶ旅でぼくはすっかり消耗していたので、終わりが見えてきたのがうれしかった。頭のなかでマラソンをしていた気分だった。そして午後四時十五分ぴったりに、ぼくは声を震わせながら最後の数字を口にした。

「67657486953587」

そして終わったという合図をした。ぼくは、πの小数点以下二二五一四桁まで、ひとつの間違いもおかさず暗唱したのだ。そして五時間九分というイギリス及びヨーロッパにおける新記録を達成した。

見学者たちが大歓声をあげ、サイモンが駆け寄ってきてぼくを抱きしめたのでびっくりした。暗唱中ずっと数字を確認してくれていたチェック役の人たちにお礼を述べたあと、外に出て写真を何枚も撮られ、生まれて初めてシャンパンのグラスで乾杯した。

イベント後のメディアの反応は驚異的なもので、協会やぼくが予想していたよりはるかに大々的に取り上げられた。それから何週間にもわたって、ぼくはさまざまな新聞やラジオ(BBCワールド・サービスや、カナダ、オーストラリアといった遠い国のラジオ局も含めて)のインタビューに答えた。

もっともよく訊かれた質問は、「πのような小数点以下の数字が並ぶ数字をどうして覚えるのですか？」というものだった。そのときぼくは「πはぼくにとって言葉にできないほど美しく、唯一無二のものだからです」と答えた。いまもそう答えるだろう。モナリザの絵やモーツァルトの交響曲のように、πそれ自体に愛される理由があるのだ。

『レインマン』のキム・ピークに会う

TVドキュメンタリー「ブレインマン」

ぼくがπ《パイ》の新記録を達成し、新聞とラジオから嵐のようなインタビューを受けている最中に、イギリスの大きなテレビ局から、ぼくのことを一時間のドキュメンタリー番組にして、翌年イギリスとアメリカで放送したいという申し出があった。番組の制作者は、オックスフォードでのぼくの様子、とりわけ、大勢の人々やメディアに注目されながらぼくが冷静に対応している様子を映像で見て、とても感銘を受けたということだった。

彼らはその年の暮れにアメリカに行き、レインマンの事実上のモデルとなったサヴァン症候群のキム・ピークを取材することになっていた。ついては、ぼくがサヴァン症候群である自分の体験を正確に説明できれば、その番組にとって理解のとっかかりになるということだった。キムと直接会うこと以外にも、イギリスとアメリカにおけるサヴァン症候群の研究で先端をいく研究者に会えるという利点もあった。一生に一度のチャンスのように思えた。

その番組に参加することに同意はしたものの、実はとても不安だった。五年もイギリスの外に出たことがなかったし（そのころは自分の町の外にもめったに出ることはなかった）、何週間も家から離れていたり、カメラで撮影されたりすることが怖かった。それに、決まり切った日課からも習慣からも引き離され、きついスケジュールをこなせるかどうかも心配だった。これまでアメリカに行ったことはなかったので（二十五代大統領のマッキンリーから現在までの大統領のミドル・ネームも、所属する党も、在任期間も言えるけれど）、そこでなにが待ちかまえているかわからなかった。あまりにも大きく、華やかで、騒がしかったらどうしよう。海の向こうの大国で打ちのめされてパニックに陥ったときにどうなるだろう、と思った。

旅のあいだは移動に次ぐ移動で絶えず動いていなければならないことが、ぼくはもちろんのこと、ぼくの家族とニールにとってもいちばん大きな不安だった。ぼくの家族は、この話に協力的ではあったが、急いで制作チームと詳しいことを話し合うようにと言った。それで制作チームと話し合い、公共の場でぼくをひとりにしないこと（迷子になる恐れがあるからだ）、わざとらしいつくりかたはせず、起きたことをそのまま撮影してほしいことを伝えた。

制作チームのたてたスケジュールはたいへんなものだった。二週間で東海岸から西海岸へとめまぐるしく移動し、さらにはカリフォルニア州のサンディエゴとユタ州のソルト・レイク・シティまで行くことになっていた。番組の制作者は瞬《また》く間に番組のタイトルを（ダスティン・ホフマンの映画『レインマン』をもじって）「ブレインマン」にしてしまった。ぼくは最初、このタイトルは好きでなかったが、次第に受け入れられるようになった。

旅行に出かける一週間前に取材スタッフと顔合わせをした。二〇〇四年七月のことだ。スタッフは親切で、ぼくがくつろげるよう骨を折ってくれた。カメラマンのトビーはぼくと同い年だった。みんなの気分は高揚していた。スタッフにとってこれはまったく違った種類の番組で、どんなものになるか予想がつかないでいた。ぼくの気分も高揚していた。スタッフが興奮していたせいもあるが、まわりで繰り広げられる反応や行動がきっかけになって、自分の感情を表現しやすくなったからだ。幸せな思いを味わってもいた。新しい冒険が始まろうとしていた。

出発の前夜に荷造りがようやく終わった。コートが一着、靴二足、セーター四枚、ショートパンツ四枚にズボンが四枚、Tシャツ八枚、靴下と下着が十一枚。それから新しい練り歯磨きに電動歯ブラシ、洗顔クリーム、エッセンシャル・オイル、シャワー用ジェルとシャンプー。ニールが携帯電話を買ってくれたので、遠く離れていてもいつでも話せることになった。その電話を右のポケットに入れ、パスポートと航空券と財布を左のポケットに入れた。

ニールはぼくを空港まで車で送り、ターミナルに入る前にぎゅっと抱きしめた。三年半いっしょに暮らして、離ればなれになるのはこれが初めてだった。ぼくは感情を素直に表したほうがいいとは思っていなかったので、ニールに抱きしめられてびっくりした。ターミナルビルのなかに入ると、荷物を持った大勢の人たちがいた。大勢の人たちに取り囲まれて、不安に駆られはじめたが、列をつくっている人の数を数え出したら気分がよくなった。取材スタッフはすでに到着していた。ぼくたちは苦労して待合ロビーまで行き、それから機内に入った。

いかにも夏らしい、暑くてさわやかな日だった。座席から外を見ていると、機体が上昇するにつれて青い空が雲の下に消えていった。機長が、ロサンジェルス国際空港まで十一時間の空の旅です、とアナウンスした。

時間を見積もるとき、ぼくの頭のなかには、テーブルの上を延びていくパン生地が浮かんでくる。テーブル自体が一時間分の長さだ。だからたとえば、三十分の散歩はどれくらいかというと、パン生地がテーブルのちょうど半分のところまで延びてくる。しかし十一時間はとてつもなく長く、とても想像できなかった。それで不安でしかたがなくなった。目をぎゅっと閉じ、それからゆっくりと目を開けて、気分が落ち着くまでじっと足元を見ていた。

ぼくは、次に起きることに対してあらかじめ心の準備をしたり、まったく違う可能性や手順を考えたりしておくようにしている。というのも、突然なにかが始まったり、思いがけないことが起きたりするとひどく不安になるからだ。ある時間になると乗務員がぼくのところにやって来てなにか尋ねる（たとえば機内食の選択など）のがわかっていたので、乗務員がぼくの横に立って話しかける姿を思い描いた。心のなかで、心を落ち着けて、すらすらと答える自分の姿を想像した。

それから、ひっきりなしにポケットを触っては、右のポケットに電話が、左のポケットにパスポートと財布があることを何度も何度も確認した。こちらに近づいてくるワゴンの音が大きくなるにつれ、ぼくはますます緊張し、油断なく身構えた。ほかの乗客と乗務員との会話を注意深く聞いていたので、乗務員がなにを尋ねるかわかった。心のなかですでに選ぶものを決めていた。チキンとダンプリングのシチューだ。ワゴンがやって来て、滞りなく通り過ぎていった。シチューにしたのは正解だった。

機内のなかでは不安が高じて眠れなかった。それで機内の雑誌を読んだり、あらかじめ配られていたプラスチックのヘッドホンで音楽を聴いたりした。ようやく着陸したとき、なにかを成し遂げたような自信を感じないわけにはいかなかった。ぼくはみごとにやってのけたのだ。頭ががんがんして腕と足はこわばっていたが、ともかくぼくはアメリカに着いた。

外に出るとロンドンより晴れていて暑かった。ディレクターがレンタカーの手続きをするのを待った。それからスタッフが、荷物とカメラと録音機材を後部座席に積み込んだ。まるでテトリスのゲームを見ているみたいだった。何度かやり直しをして、なんとかすべての荷物を押し込んだ。まずサンディエゴに行き、海沿いのホテルに入った。ぼくは疲れ切っていたが、翌日は早朝に出発すると言われた。ホテルの部屋に入ると、順序どおりに歯を磨き、いつものように水を同じ回数すくって（五回だ）顔を洗い、アラームを四時三十分にセットしてベッドにもぐり込み――たちまち――深い眠りに落ちた。

アラームが鋭い、切り裂くような音で鳴り響いたので、ぼくは跳び上がって両手で耳を覆《おお》った。頭がずきずきと痛んだ。アラーム時計の音に慣れていなかった。片手で時計のスイッチを探りあて、ようやく部屋が静かになった。外はまだ暗かった。ぼくはきっかり二分かけて歯を磨き、それからシャワーを浴びた。部屋のなかのすべてが普段と違っているのが気に入らなかった。シャワーヘッドは大きすぎるし、お湯の圧力は強く、タオルの肌触りもおかしな感じだった。からだを拭いて急いで服を着た。少なくとも服だけはからだになじんだものだった。

かなり動揺しながらそっとドアを開け、ゆっくりと階段を下りて、朝食用の部屋に行った。見知った顔のトビーが来るのを待ちながら、朝食を食べはじめた。マフィンを食べ、紅茶を飲み、ほかのみんなが下りてきて食べおわると、車に乗り込み、きらきらと輝く窓で覆われた超高層ビルの建ち並ぶほうへ向かった。そこでカリフォルニア脳認知センターのラマチャンドラン博士と研究者たちに会うことになっていた。

「きみは科学者にとってのチャンスなんだ」

ぼくたちが到着すると、研究者たちが出てきて挨拶《あいさつ》した。片面総ガラス張りの窓から射し込む目映《まばゆ》い光が満ちている廊下を通って博士のオフィスに連れていかれた。オフィスはかなり広く、廊下よりも暗かったが、壁全面に本がぎっしりと並び、どっしりしたテーブルの上にはプラスチックの脳の模型が置いてあり、何枚もの紙が広げられていた。博士ともうひとりの研究者の真向かいにある椅子に座るよう合図された。

博士の声は轟《とどろ》くように大きかった。実際、博士のなにもかもが大きいように思えた。大きな丸い目、量の多いカールした黒髪と口髭《くちひげ》。ぼくに向かって伸ばされた両手を、なんて大きいのだろうと思って見たのを覚えている。博士の熱意は傍目《はため》にもわかり、それで少しリラックスできた。ぼくは不安を感じていたが、かすかに興奮してもいた。

ぼくは、暗算で計算をいくつかしてもらいたいと言われた。博士のアシスタントが計算機を使って答えが正しいか確かめるという。ぼくは時差ボケでまだ頭がずきずきしていたが、幸いなことに博士の出した問題は解くことができた。それから、研究者たちは数字をいくつも読み上げ、そのたびにこれは素数かどうかと尋ねた。ぼくの答えはすべて正解だった。頭のなかで数字がどんなふうに色や形や質感を伴って見えるか説明した。博士は興味をそそられ、感銘を受けたようだった。

昼食のとき、博士のアシスタントで、博士と同じ丸い大きな目をした漆黒の髪のシャイという名の若い男性が、センターの構内にある食堂に連れていってくれた。シャイは、ぼくが説明した数字の見えかたと、さまざまな計算を暗算でおこなったことにとても興味をもった。

昼食後、別の部屋に案内され、ラマチャンドラン博士の研究班の一員エドに会った。シャイとエドは、いろいろな数字が視覚をともなって現れるぼくの特殊な体験についてもっと詳しく知りたがった。言葉で説明するのは難しいので、ペンを取って、ふたりが訊く数字の形をホワイト・ボードに描いていった。研究者たちは衝撃を受けた。ぼくの頭のなかで起きていることがこれほど複雑だとは思ってもいなかったからだ。また、これほど細部にわたってぼくが表現できるとは思わなかったのだろう。

研究者たちの反応に取材スタッフ全員が驚いた。研究者たちはディレクターに、もっと時間をかけてぼくの特殊な能力と数字の視覚化にともなう現象について研究したいと申し出た。ディレクターはロンドンの制作者に電話をかけ、了承を得た。

翌日、カメラで撮影されながら、ぼくは前日に説明したように、もう一度詳しく説明してほしいと言われた。ぼくはホワイトボードのところに行き、さまざまな数と数式が共感覚を伴うとどんな形に見えるかを次々に描いていった。小麦粘土で数字の形をつくるように言われもした。

さらに、両手の指をワイアで電気皮膚反応メーターにつなぎ、πの数列が並ぶコンピュータのスクリーンをよく見るように指示された。研究者たちはあらかじめ数列のなかの適当な場所の6の数字をいくつか9にこっそり入れ替え、メーターに変化が現れるのを興味深く見つめていた。

ぼくはスクリーンに映る数字が入れ替えられたために、なんだか気分が悪くなり、何度も顔をしかめた。というのも、数字の風景の一部がまるで破壊されたかのようにばらばらになるのが見えたからだ。電気メーターはかすかに変化した。数字が変わってぼくのからだが反応したことを示していた。研究者たちは、とりわけシャイはすっかり魅せられていた。

ときどき、研究者たちの実験対象になるのは苦痛ではないか、と尋ねる人がいるが、ぼくはまったく気にならない。研究者に協力することで人間の脳の仕組みがわかるようになれば、あらゆる人に利益をもたらすことになるとぼくは思う。それにぼくにしても、自分のこと、自分の頭のなかの動きが詳しくわかれば、こんなにうれしいことはない。

研究者と過ごす時間が残り少なくなったとき、シャイが、海を見渡せて、空高く漂うグライダーを眺められる崖まで車で行こうかと言った。彼は、取材スタッフとカメラがないところでぼくと過ごしたがっていた。崖に沿って散策していると、彼はいろいろな数字に対するぼくの感覚について、特別に持ってきたノートにメモを取りながら訊いた。ぼくの感想を聞いて彼はさらに興奮したようだった。「わかるかい？　きみは科学者にとって一生に一度あるかないかのチャンスなんだ」とシャイが言ったが、ぼくはどう答えたらいいかわからなかった。ぼくはシャイが気に入ったので、連絡を取り合うことを約束し、いまも電子メールでやりとりしている。

カジノで勝負

次の行き先はラスヴェガス（ネバダ州の「夢の町」であり、ギャンブルの世界の紛うかたなき中心地）だった。制作チームはぼくの能力を一部の「お気軽な」テレビ的映像によって視聴者に示したがっていた。そしてこのラスヴェガスで、カードゲームで勝つという『レインマン』の映画そっくりの場面を撮ろうとしていた。

このような番組の意図的なつくりかたに対して、ぼくは矛盾する感情を持っていた。ぼくがもっともしたくなかったのは、自分の能力を貶《おとし》めて陳腐なものにしたり、自閉症の人々はみながみなレインマンのようだという錯覚を広めたりすることだった。と同時に、この番組には見ていて楽しくなるような場面が必要で、深刻な科学番組のなかにほっとひと息つけるところがあったほうがいい、ということもわかっていた。ぼくは友人たちとトランプで楽しく遊んだことはあっても、カジノに足を踏み入れたことはなかった。その強い好奇心のせいでぼくの気持ちは揺らいだ。

ネバダの熱風は尋常ではなかった。まるで「強」になったヘアドライヤーの風を真正面からずっと受けているような感じだった。綿のTシャツと短パンを着ていても、次のホテルに連れていってくれるレンタカーを待っているうちに、たちまち全身が汗まみれになった。ありがたいことに、車に乗っている時間は短く、ホテルのロビーは冷房がとてもよく効いていて、ぼくたちは心からほっとした。巨大なけばけばしい建物のあいだを走り抜けていくのはなんとも気分が悪かったので、やっと人心地がついた感じだった。

ホテルのフロントに到着して目にした光景に、ぼくたちの興奮はたちまち冷めた。テレビカメラがカジノのなかに入ることをカジノ側が許可してくれないことがわかり、結局ぼくたちはダウンタウンのホテルで我慢せざるをえなくなった。そこのカジノは、有名なカジノに比べてはるかに規模が小さかったが、こちらのアイデアを喜んで受けいれ、さらに宿泊代は無料《ただ》でいいということになった。しかし、最初の印象はよくなかった。絨毯《じゅうたん》は汚れていたし、ロビーにはこびりついて離れないかびの臭いがした。ホテルの従業員は一時間以上もかけて各部屋を居心地よく整えてくれたが、それもあまり役に立たなかった。

しかし、いったん鍵をもらって部屋のなかに入ると、驚くほど広々としていて快適だった。夜になってぼくは車に乗せられ、目映いカジノの光に照らされながら有名な大通りを通りすぎていく場面をカメラで撮影された。両手を握りしめ、からだが緊張してこわばるのを感じた。たくさんの刺激的な光景に囲まれているととても不安になった。幸いにも車での移動はそう長くはなかった。近くのレストランでスタッフたちと食事をしてから早めにベッドに入った。

翌朝、スタッフたちは長い時間をかけてブラック・ジャックがおこなわれるテーブルの近くにカメラをセットし、ぼくを迎えにきた。カジノのマネージャーがこの場面を撮るために「模造紙幣」のチップを大量に用意していた。ぼくはカジノのオーナーに会い、カードのディーラーに紹介された。ディーラーは簡潔にゲームのルールを説明した。

ブラック・ジャックはカジノでおこなわれるカードゲームのなかでもっとも有名なゲームだ。「21《トウエンテイワン》」とも呼ばれている。このゲームでは、エースは一点として計算しても十一点として計算してもいいが、絵札(ジャック、クイーン、キング)はすべて十点として計算する。ゲームの参加者は、自分に配られたカードの合計点が二十一以内であり、それがディーラーのカードの合計点に勝てると思えば賭に出る。

最初の一枚が表を見せて配られた時点で、最初の掛け金を出し、それからディーラーが二枚目のカードをプレイヤーと自分に配る。ディーラーのカードの一枚は裏を見せて置かれる。絵札とエースの組み合わせを「ブラック・ジャック」といい、その札の組み合せを持った人が無条件で勝ち、賭け金をもらう。そうでない場合、ディーラーがプレイヤーのひとりひとりに、もう一枚カードがほしいか(ヒット)、そのままでいいか(スタンドあるいはホールド)を尋ねる。プレイヤーのカードの合計点が二十一を超えた(バースト)場合はそのプレイヤーの負けとなる。プレイヤーが勝負を続行する場合、ディーラーは裏になっていたカードを表にし、さらにカードを引くかどうかを決める。ディーラーのカードの合計が十七未満の場合、十七になるまでさらにカードを引かなければならない。ディーラーがバーストした場合、プレイヤー全員の勝ちとなる。

確率をもとに分析する「カード・カウンティング」がブラック・ジャックでよくおこなわれていることは有名だが、プレイヤーが場に出たカードの種類をすべて覚えていればディーラーより多少の優位に立てる。たとえば、残りのデッキに絵札が何枚あるかがわかっていれば、賭け金を上げることができるし、絵札が少ないことがわかれば勝負をやめることができる。いちばん簡単なのは、配られたそれぞれのカードをプラス・マイナスで計算していく方法だ。たとえば2や3といった低い数字のカードはプラス1として数え、10や絵札はマイナス1として数える。プレイヤーはカードが配られるたびに計算し、合計数にその数字を加えていく。そうすればこれから配られるカードの数字が予想できる。

カード・カウンティングは容易ではない。熟練を積んだ者でも、このやりかたを使って勝てる確率は一パーセント程度だ。カジノ側は自分たちのテーブルでカード・カウンティングをしたと思われる人物を出入り禁止にする。ぼくたちのテーブルで使われたのは八セット分のカード、つまり、四百十六枚のカードだった。これだけ枚数が多ければカード・カウンティングがおこなわれてもカジノ側は優位を保てる。

カジノは賑《にぎ》やかで気をとられるものが多かったので、ぼくにとっていちばん大きな問題はどうすればゲームに集中できるかということだった。ディーラーの真正面のスツールに腰掛け、カードのデッキに意識を集中した。カードがめくられ、シャッフルされ、ゲームの始まる前に積み上げられるたびに注意深く見つめていた。まわりにある何台ものカメラが人目を引き、ゲームが始まるやたちまちぼくのまわりに人垣ができた。

ぼくはあらかじめ設定された時間内でプレイすることになっていた。カジノが特別にテーブルを確保してくれたので、そのテーブルのプレイヤーはぼくだけだった。ディーラー対ぼくの一対一の勝負だ。ゲームに対する勘を磨きたかったので、一枚一枚めくられるカードを見てから判断することにした。10と8の組み合わせなら「スタンド」し、3と9なら「ヒット」した（ただし、ディーラーの手が4と5と6の場合にはぼくはスタンドした）。これは「基本戦略」と呼ばれている。

もっともプレイヤーが的確にこの基本戦略どおりやっても、ディーラーのほうが有利だ。時間が経《た》つにつれてぼくのチップは次第に少なくなっていった。しかし、ゲームの勘はかなり鋭くなっていた。すばやく判断し、ゆったりした気分でプレイできるようになっていた。ぱっと決断して直感的にプレイし、頭のなかを山と谷が連なる数字の風景が流れていくのを感じた。その風景が高くなったときには、かなり大胆に賭けた。

そして変化が起きた。ぼくがしだいに勝つようになってきたのだ。ぼくはすっかり場に慣れ、それまでよりゲームを楽しめるようになっていた。勝負の流れが決定的になったときは、ぼくに二枚の7が配られ、ディーラーのところに10のカードが置かれたときだ。基本戦略に従えば、ここはもう一枚もらう（ヒットする）のが普通だ。しかしぼくは直感に従って、その二枚の7を別の手として分け（スプリット）、賭け金を二倍にした。ディーラーが三枚目のカードを配ると、それも7だった。この7も別の手として分けていいかとディーラーに訊くと、ディーラーはとても驚いた。ディーラーの手が10の場合にそんな選択をすることはありえないからだ。

結局ディーラーの10のカードに対し、ぼくは7を表にした三つの手で受け、賭け金は三倍になった。まわりで見ていた人たちが否定の舌打ちをしているのが聞こえた。ある男性は、大きな声で「10のカードに7で立ち向かうなんて、いったいどういう了見だ？」と言った。

ディーラーは三枚の7のところにそれぞれカードを配った。ひとつ目の7のところは21になった。ふたつ目のところにカードが重ねられ、21になった。そして三つ目のところも21になった。結局、三つの手とも21になったのだ。ディーラーのひとつの手に対して21の三つの手。この一回の勝負で、ぼくはこれまでの負けを埋め、なおかつカジノを完膚無きまでに打ちのめした。

それでも、ラスヴェガスから離れるのがうれしかった。ラスヴェガスはあまりにも暑く、人が多く、ネオンサインだらけで耐えられなかった。ほっと一息つけたのはカードをしているときだけだった。ぼくはいよいよホームシックになり、ホテルの部屋に帰ってニールに電話をかけ、彼の声を聞くやわっと泣き出した。ニールは、きみはちゃんとうまくやっているよ、最後までやるべきだよ、と言った。きみは立派だよ、それに明日はこの旅でもっとも重要な、そして特別なことが控えているんだからね、と言った。

奇跡の人キム・ピーク

その翌日、飛行機に乗り、ユタ州の首都でありモルモン教の聖地ソルト・レイク・シティに飛んだ。そしてホテルから少し離れたところにある市立図書館に行った。図書館は目を見張るようなとんでもない建物だった。透明な壁に囲まれた六階建てのカーブのある建物で、面積は約二万二千平方メートル、蔵書は五十万冊以上。一階にはいろいろな店と公共施設があり、上にはいくつもの閲覧室と三百人収容の公会堂があった。昔から書物を愛し、幼いころから毎日のように地元の小さな図書館に通って本ばかり読んでいた身には、ここは天国のように思えた。

その広大な空間には陽《ひ》の光が射し込み、よく知っている静けさがぼくの内側に満ちてくるのを感じた。図書館には、ぼくを穏やかな気持ちにさせる力がある。人気がなく、人がひっそりと読書し、あるいは書架から書架へテーブルからテーブルへと移動する気配だけがある。うるさい音がいきなり轟きわたることはなく、ページをめくるささやかな音や同僚や友人のあいだで交《か》わされるひそやかな声だけが聞こえる。ここの図書館ほど静寂に満ちた図書館を知らなかった。おとぎ話に登場する魔法の場所そのもののように思えた。

一階のベンチで腰を掛けて待つように言われたので、書棚に並んだ本や、ひっそりと通り過ぎる人の数を数えていた。何時間でもそこに座っていられる気がした。やって来たディレクターに連れられてエレベーターで二階に行った。見渡す限り書架の列だった。ひとりの老人が近づいてきて、ぼくと握手をした。その人は、フラン・ピークだと名乗った。彼こそ、息子キム・ピークを二十四時間介護している父親だった。

キム・ピークは奇跡の人だ。彼が一九五一年に生まれたとき、医者は両親に、歩くことも学ぶこともできないだろうから、施設に預けたほうがいい、と言った。肥大したキムの頭には水が溜まっていて、言語を覚えたり会話をしたりするために必要な領域のある左脳に障害が生じていた。一九八八年に脳神経科学者が彼の脳をスキャンしたところ、彼には脳梁《のうりょう》（左脳と右脳とを分けている部分）がないことがわかった。しかし、彼は一歳半で字が読めるようになり、十四歳で高等学校のカリキュラムを修了した。

キムは何年もかけて膨大な情報を記憶してきた。その内容は歴史年表からスポーツ、文学、地理、音楽に至る十二教科以上にわたっている。しかもキムは、本を開いて二ページを同時に読むことができる。片目で一ページずつ、ほぼ完璧に記憶する。これまで九千冊以上の本を読んできたが、そのすべての内容を記憶している。カレンダー計算もできる。

一九八四年、キムと父親は、テキサス州アーリントンにある知的障害者協会の会議で、脚本家でありプロデューサーのバリー・モローに会った。その結果『レインマン』という映画がつくられた。ダスティン・ホフマンはキムと何日かいっしょに過ごしてキムの才能に驚き、キムを世界に知らせるべきだと父親に言った。以来、キムと父親はアメリカ合衆国中をめぐって、百万人以上の人々に講演をしてきた。

「きみはぼくと同じサヴァンだね」

ぼくが長いあいだ待ち望んでいた瞬間がやって来た。自分以外のサヴァン症候群の人と会って話をするのはこれが初めてだった。フランはキムに、ぼくがだれで、なんのためにここに来たのかを説明した。ぼくたちの対面の場所に図書館を選んだのは簡単な理由からだった。キムとぼくにとって図書館は静かで明るく、広々とし、秩序立っている特別な場所だったからだ。

フランに会った後にぼくはキムに紹介された。父親のすぐそばに立っていたキムは、大きな体格の中年男性で、灰色のもじゃもじゃの髪に、好奇心にあふれた射抜くような目をしていた。

キムはぼくの両腕をすばやくつかんでぼくのすぐ前に立った。「誕生日はいつ?」とフランに訊かれたので、ぼくは「一九七九年一月三十一日」と答えた。「六十五歳になる日は日曜日だね」とキムが答えた。ぼくはうなずいて、キムに誕生日を訊いた。「一九五一年十一月十一日」とキムは答えた。ぼくはにっこりして「その日は日曜日だ!」と言った。キムの表情が輝き、ぼくにはふたりの心が通い合ったのがわかった。

　フランはぼくのためにびっくりするものを持ってきていた。『レインマン』がアカデミー賞を受賞したとき、脚本賞を獲《と》った（そしてキムの講演会ツアーの企画を実行した）バリー・モローが受賞したオスカー像だった。心優しいモローは、講演会のためにそのオスカーをピークに譲ったのだ。その像をぼくは両手でしっかりつかんだ。見た目よりはるかにどっしりしていた。フランといっしょに腰を下ろし、キムの子ども時代の話を聞いた。図書館の隅に置かれた革張りの座り心地のよい椅子に座って話しているあいだ、キムはずっと本を読んでいた。

　フランは、息子の障害に対する医師たちの反応について熱っぽく語った。

「息子を施設に入れて、もう息子のことは忘れなさいと言われたんですよ」

キムにロボトミーの手術をおこなえば施設に収容しやすくなると言った脳外科医もいたという。ぼくはキムの最近の日常についてもっと詳しく知りたかったので、典型的な一日の様子を話してほしい、とフランに頼んだ。

「キムは毎朝母親と電話で話をし、毎日ここにやって来て、何時間も本を読みます。夕方になると近所の老人のお宅に行き、その人に本を読んであげています」

　キムの講演会ツアーについても訊いた。

「私たちはいつもいっしょに旅をしていますが、講演料を請求したことはありません。学校や大学、病院といったところに行きます。キムは、彼らが知りたいことについてなんでも話すことができるんですよ。日付、名前、統計、郵便番号、ありとあらゆることについてね。聴衆はキムにいろいろな質問をするんですが、キムはいつもたいへんな量の情報を述べます。キムはこれくらい知っているだろうと私が思っている以上の情報を。答えに詰まるということがありません。キムが伝えたいことはこういうことなんです。『人と違っていることで障害者にされる必要はない、だれのからだも違っているのだから』」

インタビューが終わり、ぼくはキムとふたりだけで図書館の書棚のあいだを歩き回ることができた。キムはぼくの手を握りながら歩いた。

「ダニエル、きみはぼくと同じサヴァンだね」とキムは興奮して言い、ぼくの手をぎゅうっと握りしめた。書棚のあいだを歩きながらキムはちょっと立ち止まり、棚から本を抜き出し、内容をよく知っているというようにぱらぱらと数ページめくってから棚に戻した。ときには名前や日付を、目を通しながら声に出してつぶやいた。その本は皆ノンフィクションだった。小説にはまったく興味がないようで、それもぼくと共通している点だった。

「ここでなにをするのがいちばん好きなんですか?」とぼくはキムに尋ねた。キムはなにも言わずに、分厚い革製の本がたくさん並んだ棚にぼくを連れていった。その本はソルト・レイク・シティのあらゆる町の電話帳だった。その中から一冊を抜き取ると、そばにある机に向かった。そしてノートと鉛筆を取り出し、電話帳から何人かの名前と番号をノートに書き写した。それを見たぼくは、あなたも数字が好きなんですかと尋ねた。彼はゆっくりうなずきながら、夢中でノートを埋めた。

キムの隣に腰を下ろしたぼくは、フランが、歴史に関する日付や人物に関する質問をされるのが好きなんだと言っていたのを思い出した。歴史はキムの大好きな話題のひとつだった。

「ヴィクトリアがイギリスの女王になったのは何年ですか?」とぼくは訊いた。「一八三七年」とキムは間髪をいれずに答えた。「ウィンストン・チャーチルが生きていたら何歳になりますか?」と訊くと「百三十歳」。「彼の今年の誕生日は何月何日何曜日です?」「十一月三十日火曜日」

フランとスタッフに見守られながら、キムとぼくが図書館の一階に行くと、キムは別の本棚の列を指差して、その本に書かれている内容を説明した。そして明るい午後の光のなかに出ていき、ぼくたちは歩みをとめた。キムはもう一度ぼくの手をしっかりと握りしめた。ぼくのすぐ近くに立ってぼくの目のなかを覗きこみながら「いつか、きみはぼくのようなすごい人になるよ」と言った。これまでぼくが聞いたなかで最高のほめ言葉だった。

その後で、キムとフランといっしょに近くのレストランで夕食を食べることになった。キムはダスティン・ホフマンと会ったときのことや、ホフマンがキムの能力と優しい人柄を高く評価したことなどを話してくれた。キムと父親は、キムの能力と、人と違うところを尊重すべきだというメッセージを、できるだけ大勢の人たちに引き続き伝えていくと熱く語った。

ぼくたちはソルト・レイク・シティでキムとフランと名残《なごり》を惜しみながら別れた。スタッフの人たちは口々に、キムと父親に会えて信じられないほど多くのものを得られたと言った。逆境にあっても無償の愛を注ぎ、献身的に忍耐強く生きてきた。ふたりの話は、たとえようもないほどの感動をもたらした。

ぼくにとっては、ただただ、忘れられない出来事だった。キムに会えたおかげで、たとえ障害があろうと、彼にはできない自立した生活をまがりなりにもおくっているぼくがいかに幸運かを思い知らされた。そして、ぼくと同じように書物を愛し、事実や人物を愛する人に出会えたのは大きな歓《よろこ》びだった。

イギリスに戻りながらいろいろ考えた。キムとぼくには共通点がたくさんあるが、いちばん大事なのは、ふたりで過ごしたとき、ぼくたちの心がつながっていることを実感できたことだ。ぼくたちの人生は多くの面で異なってはいるが、それでも特別な深い縁があったのだ。だからこそ、ぼくたちはこうして会うことができ、会った日に相手のなかに友情というとてもすばらしいものを見いだすことができた。ぼくは、彼と父親がぼくをとても温かく迎えてくれ、自分たちの過去を率直にざっくばらんに話してくれたことに強く胸を打たれた。キムに与えられた特殊な才能はその頭脳だけではなく、その人柄、人間的な優しさ、独自の方法で人の生き方を変える力にもあらわれている。キム・ピークと出会えたときが、ぼくのこれまでの人生でいちばん幸せな瞬間だった。

アイスランド語を一週間で

新しい言語にゼロから挑戦

イギリスに帰ると、この番組最大の難関が控えていた。ぼくが一週間のあいだに新しい言語をゼロの状態から覚えていくというもので、それを逐一カメラにおさめるのだ。取材スタッフは、新しい言語をどれにするかということを何ヵ月もかけて調べ、結局アイスランド語にすることにした。アイスランド語は語尾変化が多く、十三世紀から大きな文法上の変化がなく、十二世紀まで使われていた古英語に匹敵して、とても難しい言語だ。現在の使用者は約三十万人。どんな言語かわかってもらうために少しここに紹介したい。

Mörður hér maður er kallaður var gígja. Hann var sonur Sighvats hins rauða. Hann bjó á Velli á Rangárvöllum. Hann var ríkur höfðingi og málafylgjumaður mikill og svo mikill lögmaður að engir þóttu löglegir dómar dæmdir nema hann væri við. Hann átti dóttur eina er Unnur hét. Hún var væn kona og kurteis og vel að sér og þótti sá bestur kostur á Rangárvöllum.

「モードという名の男がいた。名字はフィドル。赤のシグヴァットの息子で、ラングリヴァーヴェイルズの『ヴェイル』に住んでいた。偉大な首長であり、訴訟の偉大な受け手であった。そして偉大な法律家であったため、彼が関わらない判決に優れたものはないと思われていた。彼にはウンナという一人娘がいた。美しく、親切で、才能ある女性だった。ラングリヴァーヴェイルズの人々のなかでは最高の結婚相手だと思われていた」

これは十三世紀ごろに書かれたアイスランドのいちばん有名な伝説、ブレヌ・ニャールのサガ（燃えるニャールの伝説）からの引用だ。

アイスランド語は、世界中でもっとも難しく複雑で習得しにくい言語だと言われている。たとえば、文脈によって一から四の各数字に十二通り以上の言いかたがある。名詞は必ず男性・女性・中性のうちいずれかに属する。形容詞はそれが修飾する名詞の性によって変化する。男の **Gunnar** の場合には **Gunnar er svangur**（ガナーは強い）となり、女の **Helga** の場合には **Helga er svöng**（ヘルガは強い）となる。さらに、アイスランドではイギリスと違ってほかの言語の言葉を借用しない。したがって、現代的な言葉にもアイスランド独自の言葉をつくって対応する。たとえばコンピュータは tölva（数の予言者）、電話は simi（古アイスランド語で「糸」を意味する）。

九月に入ってようやくどの言語を学ぶかが決まり、ぼくのところに小包が送られてきた。小包のなかには、携帯用辞書と子ども用の本が一冊、文法書が二冊、新聞が数束しか入っていなかった。さらに制作会社からは、予算的な問題から、当初決められていたアイスランドでの一週間の滞在予定が四日間に短縮されたことを告げられた。しかも学習用の教材が送られてきたのは、アイスランドに行く数日前のことだった。

深刻な問題はほかにあった。送られてきた辞書はとても小さく、それで教材を読解するのは不可能に近かったのだ。それにぼくとしては、一週間の滞在予定が四日間になったことも不満だった。言語を完全に習得したあと、アイスランドのレイキャヴィクのテレビ局で生放送のアイスランド語によるインタビューを受けることになっていたからだ。この挑戦を成功裏に終わらせるためには、できるだけ多くの生の会話を聞く必要があった。

そういう状況だったので、ぼくとしては手持ちの教材で最善の努力をするしかなかった。文法書からよくある言い回しや語彙を学び、いろいろな新聞記事から探せる限りの例文を参考にして、自分なりに文章を組み立てる練習をした。教材のひとつにCDが付いていたので、アクセントと発音を感覚的に覚えるために聴こうとしたのだが、聴いている最中に頭のなかでスイッチが切り替わるように集中が切れるので、なかなか専念できなかった。人が相手ならば、緊張しながらも必死で集中力を持続し、相手の言葉に耳を傾けることができるが、CD相手に耳をすますのは難しかった。

これはおそらく、必死の努力をして聞き取る必要がないからだと思う。そのため、アイスランドに旅立つ日になってもまったく希望を抱けないような状態だった。

レイキャヴィクへ

ニールにまた別れを告げる日がきた。もっとも、今回はほんの数日離れるだけだったけれど。タクシーに乗って空港に行き、そこで取材スタッフと合流した。幸いにも、空港は静かで、歩き回っている人も少なかった。語学の本を持参してきたが、アイスランドに着いたらすぐにもっといい教材を手に入れたいと思った。飛行時間はそう長くはなかったので、たいていは窓から外を見たり、アイスランドの子ども用の本に書かれた物語を読んで過ごした。

アイスランドは世界でもっとも小さな国のひとつで、人口も三十万人ほどしかいない。北大西洋の、北極圏のすぐ下に位置する。大西洋中央海嶺の火山頻発地帯にあるので、アイスランド島は地質上は火山活動がとても活発な島だ。多くの火山と間欠泉があり、地熱力でアイスランド人の家を暖めている。国民の識字率は百パーセントで、詩と小説の人気が高く、国民ひとりあたりの書籍、雑誌の刊行点数は、世界中のどの国よりも多い。

ケフラビーク空港に到着し、バスに乗り込んでアイスランドでいちばん大きな都市、レイキャヴィクに向かった。レイキャヴィクの人口は十一万人を超えたばかりで、その愛称は「世界でいちばん小さな大都市」という。

夏の終わりが近づいていたが、天候はまだ穏やかで、空気は新鮮でひんやりしていた。ひどく寒いというほどではなかった。バスの両側面の長い窓から外を眺めると、空には帯状に広がる銀色の雲がかかり、その下、はるか遠くに、青白く輝く荒涼とした風景が広がっていた。レイキャヴィクに近づくにつれて、陽《ひ》の光は柔らかく注ぐようになり、ぼくは目を閉じてアイスランド語で数を数えた……**einn**（1）、**tveir**（2）、**þrír**（3）、**fjórir**（4）……。

ホテルに着いて、アイスランド語の教師シグリーズルさんと最初のミーティングをおこなった。彼女は「シリー」と呼んで、と言った。シリーは地元大学の講師として外国人学生に教えているが、アイスランド語をこんな短期間で学ぼうとする人に会ったのは初めてなので、はたしてうまくいくかどうかはなはだ疑問だと言った。シリーは大きな鞄《かばん》のなかに、ふたりで勉強するためのリーディング用教材をたくさん持ってきていた。ぼくたちは機会を見つけては教材を広げた。ぼくが声に出してそれを読み、彼女がぼくの発音を矯正しながら、ぼくの知らない言葉の意味を教えてくれた。

大量の文章を読んだおかげで、文法への直感的理解が深まった。そしてぼくは、単語の多くが文章中の位置によって、その長さが変わることに気づいた。たとえば、**bók**（本）という言葉は、文頭に来るとたいてい長くなるし（**bókin**）、文末に来るともっと長くなる（**bókina**）。また、テーブルという意味の **borð** は、文頭では **borðið** になるし、文末では **borðinu** と長くなる。文章中の単語の位置によって文法の意味もわかってくるのでとても助かった。

この挑戦でいちばん辛かったのは、時間的余裕がなかったことだ。そのために撮影で移動する車の中でも教材を広げて勉強しなければならなかったが、シリーが車に酔いやすいことで状況はさらに悪くなった。とはいえ、いろいろな場所を観光できたのはありがたかった。アイスランドには息をのむほど美しい景色があり、その雰囲気を吸収できたのはよかった。ホテルの部屋や教室にいたのでは絶対に体験できないことだった。

グルフォス（「金色の滝」という意味）で一日を過ごしたことがあった。白河に位置し、幅が三十二メートルにまで及ぶ巨大な白い滝が、深さ七十メートル幅二・五キロメートルの渓谷まで落ちていた。細かな霧がひっきりなしに湿り気を帯びた大気へ巻き上がっていき、それが89という数字を思い浮かべたときの風景とよく似ていた。こうした感覚はべつに珍しいことではない。雨を避けて、近くにある風の吹き寄せる暗い小さな洞窟に入ったときには、数字の6の暗い穴のなかによじ登っていくような気持ちになった。遠くの山並みの線ですら、ぼくには数字の羅列に見える。アイスランドにいていちばんくつろげたのはそのときだった。

ホイカダールル渓谷にある温泉地帯まで行ったときには、アイスランドの有名な、湯の噴出する間欠泉を間近で見ることができた。「間欠泉《ガイザー》」という言葉は、アイスランド語のgjósa《ギョウサ》（ほとばしる）という言葉に由来する。間欠泉はきわめてまれな自然現象で、世界中でも千ヵ所にしかない。間欠泉がなぜ起こるかといえば、まず、地表水が地面の亀裂から次第ににじみ出してきて洞窟内に溜まる。その水がまわりの二百度近い火山岩で熱せられて蒸気となり、それが沸き上がって地表に出てくる。その結果、間欠泉の湯は冷やされて沸点以下に戻り、噴出はおさまる。熱せられた地表水はまた冷やされて洞窟内のため池に戻り、再び同じ現象を起こす。

間欠泉の噴出には目を奪われた。まず初めにターコイズブルーの水が沸騰しはじめ、それから大きな泡が生じ、一挙に膨らんで蒸気を噴き上げる。噴出は突然、しかも圧倒的な威力によって始まり、十メートル以上もある煌《きら》めく太い水柱をつくり上げるのだ。間欠泉の周囲には、腐った卵のような硫黄《いおう》のにおいが立ちこめているが、幸いにもすぐに風が運び去ってくれる。

撮影しながら長時間移動し続けるのは辛いことだったので、食事の休憩時間が待ち遠しかった。スタッフはハンバーガーとフライド・ポテトを食べたが、ぼくはアイスランドの伝統料理を試食した。そしてできるだけたくさんシリーとアイスランド語で会話をしながら、いつも持ち歩いていた大きな黒いノートに注意点を書き留めた。

アイスランド語でのインタビュー

とうとうこの挑戦のクライマックスがやって来た。人気のテレビ番組「スポットライト」に生出演してアイスランド語でインタビューを受けるのだ。インタビューを受ける前、神経はたかぶっていたが自信はあった。ただ、インタビュアーがどんな質問をしてくるのかまったく予想できなかった。十五分間ほど、ぼくは大勢の観衆の前で、ふたりの司会者とすべてアイスランド語で話をした。カメラの前で、たった一週間前にはまったく知らなかった言語で話をするというのは不思議な体験だった。

もっと不思議に感じたのは、ぼくがその言語を完璧に理解していることだった。滞在中に、アイスランドの人たちが話すのを見たり聞いたりするうちに、彼らにとってアイスランド語での会話は、楽々と呼吸するのと同じでとても自然にできるものに思えた。ところがぼくの話しかたは、もたもたしていてぎこちないものだった。それでぼくはインタビュアーに「アイスランド語の喘息《ぜんそく》にかかっている」というふうに説明した。

この後さらに、レイキャヴィクの地元のメディアから取材を受けたり、有名な朝の番組に出演したりもした。もちろん、すべてアイスランド語でおこなわれた。その番組ではシリーもいっしょに出演し、ぼくがこの滞在中いかに必死に学習してアイスランド語を上達させたかを説明して讃《たた》えてくれた。シリーは別のドキュメンタリー番組でも英語でインタビューに答え、ぼくのような生徒にはこれまで会ったことがない、ぼくは「人間ではない」と言った。ぼくは彼女にとても感謝した。彼女の協力と励ましがなければこの挑戦は成功しなかっただろう。

ドキュメンタリー番組の撮影も終わりに近づき、レイキャヴィクから戻るとき、自分の半生を振り返る機会があった。数年前までは、このような自立した生活ができるようになるとは思ってもいなかった。飛行機に乗ってアメリカのような大きな国に行き、いろいろな人々と会い、さまざまな場所を訪れ、自信を持って自分の考えや経験をほかの人たちと分かち合うことなど、ありえないことだった。アイスランドへの旅も、楽しくて心躍るものになり、ぼくは温かく迎えてくれたアイスランドの人たちに心から感謝した。

そして、とても不思議に思った。ぼくの能力は以前とまったく変わっていないのに、子どものころや思春期にはその能力のせいで同級生たちから疎《うと》まれ、孤立を深めたが、大人になってからはその能力のおかげで人とのつながりや新しい友人ができたのだ。ぼくにとっては驚異的な数ヵ月だったが、それはまだ終わらなかった。

NYで人気トーク番組に

翌年の春のある日、アメリカの有名なテレビ番組「レイトショー・ウィズ・デイヴィッド・レターマン」に出演してほしいという依頼の電話がかかってきた。交渉はディスカヴァリー・サイエンス・チャンネルを通しておこなわれた。ディスカヴァリー・サイエンス・チャンネルはアメリカで「ブレインマン」を数週間前に放送したテレビ局だった。「ブレインマン」は好評を博し、「ニューヨークタイムズ」に長い番組評も掲載された。ぼくはレターマンのこの人気長寿番組を見たことはなかったが、話にはよく聞いていた。

サイエンス・チャンネルの制作チームがニューヨークまでのぼくの旅費を持つことが決まっていて、予定表もつくられていた。ただひとつの問題は、インタビューを受ける日の前日の午後にイギリスを出発しなければならないということだった。

ありがたいことに、在宅で仕事をしているニールが荷造りを手伝ってくれ、車で空港まで送ってくれることになった。インターネットで必要な予約はすませていたので、ぼくは準備をして行くだけでよかった。突然になにかが持ち上がるというのはいいことだ。あまりに急だと不安に陥る暇もなく、顔を洗ったり服を着たり荷物を入れたりと、いつもの日課にだけ神経を集中していればよかった。空港に向かう途中、ニールがぼくの気持ちを落ち着かせようとして、楽しんでくるんだよ、いつもの自分でいるようにね、と言った。

飛行機の座席は大きくて座り心地がよく、到着するまでずっと寝ていられたのでとても助かった。ケネディ国際空港に到着し、ほかの乗客とともに長い通路を通り抜けてようやくセキュリティ・チェックと税関のところに行った。順番が来たのでブースの前に行き、パスポートを見せた。ガラスの向こう側にいる男性が、アメリカには何日滞在する予定かと訊いたので、「二日です」と答えた。するとその男性はびっくりして「たったの二日?」と訊き返し、ぼくはうなずいた。

男性はしばらくじっとぼくを見つめてからパスポートを返してよこし、手を振ってぼくを通した。荷物を受け取って到着ロビーに行くと、ぼくの名前を書いた紙を持っている人がいた。ケネディ空港に着いたら運転手が待っていると聞いていたので、その人のところに行き、車まで案内してもらった。車体の長い、ぴかぴか光る黒い車だった。マンハッタンのセントラル・パーク・サウスにあるホテルまで乗せてもらい、そこで降りた。

ぼくは少し前まではひとりでホテルに入っていくのが怖かった。たくさんある部屋のなかから自分の部屋を探してうろうろし、結局探せずに迷子になるのが怖かったのだ。しかし、今回はホテルに慣れていたのでなんの問題もなかった。鍵を受け取って階段を上り、自分の部屋に入ってベッドに倒れ伏した。

翌日、サイエンス・チャンネルのチームの代理人ベスに会った。彼女の仕事は、ぼくに番組にふさわしい格好(たとえば、ワイシャツは白や縞模様ではなく色のついたものがいい、といったこと)をさせ、収録の前にできるだけぼくの気持ちを落ち着かせ、話しやすい精神状態にさせることだった。

ぼくたちは人であふれている長い通りを歩いてエド・サリヴァン劇場に行った。ブロードウェイ一六九七番地にあるこの劇場はラジオとテレビのスタジオで、レターマンのレイト・ショーは十二年前からここで収録されている。セキュリティ・パスを受け取ってから番組制作会社のスタッフと挨拶《あいさつ》をし、その日の時間表を見せられた。

ぼくは実際のセットの様子を見せてもらいたいと言った。あらかじめ知っておけば、その午後に収録するときにセットに登場する際、まごつかずにすむ。楽屋からセットまでは歩いてすぐだった。そしてデイヴィッドと握手をしてから腰を下ろす椅子まではほんの一歩の距離だった。椅子は大きくてふかふかだったが、スタジオのなかはとても寒かった。スタジオ内の温度を摂氏十四度きっかりに設定するようデイヴィッドから指示されているということだった。本番の収録のときに震えないといいが、とぼくは思った。

昼食をとりにホテルに戻り、午後四時三十分に収録が始まるので再びスタジオに行った。狭い控え室に案内され、壁にあるテレビでショーのオープニングの様子を見た。それからメイクアップ・ルームに連れていかれた。ぼくの肌に当たるブラシの毛が柔らかく滑《なめ》らかに感じられ、驚くほど落ち着いた気持ちになった。それから、セットのそばまで案内され、コマーシャル休憩に入るまでそこで待機した。

デイヴィッドが観衆にぼくの名前を告げたので、ぼくはフロア・マネージャーの合図を見て歩き出した。その日の午前中に練習したように、顔をまっすぐに上げて進み出ると、デイヴィッドと握手し、椅子に腰を下ろした。インタビューのあいだずっと、相手の目を見るようにするんだ、と自分に言い聞かせた。

観衆はかなり遠くにいて、しかも照明の陰になっていたので、姿が見えずに声だけが聞こえた。おかげでぼくは、デイヴィッドだけに話しかけている気になれたのでとてもよかった。デイヴィッドは真面目な口調で、自閉症のことやぼくが子どものころに体験したてんかんについて尋ねた。そして実に人当たりがいいとぼくをほめると、観衆は同意するように喝采した。

そのあたりからまったく不安を感じなくなった。ぼくがπ《パイ》の新記録を樹立したことを話しはじめると、デイヴィッドは途中で遮《さえぎ》って、私もパイは大好きですよ、と言って観衆の笑いを誘った。彼はさらに、私が生まれた日が何曜日かわかりますか、と言って生年月日を告げた。一九四七年四月十二日だった。ぼくは、あなたは土曜日に生まれました、そして二〇一二年の六十五歳の誕生日は木曜日です、と言った。観衆は盛大な拍手をした。

インタビューの終わりにデイヴィッドと力強い握手をした。ぼくが戻ってくると、楽屋にいた全員が歓声をあげ、ベスはおめでとうと言って喜び、テレビの画面のなかでぼくがいかに落ち着いて穏やかに見えたか話した。この経験のおかげで、自分が世の中でうまくやっていけることが改めてわかった。

短い時間で旅行の支度をし、ひとりでホテルに泊まり、人でごった返した通りを異様な光景や音やにおいにひるむことなく進んでいくという、たいていの人なら普通にできることがぼくにもやれるということがわかったのだ。これまでの努力は無駄ではなかった。それどころか、その努力があったからこそ無謀すぎる夢だと思っていたことまでも手に入れることができたのだ。そう思って、ぼくは高揚した気分を味わった。

家族の支えがあったから

ドキュメンタリー番組「ブレインマン」は、イギリスでは二〇〇五年の五月に最初に放送され、記録に残る高視聴率をあげた。それ以降も、スイスから韓国にいたるまで四十ヵ国以上で放送された［日本でも同年放送］。番組を見て心動かされた人たちから、その後も絶えることなく手紙や電子メールが送られてくる。ぼくの生きかたが多くの人たちの心をとらえたことを思うと、とてもうれしくなる。ぼくの家族の反応もとてもいいものだった。父は、ぼくが成し遂げたことをとても誇りに思うと言った。

父はそれまでもときどき転ぶことがあったが、ある日転んだきり動けなくなってしまったので、家の近くにある設備の整った施設で二十四時間の介護を受けている。ぼくとニールはロンドンまで車で行っては、定期的に父を見舞っている。年をとってから、父の精神はずっと安定していて、地元の支援グループの出している月報に自分の体験を寄稿している。

ぼくは思春期に入るまで、両親や弟や妹に強い感情的な絆を感じたことはめったになかったし、家族がいなくても寂しく思うことはなかった。そのころは家族がぼくの世界の一部ではなかったからだと思う。ところが、いまはまったく違う。家族がいかにぼくを愛し、ぼくのためにこれまでいかにたくさんのことをしてくれたかよくわかっている。成長するにつれて、家族との関係はどんどんよくなってきた。人を愛するようになって、ニールに対してだけではなく、家族や友人たちに対しても素直に気持ちを表せるようになったのだと思う。

母ともとてもいい関係を築いている。電話で定期的に話をしているが、ぼくは母とのやりとりを楽しんでいる。母は相変わらずぼくの人生でなくてはならない支えになっていて、これまでのように絶えずぼくを励まし、安心させてくれる。

弟や妹は、いまやほとんどが成人している。子どものころは弟たちとあまり関わりを持たなかったが、成長するにつれて親しくなり、弟たちのことがよくわかるようになった。すぐ下の弟のリーは鉄道監視員で、一種のコンピュータ中毒だ。母は、リーが仕事をしていないときはずっとコンピュータの前にいると愚痴をこぼしている。

妹のクレアはヨーク州の大学の四年生で文学と哲学を専攻している。ぼくと同様に言語と表現に高い関心を寄せていて、卒業後には教師になりたいと思っている。

二番目の弟のスティーヴンは、アスペルガー症候群のために、いまも家族の手助けが必要だ。うつ病の治療を受けている。これは自閉症スペクトラムの人にはありがちなことだ。ぼくと同じく、スティーヴンも物事を深く考えているときには円を描くように歩く。スティーヴンがいつも歩いている家の庭には、踏み固められた円型の道ができている。彼は感性の豊かな音楽家で、弦楽器がとりわけ好きだ。独学でギターとギリシア・リュートを学んだ。好きなバンド、レッド・ホット・チリ・ペッパーズのことに関しては知らないことがない。

両親はときどきスティーヴンの服装の趣味について不満を述べる。というのも、彼はとても鮮やかな色を身につけ（オレンジ色の靴など）、週ごとに髪型を変えるからだ。ぼくは心配する必要はないと思っている。スティーヴンは自分が何者であるかを手探りしている最中で、まわりの世界とどうすればうまくつきあえるかいろいろ試しているところなのだ。ぼくは自分の経験に照らしあわせてそういったことには時間がかかるものだと思っている。

それからスティーヴンは、地元のチャリティ・ショップでボランティアをしている。彼がいま夢中になっているのは、トライオプスという世界でいちばん古い生物と言われる小さな甲殻類だ。とても優しい、思いやりのある性格で、ぼくは彼を自慢に思っているし、彼の将来をとても期待している。

スティーヴンよりひとつ年下の弟のポールは、庭師として働いている。植物について膨大な知識を持ち、庭のどの場所にどんな植物を植えればいいか、どんな種類の土が必要か、どれくらいの日照時間が必要かといったことを実によく知っている。庭のことでなにか相談したいときには、ポールに訊けば間違いはない。

双子の妹たちもすっかり大きくなった。十分先に生まれたマリアは、つい最近オールAで中等教育卒業資格試験に合格した。クレアのようにマリアも根っからの本の虫で、一日の大半は読書をしている。双子の下のナターシャは、マシューという男の子を産んだばかりだ。ぼくは初めて伯父さんになった。家のキッチンの食器棚にマシューの写真を飾っている。甥の写真を見ると、生きることと愛することは奇跡だといつも思う。

そして最後は下のふたりの妹だ。アンナ・メアリーとシェリーは、騒々しいティーンエイジャーだ。シェリーはぼくの読書好きを受け継いでいて、ジェイン・オースティンとブロンテ姉妹の作品が特にお気に入りだ。

家族に会いに行くのはいつもとても楽しい。かつてないほど家族のひとりひとりに親しみを感じている。家族のみんながこれまでも、そしていまも変わらずぼくに愛情を注いでくれていることに、心から感謝している。家族みんなの支えがあったからこそ、いまのぼくの成功がある。みんなに会うたびに、書物やいろいろな事柄（ときには、レッド・ホット・チリ・ペッパーズのこと）について話し合い、体験したことや計画していることや将来の夢のことを聞くのが楽しみになっている。この家族の一員であることをぼくは心から誇りに思っている。

家での生活

ぼくはいま、ほとんど家で過ごしている。家がいちばん心が安らぎ、平和で居心地のよい場所だからだ。ここには秩序と日課がある。ぼくは朝起きると歯を磨き、シャワーを浴びる。一本一本の歯を丁寧に磨いてから水で口をよくすすぐ。からだを洗うときには、肌を清潔に滑らかに保つために天然油（ティー・ツリーとホホバ油）を使う。石鹸《せっけん》を使うと皮脂を取りすぎてしまって肌がちくちくするのだ。朝食にはいつも決まって粥《ポリッジ》を食べる。舌の上に触れるカラス麦の質感が気に入っている。そしてスキム・ミルクを入れた温かい紅茶を飲む。これはぼくの大好物で、一日中飲んでいる。

ぼくは手を動かすと緊張が解けるので、定期的に料理をつくっている。レシピは数学の方程式に似ていると思う。できあがったもの（ケーキやキャセロール）はそれぞれの式の合計だ。レシピに使う材料には関係性がある。ある材料を半分（もしくは倍）にすると、ほかの材料も半分（もしく

は倍）にしなければならない。たとえば、六人分のスポンジ・ケーキをつくるときの基本的なレシピは、

卵　6個
ベーキングパウダー入りの小麦粉　340グラム
バター　340グラム
グラニュー糖　340グラム

となる。これを式にすると、

卵6個＋ベーキングパウダー入り小麦粉340グラム＋バター340グラム＋グラニュー糖340グラム＝ケーキ（6人分）

となる。

三人分のケーキをつくるときは数字を変える。つまりつくるケーキが半分になるので、材料の数字も半分になる（卵3個＋ベーキングパウダー入りの小麦粉170グラム……）。

ぼくは、本を読んで覚えたり、家族や友人から教えてもらったりした簡単なレシピで料理をつくる。昼食のサンドイッチに使うパンは自分で焼くし、ピーナッツバターも自分でつくる。軽食用の

オートミールやヨーグルトもときどきつくる。庭の木になったリンゴを使って低脂肪のペストリーをつくったり、パイを焼いたりもする。ニールはそのリンゴで新鮮なジュースをつくる。ニールはいつも料理の手伝いをしてくれる。ぼくにとって、いっしょに料理をすることは、人と力を合わせたり、意思の疎通を図ったりするためのいい訓練になっている。

うちの庭には広い菜園があり、そこでタマネギ、豆、ジャガイモ、トマト、キャベツ、レタス、それにミント、ローズマリー、セージといったハーブなどを栽培している。庭は静かで新鮮な空気に満ち、暖かな陽《ひ》の光が降り注いでいるので、庭仕事をするのは気持ちがいい。それに鳥のさえずりを聞いたり、木や植物のまわりを虫が慎重に這《は》っていくのを眺めたりするのも好きだ。庭仕事はからだのいい運動にもなり、リラックスできる。それに庭仕事は忍耐力や愛情がなければできないし、まわりの世界とつながっているというすばらしい感覚も味わえる。

自給自足に近い生活をしていると穏やかで満ち足りた気持ちになれる。庭でとれた新鮮なトマトからつくるスープは店で買ったどんなスープよりおいしい。

友人たちへ送るカードも自分たちでつくる。友人たちは、ぼくが普通のボール紙に鉛筆とクレヨンで描いて送る誕生祝いのカードをとても気に入ってくれている。

わが家では食費はたいしてかからない。あらかじめ何週間分もの献立をつくり、予算を立ててから買い物に行くからだ。イギリスの消費者のために栽培された食料の約三分の一が破棄されているのは、必要以上にものを買う人が多いからなのだ。

ぼくたちもほかの多くの人と同じように、以前は地元のスーパーマーケットで毎週買い物をしていた。しかし、そこはあまりにも広く、人でごった返していて、刺激の強いものがたくさんあり、ぼくはそこに行くたびに気分がふさぎ、不安に駆られ、人と接するのが苦痛でしかたがなかった。それに暖房の効きすぎるスーパーマーケットはぼくには厄介な場所だ。からだが温まると皮膚がかゆくなり、不安に駆られてしまうのだ。おまけに、ちらちらする蛍光灯の明かりで目がひりひりする。それで地元の小さな商店で買い物をするようになった。そこに行くほうが居心地がいいし、値段も安い場合が多く、地域の経営者を支援することにもつながる。

ぼくは車の運転ができないので、買い物に行くときはニールがいつも運転する。運転免許は、過去に二回ほど、講習をたくさん受けて実技試験に挑んだがだめだった。自閉症スペクトラムの人たちが車の運転を習得するには、普通の人よりはるかに多くの講習と実技と集中力が必要になる。なぜなら、車を運転するのに不可欠な空間把握能力に欠ける傾向にあるからだ。それに、ぼくたちはほかの車の運転手がどんな行動をするか予測できないし、すべての運転手が規則に従って運転するわけではないということを理解できない。ニールが車の運転を少しも面倒に思わないのはありがたいことだ。

ぼくには将来の展望がある。そのひとつは、全国自閉症協会やてんかん協会といった、ぼくにとってとても大事な慈善団体に引き続き関わっていくことだ。大勢の観衆を前に寄付金集めのために話をしているとき、観衆のなかにニールの姿を見ると、彼に話しているつもりになってとても落ち着く。

また、これからも科学者や研究者と協力して、自分の脳がどんな働きをしているか調べていきたい。ぼくがπの新記録を達成し、「ブレインマン」が放送されてからというもの、世界中の研究者から調査の依頼が殺到した。二〇〇四年に、世界でもっとも有名なサヴァン症候群の研究者ダロルド・A・トレッファート博士とアメリカのウィスコンシン州で会った。ぼくがサヴァン症候群の診断基準と合致すると言われたのは、この会合でのことだ。それ以来、ぼくはさまざまな研究プロジェクトに貢献している。最近の研究を二例ほど挙げておこう。

二〇〇四年、ケンブリッジの医療審議会と脳科学ユニットのダニエル・ボー教授は、ぼくのデジット・スパン(連続した数字を見てそれを正確に思い出す能力)を分析した。コンピュータ画面の前に座って、画面に〇・五秒ごとに表示される数列を見るのだ。ひとつの数列が消えるたびに、コンピュータにその数列を入力するように言われる。ぼくのデジット・スパンは十二字で、普通の人の倍だった。ぼくの共感覚に色がどう作用するかを調べるための検査では、不規則に色づけされた数字が表示されるのだが、そうなるとぼくのデジット・スパンは十もしくは十一に下がる。ボール教授が言うには、デジット・スパンが九以上ある人を検査したことはこれまでになかった、ということで、ぼくの成績はきわめてまれだそうだ。

二〇〇五年の夏、ロンドン大学ユニバーサル・カレッジの言語学教授ニール・スミスは、ぼくが特定の文章構造をどう処理しているかを調べる実験をおこなった。選ばれた文章は、言語学者たちが「メタ言語的否定」(否定は、文章中の言葉だけではなく、表現のしかたによって成り立つという説)と呼んでいる文章ばかりだった。

たとえば、「ジョンは背が高いなんてものではない、彼は巨人だ」という文章を、たいていの人は完璧に理解する。これは、ジョンは「背が高い」などという言い方では表現できないぐらい大きいという意味だが、ぼくは丁寧に説明されないと、この表現が理解できなかった。実験では、ぼくはこうした文章を見ると矛盾を感じ、うまく分析できなくなる、という結果が出た。これは、表現された言葉どおりに考え理解する自閉症スペクトラムの人にはよくあることだ。

ぼくの能力がさまざまな学習方法に応用されれば、やがてはほかの人たちの役に立つようになるのではないかとぼくは期待している。視覚学習教材は自閉症スペクトラムの人たちにはとても有益なものだが、同じように「神経学的機能が正常な」人にも有益なものになるかもしれない。たとえば、名詞、動詞、形容詞などの言葉を色で区別すれば、効果的に簡単に文法を学べるようになるはずだ。

ぼくのウェブサイトの語学講座では、新しい語彙は大きさの違う文字で記されていて、ひとつひとつの言葉が独特の姿になっている。その文字の使われる頻度に応じて、あまり使われない文字（たとえばq、w、x、z）は小さな活字で、ふつうに使われる文字（b、c、hなど）は普通の大きさの活字で印刷されている。そのためドイツ語の **zerquetschen**（押しつぶす）は zerquetschen、フランス語の **vieux**（古い）は vieux、スペイン語の **conozco**（知っている）は conozco というふうになる。

私生活におけるぼくの夢はとても地味なものだ。ニールとの関係をなによりも大切にし、意思を伝える技術を磨き、過ちから学び、のんびり暮らすことだ。それから、ぼくの家族や友人ともっと親しくしていきたい。そしてこの本を読んだ彼らが、ぼくのことをもっと理解してくれたらと願っている。

人生のなかの完璧な瞬間

ティーンエイジャーのころ、自室の床に寝ころんで天井をじっと見つめていたときのことを、いまでも鮮明に覚えている。頭のなかで宇宙を思い描き、「あらゆるもの」とはなにかを完璧に理解しようとしていた。想像のなかで、ぼくがこの世界の果てまで旅し、そこから見渡してみたら、いったいなにが見えるだろう、と考えた。たちまち具合が悪くなり、心臓が激しく鼓動するのを感じた。生まれて初めて、思考や論理には限界があり、人はそこから逃れられないことがわかったからだ。それがわかってぼくは衝撃を受け、その事実と折り合いをつけるのに長い時間がかかった。

大勢の人が、ぼくがキリスト教徒だと知って驚く。自閉症の人には神を信じたり精神的な問題を深めたりすることはできない、と思っているからだ。確かに、ぼくはアスペルガー症候群のために他人に共感を抱いたり抽象的な思考をしたりするのは得意ではないが、それが生や死や愛や絆といった深い問題を考える妨げになっているわけではない。実際、多くの自閉症の人が宗教的な信念や精神は意義のあるものだということを理解している。たとえば、宗教では儀式や慣例を重んじるが、そうしたものは、一貫性と安定性を求める自閉症スペクトラム障害の人の役に立っている。

自閉症の作家で動物学の教授であるテンプル・グランディンは、自伝『自閉症の才能開発』のなかで、神を宇宙の秩序の力としてとらえている。この宗教的信念は彼女が食肉解体処理産業で働いていたときに芽生《めば》えた。そのとき彼女が感じたものは、死に対する神聖ななにかだったにちがいない。

自閉症の人の多くがそうであるように、ぼくの宗教的活動も、社会的あるいは感情的なものに根ざしているというより、頭で理解しているものなのだ。中学時代には宗教教育に関心がなく、神の存在や、宗教が人の生きかたに必要だとは考えていなかった。それは神というものが、見たり聞いたり感じたりできないものだったからであり、宗教的議論の場にいても意味がまったくつかめなかった。

しかしG・K・チェスタトンの作品に出あって転機が訪れた。チェスタトンは、二十世紀初頭にキリスト教徒として信仰について広範囲にわたって書いたイギリス作家でありジャーナリストだ。チェスタトンは卓越した人物だった。学生時代の教師は、彼を「夢想家」と呼び、「ほかの生徒とは知的レベルがまったく違っている」と書いている。チェスタトンは十代のときに友人と討論部を立ち上げ、ときには何時間もひとつの思想をめぐって論じたという。彼と弟のセシルは十八時間十三分にわたって議論を繰りひろげた。ディケンズやほかの作家の全作品をすべて暗唱し、出版社から依頼されて読んで評価した一万冊の小説のあらすじをすべて覚えていた。

彼の秘書によれば、チェスタトンはエッセイを口述筆記させながら、まったく別のテーマのエッセイを万年筆で書いていたという。あまりにも自分の考えに夢中になりすぎてよく道に迷い、家に連れ戻してくれと妻に電報を打つこともあったそうだ。身のまわりの事柄に魅せられてもいた。妻への手紙にこう書いている。「私ほど物に、物の存在自体に大きな歓びを見いだしている者はいないと思う。不意に水をかけられたりすると、その冷たさに興奮し、有頂天になってしまう。火の獰《どう》猛《もう》さ、はがねの堅さ、言いようのない泥の濁り」。チェスタトン自身が自閉症スペクトラムの高機能障害であった可能性はある。彼の書いたものを読むと、ぼくは彼とよく似ている、といつも思う。

ぼくはチェスタトンを十代に読んだのがきっかけで、キリスト教と神を理解できるようになった。父なる神と子と聖霊は同一であるとする三位《さんみ》一体《いったい》の教義は、ぼくが思い描き理解できるものだった。また、神が人間の姿で現れるという発想、つまりイエス・キリストのような実在する人間としてこの世に姿を現すという発想にも魅せられていた。

そうはいっても地元の教会で週に一度開かれている、キリスト教の基本原理を教える講義に参加しようと思ったのは、二十三歳になってからだった。ぼくは毎週その会合に出席し、次々に質問しては参加している仲間たちを困らせた。救いを求めて祈ったりほかの人たちの体験談を聞いたりすることには関心がなかった。ぼくはただ、自分の疑問への答えを求めていたのだ。幸いにも、チェスタトンの本には、ぼくの疑問への答えがすべて書かれていた。それでぼくは、二〇〇二年のクリスマスにキリスト教徒になった。

自閉症のために、ぼくは、ある状況におかれたほかの人がどのように考え、どのように感じるのか理解できないときがある。そのためぼくの道徳観の基礎になっているのは、「他人の身になって考える」やりかたではなく、ぼくにとって道理にかなっている論理的な考えかただ。ぼくが思いやりと敬意を持って人に接するのは、そのひとりひとりがかけがえのない存在であり、人が神の姿に似せてつくられていることを信じているからだ。

ぼくは教会にはあまり頻繁に行かないが、それは大勢の人に囲まれているのが苦痛だからだ。しかし、たまに教会のなかに入ると、非常に興味深い、感動的な体験を味わう。建物の造りは複雑で美しく、天井を見上げると広々とした空間が広がっているのがいい。子どものころ、賛美歌を聴くのが好きだった。音楽を聴くと、一体感と超越感といった宗教的とも言える感覚を味わう。いちばん好きな賛美歌は「アヴェ・マリア」だ。この歌を聴くたびに、音楽の流れのなかに完全に包まれる感じがする。

ダビデとゴリアテのような聖書の逸話も気に入っている。象徴的で絵画的な言葉で書かれているために視覚化でき、作品を理解する助けになる。聖書には感動するほど美しい文章がたくさんあるが、とりわけ好きなのは「コリント人への手紙」のなかの次の言葉だ。

愛は寛容にして慈悲あり。愛は妬まず、愛は誇らず、驕《たかぶ》らず、非礼を行はず、己の利を求めず、憤《いきど》ほらず、人の悪を念《おも》はず、不義を喜ばずして、真理の喜ぶところを喜び、凡《おほよ》そ事忍び、おほよそ事信じ、おほよそ事望み、おほよそ事耐ふるなり。愛は長久《いつ》までも絶ゆることなし。げに信仰と希望《のぞみ》と愛と此の三つの者は限りなく存《のこ》らん、而《しか》して其《そ》のうち最も大《おほ》いなるは愛なり。

（日本聖書協会訳による）

だれもがときおり完璧なる瞬間を味わうものだ、と言われている。エッフェル塔の上から見晴らすような、夜空に流れ星を見るような、完璧な安らぎと絆を感じる瞬間がある、と。ぼくがそのような瞬間を味わうことはそれほど多くないが、ニールはそれでいいのだと言う。めったにないことだからこそ、それが特別な意味を持つのだから、と。

去年の夏、家にいたときにそうした瞬間を味わった（家にいるときにたいてい起こるのだ）。ぼくがつくった料理をニールといっしょに食べ終え、ふたりで居間のソファに満ち足りた気持ちで座っていた。そのとき突然、一種の忘我の境地を体験した。その一瞬の輝きに満ちたあいだ、ぼくの不安もぎこちなさもすべてが消滅したように思えた。ぼくがニールを見て、同じ感覚を抱いたかと訊くと、彼は抱いたと答えた。

こうした瞬間は、人生のさまざまなところに破片や断片のように散らばっている。そうした断片を集めてつなぎ合わせることができれば、その人は、完璧な一時間、あるいは一日を過ごせるだろう。そしてぼくはこう思う。その時間のなかで人は、人間であるとはどういうことなのかという謎のすぐそばにいるのではないか。天国をかいまみるとはそういうことなのかもしれない。

訳者あとがき

本書の著者ダニエル・タメットは、アスペルガー症候群とサヴァン症候群で、しかも数字の羅列《られつ》が美しい風景に見えるという不思議な共感覚を持っています。さらに、π《パイ》の小数点以下二二〇〇〇桁以上を暗記して、ギネスブックにも載った驚異の記憶力の持ち主でもあり、言語感覚にも秀《ひい》で、十ヵ国語を自在に操ります。

二〇〇五年には、イギリスのドキュメンタリー番組とアメリカの有名なトークショーに出演しました。前者のドキュメンタリー「ブレインマン」は日本でもその年にＮＨＫ教育テレビで放送され、彼の優しく穏《おだ》やかな人柄もあって一躍脚光を浴びました。

本書は、そんな彼が自分の誕生から現在までを、その記憶力を生かしてきわめて克明に綴《つづ》った回想録です。去年イギリスで出版されるや、多くの人々に感銘を与え、今年一月にアメリカで出版されるとすぐに「ニューヨークタイムズ」のベストセラーリストの二位（ノンフィクション部門）になり、アマゾンＵＳＡでは一位になりました。自閉症やアスペルガー症候群の子どもをもつ世界中の母親たちから、子育ての大きな励みになったという感想が彼のサイトに寄せられています。

こうして書くと、ひとりの天才の類《たぐ》いまれな生きかたを綴《つづ》ったものだと思われるかもしれませんが、実際はそうではありません。本書を読めば、彼が九人兄弟のいちばん上として生まれ、幼い頃にてんかんをわずらい、孤独と苦痛の中でどのように世界を見ていたかがわかります。その世界は不思議な色合いに満ちています。

本書のもっとも優れた点は、これまであまり表現されなかったアスペルガー症候群の人たちの内面や、共感覚において視覚化がどのようになされるのかを克明に書いていること、さらに、自らの生い立ちと考えを、虚飾を一切排して率直に追っていることです。

タメット君は少年期に「人とは違う」ために同級生にいじめられ、辛い思いをしながらも友だちを求め、次第に外の世界へと関心を広げ、たったひとりで海外に出ていきました。世界中の多くの人々に感動と共感を与えたのは、自分を知り積極的に生きる道を選んだ彼の勇気とひたむきさだったのだと思います。映画『レインマン』のモデルとなったキム・ピークに会う場面では思わず胸が熱くなりました。

翻訳するうえでは、タメット君の独特の表現を日本語に生かすことに苦心しました。視覚をともなう共感覚を言葉として表すことも難しいことでした。タメット君は、時系列にそって自分の半生を淡々と振り返り、あえて強調したくなるような出来事や心情も、普段と変わらない口調で平明に書き綴っています。要するに、「たくらみ」のまったくない、とても素直な文章で、彼の人柄がそのまま表れています。その一歩一歩踏みしめて歩いているような文体の良さを伝えることができていればうれしいのですが。
最後になりますが、精神科医の山登敬之氏には本書の表記について丁寧にチェックしていただき、専門家の立場からアスペルガー症候群とサヴァン症候群についても解説を書いていただきました。また、講談社の堀沢加奈氏には、翻訳をするうえで多くの助言をいただきました。おふたりにこの場を借りてお礼を申し上げます。ありがとうございました。

二〇〇七年五月五日

古屋美登里

解説　サヴァン症候群とアスペルガー症候群

山登　敬之（精神科医）

この本の読者は、まず天才の頭の構造に驚き、つぎにマイナーな障害を抱えて生きる人々の苦悩に思いをはせることだろう。まあ、この順番は逆でもいい。そして本書を読み終わったときには、サヴァン症候群とアスペルガー症候群というふたつの複雑な脳の障害について、理解を深めているはずだ。

これらは、どちらも脳の発達障害とされているが、その意味するところは、生まれつき脳の発達のしかたが世間の大多数の人々と異なるということである。どれくらい異なるかは個人によって違う。ずばぬけた才能に恵まれる方向に違うこともあれば、それとはべつに、社会生活が難しくなる方向に違うこともある。

サヴァン症候群の人は、記憶、計算、芸術などの領域において超人的な才能を発揮する。本書にみるとおり、著者のダニエル・タメットは、誰もが認める計算と語学の天才だが、これをただ「天才」と呼ばずに障害の一種とするのは、彼がアスペルガー症候群という発達障害をあわせ持っているからだ。

ダロルド・A・トレッファートらによれば、サヴァン症候群は、自閉症者の十人に一人、脳損傷患者あるいは知的障害者の二千人に一人の割合でみられるという。また、サヴァン症候群のうち半数は自閉症者で、残りの半数にも他の発達障害があるともいう。つまり、サヴァン症候群とは、非凡な才能と脳の発達障害をあわせ持つ人々のことをいうのである。

一方、アスペルガー症候群は、自閉症のごく近縁にある障害である。タメットは、自身と同じ障害を持つ仲間のことを、これらふたつの障害名や「自閉症スペクトラム」あるいは「自閉症スペクトラム障害」という名称で呼んでいる。これらの言葉の意味もわかりにくいと思うが、それについては少しあとに述べる。

サヴァン症候群の人たちが得意とすることの多い音楽、美術、数学などは、右脳のはたらきがものをいう領域である。いっぽう、かれらの多くは左脳に障害を持つ。この障害を補うべく脳が発達した結果、右脳の眠れる力が目を覚《さ》ますのだという仮説が、いまのところ有力らしい。

本書でも、著者が四歳のときに発症した側頭葉てんかんについて記述した箇所に、同様の解説がなされている。著者自身も本当のところはわからないと書いているが、彼の天才的能力が、てんかんによってもたらされたものなのか、それとも、どちらもアスペルガー症候群の症状なのか、医学的にもはっきりしたことはいえない。

このように、タメットの計算や言語習得における卓越した能力は、脳の障害と密接な関係がある。そして、彼の持つもうひとつの不思議な力、「共感覚」も同様である。

第一章の冒頭でタメット自身が説明してくれているが、共感覚とは、ひとつの刺激によって複数の感覚が連動して生じる現象のことをいう。

このような現象はなぜ起こるのか。タメットも会ったことのある、カリフォルニア大脳認知研究センター長のラマチャンドラン博士は、外界の刺激を認識する脳の領域間で混線が生じているせいではないかと説明する。

網膜からの刺激は脳の視覚野に伝えられ、色、形、奥行き、動きなどの特性に分解され、それぞれの情報はさらに先に送られて脳の別の場所で処理される。数も色も情報処理を行う脳の領域が互いに近くにあるため、ここで混線が起こると、色の情報が入ってこないのに、数字の情報が入ってきただけで、脳が色を感じるといったことが起こってしまう。

「混線」といっても、神経線維がこんがらがっているわけではなく、脳内の情報のやりとりがうまくいっていない状態をいうのだろう。これもまた原因は脳のできあがり方次第ということになる。実際のところ、サヴァン症候群のような障害を持った人に多いようだが、目立った障害もなく共感覚のみを有する人もいる。

タメットの場合、数字や文字が、色だけでなく形、質感、動きなどをともなって感じられるという。彼が計算をしたり円周率や外国語を記憶をしたりするときに、この共感覚がいかに役に立っているかは、本書の中で明らかである。

この例にみるように、共感覚は、脳のレベルで起きている「障害」であろうが、その脳を持つ個人にとっては「恩恵」ともなりうる。サヴァン症候群にしてもそうだが、この種の「障害」を知ると、あらためてその言葉の意味を考えさせられる。

ところで、サヴァン症候群の「サヴァン」はフランス語で「学がある」という意味だが、「アスペルガー症候群」のカタカナ部分は人名である。一九四四年、オーストリアの小児科医ハンス・アスペルガーは、対人関係に独特の難しさを抱える四人の子どもたちの事例を報告し、「自閉性精神病質」の概念を提唱した。これがアスペルガー症候群のルーツである。

ちょうど前の年、米国では児童精神科医レオ・カナーが、生まれつき周囲の人や状況に上手に関わりが持てない、いっぷう変わった子どもたちの事例を報告したばかりだった。のちに「早期幼児自閉症」と名づけられたこの障害は、アスペルガーの「自閉性精神病質」によく似ていた。

その後、ほどなくしてカナーの考え方は世界中に広まり、自閉症は発達障害のひとつに数えられることになったが、アスペルガーの業績は長いこと日の目を見なかった。それが再評価されたのは、一九八〇年代のことであり、「アスペルガー症候群」なる名称もこの頃に生まれた。だから、一九七九年生まれのタメットが、二十代までこの障害と診断されなかったというのも無理はないのだ。

いや、そうでなくても、自閉症にくらべアスペルガー症候群は診断が難しい。自閉症の子どもは言語の発達に障害があるので、二歳か三歳頃には見つかる可能性が高い。これに対し、アスペルガー症候群の子どもは、独特な言葉づかいなどがあるものの、基本的に言語の発達に遅れがないため、幼少時には障害が見逃されてしまうこともめずらしくない。

では、これらふたつの障害、自閉症とアスペルガー症候群は、どこがどう似ているのだろうか。

両者に共通する中核的な症状は、せんじつめると次のふたつである。①人の心の動きがよくわからないので、対人関係が上手にとれない。②ひとつのことに強くこだわり、新しいことがらや環境をなかなか受け入れられない。

このほかにも、聴覚や触覚などの刺激に過敏だったり、かんしゃくやパニックを起こしやすかったりといった共通点もある。だが、とくに重要なのは右にあげた二点だ。

自閉症もアスペルガー症候群も、この二点で共通しており、それがなにより重要な特徴であるから、両者をべつべつの障害として区別するのは、あまり意味がないという考え方がある。むしろ、これらの特徴を備えていれば、あとは程度の差なのだから、ひとつの連続体（スペクトラム）としてとらえたらどうかというのが、「自閉症スペクトラム」の考え方だ。

つまり、多少オタクっぽい人から、アスペルガー症候群、高機能自閉症、知的障害をともなう重度の自閉症にいたるまで、それぞれの間に境目をおかずに、みなひとつながりとみなすのである。この発想は、臨床的に有用であるばかりでなく、社会福祉的にも意味がある。障害を抱える人々と私たちとの間に引かれた境界を解消するものだからである。

なお、「自閉症スペクトラム障害」という呼び名は英国に起源があり、かの地では浸透しているようだが、わが国では「広汎性《こうはんせい》発達障害」の方が一般的である。国際的な診断基準などでも、こちらが採用されている。この名称は、自閉症やアスペルガー症候群、およびその近縁に位置する障害の総称として用いられる。

最後に、本書の魅力について述べておきたい。冒頭に書いたように、本書の読者は、まず著者ダニエル・タメットの超人的能力と頭の構造に驚くだろう。それと同時に、自分が好きなものに夢中になることの素晴らしさを教えられるはずだ。大好きな数字や言葉について語る著者の無邪気さ、純粋さは、私たちが大人になるうちに忘れてしまったなにかを、もう一度思い起こさせてくれる。

そのいっぽうで読者は、アスペルガー症候群という難しい障害を抱えながらも、一歩一歩自立の道を歩んでいくタメット少年の成長ぶりに、大きく心を動かされるだろう。彼を支えた彼の家族の姿も、また感動的である。とくに、障害についての知識を持たずに、育てにくい子どもを立派に成人させた両親の存在は、この時代の多くの親たちに希望を与えるのではなかろうか。

アスペルガー症候群、あるいは自閉症スペクトラム障害は、複雑な発達障害であり、その中心に対人関係上の困難を有するものである。しかし、それであっても、子どもはひとりひとり発達し成長するのであり、その過程で友情を知り、愛を知ることも可能なのである。障害の有無にかかわらず、いかなる子どもに向き合うときでも、私たちはそのことを忘れてはならないだろう。

著者　ダニエル・タメット　Daniel Tammet

1979年ロンドン生まれ。9人きょうだいのいちばん上として育つ。2004年、円周率の暗唱でヨーロッパ記録を樹立、それをきっかけに制作されたTVドキュメンタリー「ブレインマン」は40ヵ国以上で放送され、大きな話題を呼んだ（日本ではNHK教育「地球ドラマチック」で放送）。現在は、自身の公式サイトOptimnem（http://www.optimnem.co.uk）でオリジナルの外国語学習プログラムを制作・運営。イギリス南東部のケントにパートナーと暮らしている。

訳者　古屋美登里

早稲田大学教育学部卒業。翻訳家、エッセイスト。おもな訳書にE.ケアリー『望楼館追想』、J.T.ホスピタル『暗号名サラマンダー』（ともに文藝春秋）、R.ラープチャルーンサップ『観光』（早川書房）など。

ぼくには数字《すうじ》が風景《ふうけい》に見《み》える

2007年6月11日　第1刷発行　　2007年9月27日　第6刷発行

著　者　ダニエル・タメット
訳　者　古屋美登里《ふるやみどり》
装　丁　鈴木成一デザイン室
装　画　100%ORANGE
発行者　野間佐和子
発行所　株式会社講談社
東京都文京区音羽二丁目12－21　郵便番号112－8001
電話　編集部　03－5395－3808　　販売部　03－5395－3622
業務部　03－5395－3615
本文データ制作　講談社プリプレス制作部
印刷所　慶昌堂印刷株式会社
製本所　島田製本株式会社

ISBN978-4-06-213954-0
N. D. C. 371　270p　20cm